청소년 문·사·철 읽기 혁명

입학 전 필독 세계문학 20편

청소년 문·사·철 읽기 혁명

입학 전 필독 세계문학 20편

초판 1쇄 발행   2014년 12월 26일

지 은 이   도현신
펴 낸 이   변선욱
펴 낸 곳   왕의서재
편   집   이지연
마 케 팅   변창욱, 신은혜, 김소영

출판등록   2008년 7월 25일 제313-2008-120호
주   소   서울특별시 서대문구 서소문로 45, 1507호(합동, SK리챔블)
전   화   02-3142-8004
팩   스   02-3142-8011
이 메 일   latentman75@gmail.com
블 로 그   blog.naver.com/kinglib

ISBN 978-89-93949-67-4   14800
ISBN 978-89-93949-66-7   (SET)

책값은 표지 뒤쪽에 있습니다.
파본은 구입하신 서점에서 교환해드립니다.

청소년
문사철
읽기혁명

도현신 지음

왕의
서재

중학생이 되기 전
고전 문학은 반드시 재미있게 된다

잭 블랙이라는 할리우드 배우가 출연한 『걸리버 여행기』가 상영되던 때였다. 머릿속에 희미하게 그려지는 그 특유의 스토리와 표정 하나 몸짓 하나가 웃기는 이 배우라면 영화가 재밌겠다 싶었다. 잭 블랙 표 『걸리버 여행기』는 예상대로였다. 딱 그 내용이고 웃겼다.

그런데 이 영화를 보려는 한 가지 이유가 더 있었다. 고전 문학이 원작인 영화에 늘 따라붙는 심리였다.(우리나라에서는 주로 어린이용 동화책으로 출간돼 위상이 낮아 보이기 하나, 『걸리버 여행기』는 청소년 필독서라는 꼬리표가 달린 명실상부한 명작 고전 소설이다.) 이 심리의 밑바닥엔 일종의 책임의식 같은 게 포진하고 있다. 학창 시절, 그 많은 세계 명작 소설을 본다는 건 여간 부담이 아니다. 읽다가 포기하거나 작가나 번역가의 요약을 읽는 것으로 갈음하거나 아니면 아예 이런 명작도 있더라 정도로 넘어가는 일이 빈번했다. 이 짐은 나이를 먹어도 여전히 위세를 떨쳐, 고전 문학 원작인 영화가 나오면 이거라도 보고 내용을 짜맞출 수 있어야 한다는 의무감을 가지게 되고 영화를 보고 나서야 어느 정도의 안도감을 느낄 수 있었던 것이다.

『걸리버 여행기』는 그나마 자신만만한 축에 속한다. 필독서의 대상이었던 청소년 시기에 입에 붙지도 않는 이름이며 지명, 행동양식 등이 줄줄이 사탕처럼 몇 페이지고 나오던 러시아 소설들, 이를테면 도스토옙스키, 톨스토이, 푸시킨의 작품들은 책 앞만 새까매지는 결과가 당연시됐다.

그런데 재밌는 사실은 대학물을 먹고, 사회생활을 겪고 나이를 먹어가면서 그 지긋지긋한 필독서들이 하나둘 시야로 들어오게 됐다는 것이다. 분명 필자가 국문학을 전공하고, 더불어 늘 팔에 역사책을 끼고 산 덕분이었을 것이다. 책을 써야겠다고 느낀 이유가 여기에 있다.

청소년 시절 떠밀려 책장을 연 게 다이고, 재미없고 어렵게만 느껴졌던 고전 문학은 다 그럴 만한 사정이 있다. 거창한 사회이론이나 철학을 들먹일 필요도 없이, 사람들은 누구나 한 사회의 일원이자 역사의 한 시점에 살고, 이 사회와 역사는 필연적으로 사람들의 삶에 막대한 영향을 끼친다. 소설이란 특히 고전 문학이라고 손꼽히는 것들은 거의 다 그 소설이 쓰일 당시의 사람들과 사회를 그리고 있다. 그러니까 역사 지식이 없거나 당시 사회상을 모르면 문학 작품이 절대 재밌게 읽힐 리 없다. 그러나 만약 그 반대라면 고전 문학은 180도 다르게 다가오게 되어 있다.

가령 톨스토이의 〈전쟁과 평화〉라는 대하소설은 분량도 분량이거니와 전쟁이라고는 영화로밖에 본 적 없는 청소년들이 재밌게 읽기란 실로 어려울 수밖에 없다. 그런데 역사적 배경 지식이 조금만 있다면, 이 소설은 그 유명한 나폴레옹과 러시아와의 실제 전쟁을 그린 작품이라는 걸 알게 된다. 1800년대 초, 전제군주가 된 나폴레옹이 말 안 듣는 러시아를 벌주려고 쳐들어간 사건을 그리고 있다. 어렴풋이 외웠던 세계사 한 페이지면 충분하다.

문학의 힘은 이때 폭발한다. 문학은 이 단단하고 건조한 세계사 지식을 살아 움직이게 한다. 문학이 바로 사람들이 그토록 재밌어하는 '이야기'로 이뤄졌기 때문이다. 나폴레옹, 러시아 황제 알렉산드르 1세, 수많은 군인과 주민, 프랑스·영국 등 이웃 국가들이 등장해 크고 작은 사건들이 펼쳐지며 슬프거나 즐겁거나 안타까운 이야기들을 만들어낸다. 이때 비로소 책 읽는 맛이 난다.

그럼 문사철에서 철은 뭘까? 철(哲)은 작가의 주제의식과 관계가 깊다. 소설을 쓴 작가 또한 당대를 산 장본인이다. 책 속에는 작가가 사회, 사람, 그리고 삶을 바라보는 관점, 즉 철학적 주제가 담겨 있다. 이야기를 통해 무엇을 말하고자 했는지 알아보는 연습이 곧 사회를 맞닥뜨릴 청소년에게 성숙한 의식을 고취할 것임은 분명하다.

다른 고전 작품인 『톰 아저씨의 오두막집』은 어떨까? 이 책은 1852년 미국에서 출간됐는데, 당시 미국 사회에서 백인들에게 학대와 착취에 시달리며 인간 이하의 대우를 받던 흑인들의 비참한 삶을 고발하고 있다. 이 소설은 당시 사회상을 반영한 것에서 더 나아가, 톰의 처지에서 세상을 보며 자유, 평등 같은 인간의 기본권과 민주주의에 대해 한 번쯤 생각할 여지를 주기도 한다.

이 책의 목적은 하나다. 고전 문학·명작 소설을 재미있게 읽을 수 있는 한 방법을 알려주려는 것이다. 서점에 진열된 고전 문학들은 여전히 불친절하다. 필독서니까 대학입시를 위해 필요하니까 알아서 읽으라는 투다. 필자는 문사철 독서란 책 제목처럼 문학 작품에 담긴 역사와 철학을 함께 읽는 방법을 알려주고 싶다. 원작 소설이 쓰인 사회·역사적 배경을 비교적 상세히 설명하고 작가가 대체 이 소설에서 무엇을 말하려는지 되새겼다.

　책에는 『갈매기의 꿈』부터 『노인과 바다』까지 서양 고전 문학 스무 편이 담겼다. 이 정도(?) 수준이면 요즘에는 중학교 올라가기 전에 무조건 다 뗀다. 그런데 쉽다고 무시하면 큰일 난다. 또 읽었다고 능사도 아니다.

　수많은 서양 고전 문학 중에 하필이면 이 20권을 선택한 이유가 있다. 이 20권이 '독서의 심리적 마지노선'이라 보았기 때문이다. 이 책들은 재미있게 읽을 수 있느냐 그렇지 않느냐에 따라 앞으로의 독서 인생을 좌지우지할 수 있는 척도라고 본다. 만약 재미있게 읽을 수 있다면 속된 말로 게임 끝이다. 그다음에 닥칠 어떤 고전 문학들도 문사철 독서법으로 흥미진진하고 재미있게 읽을 수 있다. 나아가 유시민이 『청춘의 독서』를 쓰게 된 동기처럼 나이가 들어서 다시 책을 찾아 읽게 하는 힘이 될 것이고 그땐 미처 찾지 못한 심오한 의미까지 덤으로 얻을 수 있다. 혹시 창의적 인재를 길러야 할 시대적 난관에 봉착한 대한민국에서 융합이니 통합이니 하는 교육 철학과 잘 맞아떨어질지도 모르겠다.

　『걸리버 여행기』 이야기로 마무리해볼까 한다. 이 책 본문에도 나오지만, 원서를 보지 못한 독자들을 위해 살짝 언급하고자 한다.

걸리버가 바다로 배를 타고 가다가 난파당해 소인국에 표류한다. 눈을 떠보니 몸이 꽁꽁 묶여 있다. 옴짝달싹 못하는 걸리버 주위로 난쟁이들이 몰려들고 왕이 당도하자 걸리버는 곧 풀려난다. 그런데 이게 웬일인가. 걸리버는 소인국에서는 막강한 힘을 지닌 거인이다. 걸리버는 소인국의 뜨거운 환대를 받으며 호의호식한다. 그러다가 여차여차해서 다른 소인국과 전쟁에 투입돼 큰 공을 세운다. 그러나 왕의 신하들이 시샘하자 소인국을 탈출한다. 이번에 걸리버가 도착한 곳은 거인국이다. 이 정도가 누구나 아는 '걸리버 여행기'일 것이다.

우선, 이 문학 작품은 아일랜드 혈통을 가진 영국 작가 조나단 스위프트가 1726년에 출간한 장편 소설로, 당시 영국과 유럽의 수많은 사회 문제와 비리를 날카롭게 폭로하고 야유한 일종의 정치 풍자 소설이다. 영국 정치인과 학자들에게 불순한 정치적 의도가 담겨 있다면서 비난을 받는가 하면, 심지어 책을 찍어낸 인쇄 기술자들이 감옥에 갇히기도 한 무시무시한 문제작이었다. 소인국에서 벌어진 전쟁은 달걀 껍데기를 어떻게 벗기느냐의 문제 때문이었는데, 작가는 영국 사회에 만연하던 허례허식과 각종 종교 분쟁을 이러한 난쟁이들의 어리석음과 옹졸함을 통해 비꼬았다.

거인국에서도 탈출에 성공한 걸리버는 그다음에 어디로 갔을까? 라퓨타, 휘이넘이란 곳이었다. 라퓨타, 휘이넘? 이 지명이 낯선 사람들 분명히 있을 거다. 거인국 편에서는 허영심과 사치에 들뜬 거인들을 통해 영국 귀족 사회를 조롱했으며, 라퓨타 편에서는 현실과 전혀 동떨어진 허무맹랑한 연구만 일삼는 사이비 과학자들을 바보 멍청이라고 놀렸다. 급기야 마지막 단락인 휘이넘 편에서는 걸리버의 입을 통해서 영국과 유럽 국가들이 벌이는 전쟁의 끔찍한 참상을 고발했고, 아울러 인간이라는 종 자체를 극심하게 야유하고 비판했다.

"주인은 내가 다른 야후들보다 훨씬 깨끗하고 잘생겼다고 했다. 그러나 생활에 있어서는 훨씬 불편하다고 말했다. 나의 발톱은 앞발이든 뒷발이든 모두 쓸모가 없고, 땅을 밟기에는 너무 부드럽다는 것이다. 걷는 모양도 불안해 뒷다리 가운데 하나라도 미끄러지면 당장에 넘어질 것이다. 눈이 정면에 붙어 있어서 고개를 돌리지 않고는 옆쪽을 볼 수 없다고 비판했다. 앞발, 즉 손을 입에 가져가지 않고서는 음식도 먹을 수 없다. 발도 너무나 부드러워 다른 동물들처럼 딱딱한 돌을 견딜 수 없다고 했다. 그리고 옷을 입지 않으면 더위나 추위에도 견딜 수 없으니 너무나 나약하다고도 했다."

이것이 말의 시선으로 본 인간의 모습이다.

옛 그리스 속담에 이르기를 "태양 아래 새로운 것은 없다."고 했다. 인간과 사회의 본질은 예나 지금이나 그다지 달라지지 않았다. 따라서 고전 문학은 엄청난 힘을 지니고 있다. 이야기에 담긴 교훈을 통해 지금 우리가 사는 시대를 새롭게 돌아볼 수 있다는 말이 아닌가. 독자들에게 이 책이 세상을 사는 데 약간의 도움이라도 된다면 필자로서 더 바랄 게 없겠다.

차례

01

돈키호테

"나의 이름은 영원히 기억될 것이다. 편안한 집에서 뛰쳐나와
세상을 떠돌며 정의를 지킨 용감하고 명예로운 기사 돈키호테로 말이다."

『돈키호테』는 1605년 스페인 작가 미겔 데 세르반테스가 출간한 소설이다.
세르반테스의 삶은 무척 험난했다. 그는 1571년에 벌어진 레판토 해전*에
직접 참전했다가 왼쪽 팔을 다쳤고, 귀국하던 중 해적에게 붙잡혀
1576년까지 감옥에 갇혀 있다가 겨우 풀려나 고향인 스페인으로
돌아왔다. 세르반테스는 자신이 겪었던 전쟁과 감옥 생활에서 힌
트를 얻어 소설 『돈키호테』를 썼다.

세르반테스는 『돈키호테』에서 세상의 악을 바로잡기 위해 좌충우돌하며 끝

레판토 해전 1571년에 그리스의
레판토 항구 앞바다에서
에스파냐·베네치아·로마 교황의
기독교 연합 함대(신성동맹 함대)
가 오스만제국의 튀르크 함대와
싸워서 크게 이긴 싸움

없이 싸움을 벌이는 늙은 기사 돈키호테를 통해 당시 스페인의 사회상을 절묘하게 풍자했다. 『돈키호테』가 출간된 17세기 무렵, 스페인은 잇따른 전쟁에 패배하여 유럽의 최강국에서 서서히 몰락하던 상황이었다. 그럼에도 스페인인들은 자신들이 여전히 세계를 지배하는 강대국의 국민이라고 착각했다.

세르반테스는 『돈키호테』에서 두 가지 상반된 관점을 서술했다. 하나는 무모하고 저돌적인 기사 돈키호테의 어리석음과 과대망상을 조롱하는 것이고, 다른 하나는 그럼에도 현실의 고난에 지지 않으려는 불굴의 용기를 찬양한 것이다.

이것은 『돈키호테』를 읽는 독자 모두를 배려한 장치이다. 스페인과 기사 계급에 부정적인 생각을 품었던 독자들은 『돈키호테』를 보면서 어리석은 돈키호테의 모습에 희열을 느꼈을 것이다. 반대로 스페인 제국의 영광과 조상이 이룩한 불멸의 용기를 긍정적으로 보던 독자들은 계속되는 고난과 봉변에도 굴복하지 않는 돈키호테의 모습을 보며 삶의 희망을 얻었으리라.

오늘날 소설 『돈키호테』는 전 세계에 스페인을 알리는 상징물로 남아있다. 소설의 무대인 라만차 지방은 『돈키호테』의 자취를 느끼려고 찾아오는 관광객으로 언제나 북적거린다.

기사를 꿈꾸던 가난한 시골 귀족

『돈키호테』의 주인공 돈키호테는 스페인 라만차 지방에 살던 50대 노인이다. 라만차는 스페인의 수도 마드리드의 바로 남쪽 지역으로, 우리나라로 따지면 경기도 같은 곳이다. 날씨는 건조하고 더우며, 땅이 다소 척박해서 주민은 포도나 올리브 재배로 근근이 살아갔다. 주민은 대체로 가난한 편이었다. 돈키호테도 신분만 귀족일 뿐이지 집안 살림은 무척 가난해서, 재산이라고는 그저 작은 집 한 채와 늙은 말 한 마리를 가졌을 뿐이다. 부유한 귀족들처럼 호화로운 저택이나 풍성한 연회는 엄두도 내지 못했다.

사실 스페인 역사에서 돈키호테처럼 가난한 시골 귀족이 매우 흔했다. 이들은 '히달고'라고 불리는데, 과거 아스테카 왕국을 정복한 스페인 장군 코르테스와 잉카 제국을 정복한 피사로 모두 히달고였다. 코르테스와 피사로는 스페인 본국에서 경험한 가난의 고통에서 벗어나기 위해 손에 칼을 들었고, 신대륙을 정복하여 황금을 손에 넣었다.

돈키호테 역시 히달고였으니, 역사 속에서 활약한 코르테스와 피사로 등 스페인 정복자들과 일맥상통하는 바가 있지 않을까? 코르테스와 피사로가 거대한 제국인 아스텍과 잉카를 쓰러뜨렸다면, 돈키호테는 그보다 더 어려운 상대인 현실과 싸우려 길을 떠났으니 말이다.

가난한 살림살이에도 돈키호테에게 한 가지 즐거움이 있었으니, 바로 근근이 모아 둔 돈으로 기사 소설책을 있는 대로 사서 읽는 일이었다. 그 소설책은 기사들이 주인공으로 나와서 악당이나 거인 등을 무찌르고 정의를 지키는 내용이었다.

그런데 기사 소설을 너무 많이 읽어서 머리가 좀 이상해졌는지, 돈키호테는 방랑 기사가 되겠다는 중대한 결심을 하고야 말았다. 이해하기 쉽게 설명하자면, 만화책을 너무 많이 본 어떤 사람이 어느 날 자신이 직접 만화 속 영웅처럼 변장을 하고서 세상을 구하겠다고 집을 나오는 모습을 생각해 보라.

전 재산을 기사 소설 구입에 투입하던 돈키호테는 어느 날, 마침내 방랑 기사가 되기로 결심했다.

"온 세상을 떠돌아다니며 정의로운 세상을 만드는 기사가 되자. 정의의 기사가 되어 내 명예를 드높이는 거야!"

돈키호테는 먼저 조상 대대로 물려받은 갑옷을 찾았다. 갑옷은 녹이 슬고 곰팡이가 잔뜩 피었지만, 그는 갑옷을 정성 들여 닦았다. 두꺼운 마분지에 철사를 붙여 얼굴 가리개와 투구를 만들었고, 바싹 마른 초라한 말인 로시난테에 올라탔다.

"가만 있자, 그런데 아직 정식 기사가 아니군. 할 수 없지, 우선 만나는 다른 기사한테서 기사 작위를 임명해 달라고 부탁해 봐야지. 이제 남은 것은 아름다운 둘시네아 공주를 찾는 일뿐이다! 오, 둘시네아 공주여! 기다리시오! 이 용감한 기사 돈키호테가 가고 있다오!"

소설에 묘사된 작업들은 모두 중세 유럽의 기사들이 정식으로 장비를 착용하고 기사가 되는 과정을 우스꽝스럽게 표현한 것이다. 기사들은 갑옷과 투구를 걸치고, 자신보다 높은 귀족에게 기사 서임(벼

슬자리를 내림)을 받아 정식 기사가 되었다. 그리고 자신이 평생 정신적으로 사랑해야 하는 아름답고 품위 있는 귀부인을 찾아야 했다.

세르반테스는 왜 돈키호테의 모습을 빌려서 중세 기사들을 어리석고 우스꽝스럽게 폄하한 것일까?

이를 이해하려면 돈키호테가 출간되었을 당시인 17세기 초 유럽의 사회상을 알아야 한다. 17세기 들어 유럽에서는 약 1000년 동안 전쟁터에서 말을 달리며 활약했던 기사들이 몰락하고 있었다. 튼튼한 갑옷을 입고 투구를 쓴 채 전쟁터에서 용감하게 싸웠던 기사들은 17세기 들어 새로운 무기인 총과 대포에 밀려나기 시작했다. 아무리 두꺼운 갑옷을 입어도 총에서 발사되는 총탄과 대포에서 발사되는 포탄은 도저히 막아낼 수 없었다.

상황이 이렇게 되자 유럽의 각 나라에서는 갑옷으로 무장한 기사들이 더는 전쟁에 쓸모가 없다는 인식이 널리 퍼졌다. 이제는 기사들 대신 총을 든 보병들이 전장의 주역으로 활약하게 되었다. 세르반테스는 돈키호테의 모습을 빌어 기사들이 이런 시대의 변화를 읽지 못하는 고리타분하고 멍청한 집단이라고 묘사했던 것이다.

그래도 돈키호테는 기사의 꿈

을 버리지 않았다. 그는 마을의 농부이지만 항상 출세하기를 원했던 산초 판사와 함께 집을 나가 기사가 되기 위한 모험을 떠났다. 그런데 집에서는 큰 난리가 났다. 돈키호테와 함께 살던 조카딸과 가정부와 마을 신부가 그가 가출했다는 사실을 알고는 난리법석을 떤 것이다.

제일 처음 가정부가 목소리를 높여 말했다.

"도대체 우리 주인님께 무슨 일이 생긴 걸까요? 며칠째 집을 나가서 아직도 어디로 가신지 소식이 없어요. 아무래도 그 기사 소설 때문인 것 같아요. 기사 소설이 주인님의 머릿속을 엉망진창으로 만들었어요. 그따위 책들은 악마한테나 줘 버리면 속이 시원하겠어요."

조카딸도 맞장구를 쳤다.

"맞아요. 삼촌은 그런 엉터리 이야기들을 읽느라 이틀 밤을 꼬박 새운 적도 있었어요. 책을 다 읽은 다음에는 칼을 빼 담벼락을 찌르다가 지치면 거인 넷을 해치웠다고 떠벌리셨어요."

조카딸의 말에 신부와 이발사는 고개를 끄덕였다.

"옳은 말이야. 지금이라도 기사 소설들을 불태워 버려야겠군. 혹시 다른 사람들이 삼촌처럼 되면 안 되니까 말이지."

돈키호테의 조카딸과 마을 신부는 왜 기사가 되어 불의를 물리치고 정의를 세우겠다는 돈키호테를 걱정했을까? 왜 마을 사람들은 그런 돈키호테를 비웃었던 것일까? 돈키호테가 하려는 일들을 잘 보라. 그는 돈을 빼앗으려 강도질을 하겠다는 것이 아니었다. 글자 그대로 정의를 실현하겠다고 나섰다. 악한 자를 물리치고 약한 자를 돕겠다는 숭고한 대의! 이 정도면 매우 훌륭한 일이 아닌가?

『돈키호테』의 책장을 뒤로 넘기면 그의 실체가 드러난다. 돈키호테가 품은 용기와 사명감은 매우 훌륭했지만, 우습게도 그는 자신이 무찔러야 할 적이 누구인지 전혀 분별하지 못하고 현실을 자기 마음대로 판단하는 정신이상자에 가까웠던 것이다.

좌충우돌, 사리분별을 못하는 돈키호테

『돈키호테』는 출간된 지 400년이 넘은 고전이다. 하지만 지금 읽어도 여전히 재미있다. 그 이유는 『돈키호테』의 서술 방식 때문이다. 『돈키호테』는 다른 고전들처럼 딱딱하거나 어렵지 않고, 유쾌한 한 편의 희극 같다. 저자인 세르반테스가 소설에 우스꽝스러운 풍자를 담았기 때문이다. 그래서인지 『돈키호테』의 곳곳에는 기발한 풍자와 조롱이 잔뜩 담겨있다.

집을 떠난 돈키호테는 눈에 띄는 악당을 찾아서 혼내주고 정의를 실현하리라는 큰 꿈에 부풀어 있었다. 지성이면 감천이라는 말이 있듯이, 드디어 돈키호테의 눈에 강력한 적이 나타났다. 그런데 그 적이 누군가 하니, 바로 풍차였다.

돈키호테와 산초는 들판을 가로질러 갔다. 들판 한쪽에는 30~40개의 풍차가 서 있었다. 돈키호테는 풍차를 보자 산초에게 말했다.

"저기 서 있는 흉악한 거인들을 보아라. 나는 저놈들을 정의의 이름으로 모조리 물리칠 것이다."

산초는 고개를 갸우뚱하며 물었다.

"저기 있는 건 그냥 풍차인뎁쇼?"

"허허, 자네는 모험을 모르는군. 내가 돌격하는 모습을 잘 보게. 겁이 나면 기도나 하게."

돈키호테는 말을 마치자 로시난테를 몰아 풍차를 향해 달려갔다. 그러나 풍차의 날개에 창이 닿자 창은 부러지고, 로시난테가 놀라 멈추면서 돈키호테는 땅바닥으로 나동그라졌다.

이 장면을 읽고 웃을 사람들도 많으리라. 풍차를 거인으로 착각하고 거기에 말을 타고서 돌격하다니, 정상적인 생각을 하는 사람이라면 도저히 못 할 짓이다. 그런데 돈키호테는 그걸 태연하게 해냈다. 물론 아무리 망상을 품어봐야 현실을 이길 수는 없으니, 풍차의 날개에 창이 부러지고 말에서 떨어져 봉변을 당했지만 말이다.

돈키호테는 너무나 무모하고 절대로 성공할 수 없는 일을 왜 하겠

다고 덤벼들었을까? 그 뒤에 닥칠 참담한 실패는 예측하지 못했던 것일까?

그 후로도 돈키호테가 당하는 봉변은 계속됐다. 마을에서 제일 못생긴 처녀를 자신이 마음속으로 사모하던 둘시네아 공주라고 멋대로 착각하고는 그녀에게 접근하다가 차이고, 여관 주인을 성주로 착각해서 억지로 졸라 기사 서임을 받아 내는가 하면, 상인들을 강도로 오해하여 싸움을 걸다 두들겨 맞고, 양 떼를 악당으로 보고는 마구 창으로 찌르다 목동들에게 얻어맞고 쫓겨났다.

마치 오늘날 텔레비전에서 방영하는 코미디 쇼 같은 장면들이 소설 『돈키호테』에 등장하는 것이다. 세르반테스는 대체 무슨 생각으로 이런 우스꽝스러운 설정을 넣었을까? 단지 시대에 뒤떨어진 기사 계급을 바보로 만들어 조롱하고 싶어서?

세계를 지배했던 스페인의 영광, 그러나……

『돈키호테』의 설정은 17세기 초 당시의 스페인 사회가 처했던 현실 문제를 절묘하게 풍자했다. 여기서 독자들의 이해를 돕기 위해 잠시 대략적인 스페인 역사를 소개하고자 한다.

청소년 문·사·철 읽기 혁명

본래 스페인은 '이베리아'라고 불리던 원주민들이 살던 곳이었다. 그러다 기원전 1세기 무렵에 로마 제국의 지배를 받게 된다. 약 500년 동안 계속된 로마 통치는 멀리 우크라이나에서 이주해 온 서고트족의 침입으로 끝났고, 스페인은 서고트족이 세운 서고트 왕국의 통치를 받았다.

그 후 서기 711년, 서고트 왕국은 북아프리카에서 바다를 건너온 아랍인들에게 침략당해 멸망했다. 대부분의 스페인 국토는 이슬람교를 믿는 아랍인들이 다스렸고, 서고트 왕국의 남은 세력은 북쪽의 산악 지대인 아스투리아스로 달아났다. 이들은 험준한 지형을 이용하여 아랍인들의 공격을 견뎌내다가, 서기 1000년대가 되자 아랍인들의 내분을 틈타 그들에게 빼앗긴 원래의 땅을 되찾으려는 재정복 운동(레콩키스타)에 나섰다. 약 400년에 걸친 재정복 운동 끝에, 1400년대 말에 드디어 스페인인들이 아랍인들을 몰아내고 국토를 모두 되찾았다.

국토 회복에 성공한 스페인은 그 후 약 100년 동안 활발한 대외 정복을 펼쳤다. 스페인 이사벨라 여왕의 후원을 받은 콜럼버스가 1492년 신대륙을 발견하자, 가장 먼저 신대륙 개척과 정복에 나선 나라가 스페인이었다. 1521년에는 스페인의 장군 에르난 코르테스가 이끄는 스페인 군대가 지금의 멕시코에 있던 아스테카 왕국을 정복했으며, 20년 후에는 스페인 장군 피사로가 페루의 잉카 제국을 멸망시켰다. 1550년에는 동남아시아의 섬나라인 필리핀과 인도 서부의 해안 지역도 스페인의 식민지가 되었으며, 아프리카의 앙골라와 모잠비크 역시 스페인의 영토로 편입되었다.

바다 건너에서만 아니라 유럽에서도 스페인의 정복 전쟁은 계속되었다. 유럽의 전통적인 강국 프랑스도 1530년 파비아 전투에서 스페인에 무릎을 꿇었고, 독일을 다스리던 신성 로마 제국도 스페인 왕가와 결혼해 한 나라가 되었다. 1560년에는 스페인과 포르투갈 왕국이 한 나라가 되어 '이베리아 연합'을 결성했다. 결국 스페인과 포르투갈이 다스리던 모든 영토가 통합되었는데, 멕시코·페루·브라질·아프리카의 서남부와 동남부 해안·필리핀까지 합친 어마어마한 땅이었다.

1571년에 벌어진 레판토 해전에서는 스페인 함대가 유럽을 위협하던 중동의 강대국 터키 해군을 격파했다. 16세기 당시, 터키는 동유럽·서아시아·북아프리카 3대륙에 걸쳐 넓은 영토를 지배하던 초강대국이었다. 당시 유럽인들은 터키가 무적 군대를 가졌다고 생각해 두려움에 떨었고, 터키와의 전쟁에서 늘 패배하기만 했다. 심지어 터키에서 멀리 떨어진 영국조차 "터키는 오늘날 지구에서 가장 큰 공포다."라는 말을 할 정도로 터키를 무서워했다.

그러던 터키가 레판토에서 드디어 스페인이 중심이 된 유럽 연합 함대에 처참하게 패배한 것이다. 이 전투로 터키는 그동안 누려왔던 지중해의 제해권*을 유럽에 빼앗겼으며, 서서히 유럽의 성장세에 밀려 쇠퇴했다.

제해권 평시나 전시를 막론하고 무력으로 바다를 지배하여 군사, 통상, 항해 따위에 관하여 해상에서 가지는 권력

놀라운 일은 이 레판토 해전에 『돈키호테』의 저자 세르반테스가 직접 스페인 해군의 병사로 참전했다는 사실이다. 그는 나중에 고국으로 돌아와 레판토 해전의 기억을 회상하면서 "레판토 해전은 인류 역사상 가장 위대한 장면이었다."라고 자랑스럽게 말했

마드리드 에스파냐 광장(Plaza de España, Madrid)에 있는 세르반테스의 기념비 앞
로시난테를 올라탄 돈키호테와 노새를 탄 산초 판사의 동상

다. 스페인이 터키를 무찔러 유럽을 위기에서 구했으니, 그만한 자부심을 느낄 만도 하다. 이처럼 16세기는 스페인이 유럽과 세계를 지배하는 초강대국으로 눈부시게 군림한 시대라고 해도 과언이 아니었다.

그런데 16세기 말로 접어들자, 스페인의 전성기가 어느새 끝나가기 시작했다. 유럽과 세계 각지에서 전쟁이 끝도 없이 계속되자 자연히 전쟁을 치르기 위한 군사비가 계속 소모되었다. 당시 스페인은 금과 은이 풍부하게 산출되는 중남미를 식민지로 가지고 있었지만, 아무리 재산이 많아도 전쟁으로 계속 낭비하면 수중에 남는 돈이 있을 리 없었다. 그래서 스페인 왕실은 16세기 말, 공식적인 파산 선고를 네 번이나 한다.

이뿐만 아니라 유럽 각국의 군사 기술도 발달하면서 무적함대라는 스페인 군대의 명성도 빛이 바래기 시작했다. 1588년, 칼레 해전에서

돈키호테

스페인이 자랑하던 무적함대는 영국 해군에 패배하고 말았다. 1590년에는 스페인의 지배를 받던 네덜란드가 스페인 군대와 싸워 이기고 독립을 이루었다.

영국과 네덜란드에 두들겨 맞은 스페인은 비틀거리다가 더 큰 봉변을 당했다. 같은 나라였던 포르투갈이 독립을 요구하면서 전쟁을 벌인 것이다. 스페인은 비교적 약소국이었던 포르투갈과의 전쟁에서도 패배하고 어쩔 수 없이 포르투갈의 독립을 용인해야 했다. 이렇듯 16세기 말과 17세기에 들어서 스페인은 예전에 누렸던 정복국의 영광과 명성을 더는 지키지 못한 채 쇠퇴하고 있었다.

세르반테스는 소설 『돈키호테』의 주인공 돈키호테의 승리와 영광에 대한 무모한 집착이 몰락해 가는 조국 스페인의 모습과 닮았다고 여겼던 것은 아닐까?

참된 용기는 계산하지 않는다

돈키호테는 우스우면서도 한편으로는 존경스러운 인물로 평가된다. 아무리 곤경을 당해도 절대 포기하지 않고, 나름대로 정의를 실현하려고 했던 불굴의 마음을 품었으니 말이다.

하지만 그를 마냥 좋게 여기기에는 돈키호테의 용기가 너무나 무모했다. 심지어 어리석기까지 했다. 용기 자체는 좋지만, 문제는 돈키호테 본인이 자신이 믿는 세계관에 무척이나 도취해 무엇이 진실이고 무엇이 거짓인지 구분하지 못했다는 점이다.

책의 뒷부분에서 돈키호테는 성모 마리아상을 운반하던 사람들이 둘시네아 공주를 납치한다고 착각해 다짜고짜 그들에게 싸움을 걸었다. 하지만 일 대 다수의 대결인데다, 다 늙은 돈키호테가 그들을 이길 수는 없었다. 돈키호테는 몰매를 맞고 거의 죽어가는 상황에서 하인 산초가 뛰어들어 겨우 살아날 수 있었다.

"오, 위대한 방랑 기사의 삶이 이렇게 끝나다니! 숱한 어려움을 꿋꿋이 헤쳐 온 주인님이 이렇게 초라한 최후를 맞이할 줄이야. 앞으로 세상은 악당들의 손아귀에 들어가 온통 어둠으로 가득하겠지."

산초가 울부짖는 소리에 돈키호테는 간신히 눈을 떴다. 그러자 산초는 그에게 말했다.

"죄송합니다, 주인님. 이런 몸으로 더는 모험을 하실 수 없습니다. 라만차로 돌아가 상처를 치료하면서 다시 떠날 준비를 하십시오."

"내 생각도 자네와 같네. 이대로는 말을 탈 수가 없어. 일단 달구지에 태워서 라만차로 데려가 주게."

"주인님, 아픈 몸이 나으면 다시 모험을 찾아 떠나실 겁니까?"

"당연하네. 그것이 방랑 기사의 운명이니까."

흠씬 몰매를 맞은 돈키호테는 일단 고향인 라만차로 돌아갔다. 하지만 봉변을 당하고서도 돈키호테는 여전히 방랑 기사의 꿈을 버리지 않고 그대로 간직하고 있었다.

어떻게 보면 머리가 단단히 돈 사람 같다. 엉터리 같은 편견과 과대

망상에 걸린 정신이상자라고 해도 틀리지 않다. 그래서 『돈키호테』를 본 사람 중에는 이 소설이 시대의 변화를 읽지 못하고 자신만의 망상에 빠진 미친 자의 황당한 모험담이라고 혹평하는 자들도 있다.

　과연 세르반테스가 단지 기사들의 어리석음을 풍자하려는 목적으로만 이 책을 썼을까? 그럴 속셈이었다면 『돈키호테』가 출간된 지 400년이 지나도록 계속해서 사람들에게 가장 많이 읽히는 위대한 고전으로 남아있지는 않았을 것이다.

　『돈키호테』의 주제는 '꿈'과 '용기'이다. 돈키호테는 가는 곳마다 자신이 바라는 대로 악당을 물리치고 정의로운 세상을 만들기 위해 싸웠다. 비록 그가 본 사물과 실제 현실에서 보이는 사물은 전혀 달랐지만 말이다. 그는 어떠한 시련에도 굴복하지 않고 계속 일어나서 끝없이 도전했다. 자신의 생명이 다하는 날까지 말을 달리고 악과 싸우며, 둘시네아 공주와의 순수한 사랑을 꿈꿨다.

　이것이 바로 세르반테스가 『돈키호테』에서 정말로 하고 싶었던 이야기가 아닐까? 현실의 시련과 멸시에도 꺾이지 않는 용기와 아름다운 꿈 말이다.

불가능한 꿈을 이루기 위해 싸워라

소설 내내 허황한 망상에 사로잡혀 위험천만하고 괴상한 일을 일삼다, 결국 힘없이 고향으로 돌아오는 돈키호테를 무모하다고 말할 수도 있다.

하지만 참된 용기는 이리저리 계산하지 않는다. 오늘날 인류의 역사도 따지고 보면 무모하다고 여겼던 조건에서 과감하게 도전했던 용감한 사람들의 노력으로 만들어진 것이 아니었던가?

불과 200년 전만 해도 사람이 사람을 평생 노예로 부리는 노예 제도를 정당한 것으로 여겼고, 그에 이의를 제기하는 사람은 어리석거나 멍청하게 여겨졌다. 가문과 혈통에 따라 사람을 귀족과 평민으로 나누어 차별대우하는 신분 제도를 없애자고 혁명을 일으켰던 사람들은 미친 자로 취급받았다. 여성이 남성보다 못한 대접을 받는 현실에 분개하여 남녀평등을 주장했던 여성들도 미친 여자로 멸시받았다.

그러나 오늘날 우리는 그런 불합리한 현실의 모순과 인습에 과감히 도전하고 자신을 희생하면서 싸웠던 사람들 덕분에 좀 더 평등하고 행복한 세상에서 살고 있다. 어쩌면 그들이야말로 세르반테스가 『돈키호테』에서 그렸던 참된 용기를 가지고 세상의 억압과 불의에 맞서 싸웠던 돈키호테의 후손들이 아닐까?

02

·

전쟁과 평화

·

"유럽을 구할 수 있는 자는 알렉산드르 1세 황제 폐하뿐입니다.
저 장사치 근성의 영국이 아닙니다."

『전쟁과 평화』는 러시아의 유명한 소설가 톨스토이가 4년에 걸친 집필 끝에 1869년 발표한 소설이다. 이 작품은 내용이 매우 길어 '대하소설'로 분류되며, 1805년부터 1812년까지 러시아가 나폴레옹의 프랑스와 유럽의 패권을 놓고 벌인 거대한 전쟁을 주제로 다루고 있다.

조국인 러시아를 사랑한 애국자답게, 톨스토이는 『전쟁과 평화』 곳곳에서 러시아를 열렬히 찬양했다. 비록 나폴레옹과 그의 군대가 막강하다고 해도, 조국을 지키려는 애국심으로 무장한 러시아인의 의지에는 당해낼 수 없었다는 것이 톨스토이가 『전쟁과 평화』에서 말하고자 했던 핵심 내용이다.

『전쟁과 평화』는 다른 전쟁 소설과는 달리, 특정한 개인의 영웅적인 면을 크게 강조하지 않았다. 톨스토이는 『전쟁과 평화』에서 진정한 영웅은 이름 없이 묵묵히 자신의 할 일을 한 평범한 사람들이라고 강조했다. 그들이야말로 강대한 나폴레옹의 침략군을 온몸으로 싸워서 막아낸 일등 공신이라고 주장한 것이다.

아울러 『전쟁과 평화』는 전쟁이라는 거대한 역사의 격변 속에서 평범한 사람들이 해야 할 일이 무엇인가를 말하고 있다. 아무리 고통스럽고 혼란한 상황이 닥친다고 해도, 희망과 용기를 잃지 않고 위기에 맞서 싸워 극복해야만 진정한 평화의 시대를 맞이할 수 있다는 것이 톨스토이가 『전쟁과 평화』를 통해 독자들에게 전달하고 싶었던 교훈이다.

나폴레옹을 패망시킨 러시아 원정

나폴레옹을 다룬 위인전을 읽으면 사람들은 나폴레옹의 인생 여정에 매료된다. 그의 일생 자체가 워낙 드라마 같기 때문이다. 정치적 대혼란과 경제적 파탄의 위기에 처해있던 프랑스에서 나폴레옹은 가난한 하급 장교에 불과했다. 그런 그가 단호한 의지, 뛰어난 지성, 그리고 뜨거운 열정으로 군대를 이끌고 모험과 정복에 나섰다. 나폴레옹이 프랑스 황제가 되고 유럽을 지배하기 위해 수많은 전장에서 승리를 거두는 내용은 읽는 사람들에게 크나큰 감동을 준다.

러시아 원정 1812년 프랑스 황제였던 나폴레옹이 러시아 제국을 침공하여 일어난 전쟁을 가리킨다. 제6차 대프랑스 동맹의 시발점이 되었고, 이 전쟁의 완패를 계기로 나폴레옹의 몰락이 시작되었다. 러시아에서는 조국 전쟁이라 부르며 나폴레옹 스스로는 이 전쟁을 제2차 폴란드 전쟁이라고 명명했다.

이렇게 백전백승하던 나폴레옹은 한 전쟁터에서 치명적인 참패를 당하고 이내 몰락한다. 바로 러시아 원정*이었다. 무적의 정복자 나폴레옹이 유럽 역사상 가장 많은 60만 대군을 이끌고 러시아 원정을 강행했다가, 고작 2만 명의 군대만 돌아왔을 정도로 참담한 패배를 겪었다. 러시아 원정의 실패 후 나폴레옹을 두려워하며 그에게 억지로 복종했던 프로이센과 오스트리아 같은 유럽 국가들이 일제히 반란을 일으켜 맞서기 시작했다. 결국 나폴레옹은 라이프치히 전투에서 대프랑스 연합군에게 패하여 몰락하고 만다.

모스크바에서 퇴각하는 나폴레옹

결과적으로 보면, 나폴레옹

청소년 **문·사·철** 읽기 혁명

의 야망을 꺾은 것은 러시아 원정이었다. 러시아가 나폴레옹을 역사의 무대에서 퇴장시키고, 세계사를 다시 쓴 것이다. 오늘날 러시아인들은 이러한 역사를 '조국 전쟁'이라 부르며 자랑스럽게 여긴다. 러시아의 대문호 톨스토이 역시 대하소설 『전쟁과 평화』를 통해 나폴레옹과의 전쟁을 문학으로 묘사했다.

혁명의 아들 나폴레옹, 압제자로 변신하다

황제가 되기 전 나폴레옹은 유럽의 지식인들에게 열렬한 존경을 받던 영웅이었다. 혼란에 빠진 프랑스를 신속히 안정시키고, 부패한 왕정을 척결했다. 프랑스에 새로운 법률을 제정해 국민의 기본권을 보장해주는 나폴레옹을 보고, 유럽의 지식인들은 그를 프랑스 혁명 정신을 계승하는 선구자로 칭송했다.

독일의 철학자 칸트는 프랑스 혁명군이 프로이센과 오스트리아 군대를 격파했다는 소식을 듣자 "이것은 인류의 진보를 위한 위대한 걸음이다."라는 말을 남겼으며, 헤겔은 나폴레옹 군대가 승승장구하여 유럽에 프랑스 혁명 정신을 전파하는 모습을 매우 높이 평가했다. 신성 로마 제국 황제 앞에서 일부러 길을 비켜주지 않을 만큼 왕족과 권력자를 미워했던 음악가 베토벤조차 나폴레옹의 활약상에 반했다. 베토벤은 나폴레옹에게 바치기 위해 '에로이카(영웅)'라는 교향곡을 만들기도 했다. 덴마크의 동화작가 안데르센의 아버지는 나폴레옹을 매우 존경하여 자진해서 프랑스 군대에 입대할 정도였다.

그러나 나폴레옹이 종신 독재자에서 더 나아가 왕보다 더 강한 권력을 가진 절대 군주가 되자, 이때까지 나폴레옹을 찬양했던 많은 유럽의 지식인들은 큰 충격을 받고 실망했다. 나폴레옹에게 바치기 위해 교향곡 에로이카를 작곡하던 베토벤은 나폴레옹의 황제 대관식 소식을 듣고는 "그도 다른 자들처럼 사기꾼에 불과했던가?"라며 탄식했다. 분노한 베토벤은 '나폴레옹에게 바침'이라는 글귀가 들어간 에로이카의 겉표지를 찢어버렸다고 한다.

자유·평등·박애라는 프랑스 혁명 정신을 잊어버리고, 유럽과 세계를 지배하려는 야심에 사로잡힌 나폴레옹은 그를 미워하던 영국·프로이센·오스트리아 같은 유럽의 다른 나라들과 끝없는 전쟁에 돌입했다. 그중에서도 나폴레옹에게 가장 골치 아픈 상대는 영국이었다. 대륙에 있는 다른 나라들과는 달리, 영국은 바다로 둘러싸인 섬나라여서 해군이 취약한 나폴레옹의 군대가 쉽게 건드릴 수 없었다.

결국 나폴레옹은 대륙 봉쇄령을 내려 유럽의 모든 나라에 영국과의 교역을 중단토록 명령했다. 영국을 무력으로 굴복시키는 것이 어려우니, 경제적으로 고립시키려는 발상에서 나온 일이었다. 실제로 영국 상품의 소비 시장인 유럽에서 영국 제품을 사지 않자, 영국은 경제적으로 큰 피해를 봤다.

그런데 영국 상품을 사지 못하고 영국에 물건을 팔지 못하게 된 다른 유럽 나라들도 피해가 크기는 마찬가지였다. 그중에서도 나폴레옹의 대륙 봉쇄령 때문에 영국에 곡물을 못 팔게 된 러시아는 막대한 손해를 입었다. 러시아 정부는 고심 끝에 대륙 봉쇄령을 어기고 영국에 몰래 곡물을 내다 팔았는데, 이 사실을 안 나폴레옹은 매우 분노하여 러시아 정부를 압박하고 다시 곡물 수출을 금지토록 했다.

러시아가 나폴레옹의 말을 듣지 않고 곡물 수출을 계속하자, 나폴레옹은 영국과 거래하는 러시아를 적으로 간주했다. 마침내 1811년, 나폴레옹은 러시아와의 전면전을 목표로 프랑스와 유럽 각국에서 군대를 모아 러시아 원정군을 조직하기 시작했다.

1811년이 저물 무렵부터 서부 유럽의 여러 나라에서는 대대적인 무력 증강과 병력 집결이 시작되었다. 다음 해인 1812년에는 프랑스, 네덜란드, 스페인, 스위스, 이탈리아, 프로이센, 오스트리아 등지에서 모인 60만 대군이 러시아 국경을 향해 동쪽으로 이동했다.

나폴레옹은 러시아 황제인 알렉산드르 1세에게 편지를 보내 "나는 전쟁을 원하지 않고 영원히 평화를 지킬 작정이다."라고 썼으나, 말과는 달리 대군을 이끌고 러시아로 진격해 오고 있었다.

러시아 황제 알렉산드르 1세는 빌나에서 무도회에 참석 중이었으나, 시종 무관 발라세프가 프랑스 대군의 침략 소식을 전해오자 개인적인 모욕을 받은 사람처럼 흥분해서 말했다.

"선전포고도 하지 않고 러시아에 침입하다니! 프랑스 병사가 단 한 명이라도 우리 영토 안에 있다면, 나는 절대 나폴레옹과 강화(싸우던 두 편이 싸움을 그치고 평화로운 상태가 되는 것)하지 않을 것이다."

나폴레옹이 러시아와의 전쟁을 결심했을 무렵은 영국을 제외한 유럽 대륙의 모든 나라가 그에게 무릎을 꿇은 상황이었다. 프랑스의 적대국이던 프로이센과 오스트리아도 아우스터리츠 전투와 프리트란트 전투에서 나폴레옹에게 패배하고 프랑스의 속국으로 전락한 상태였다. 그러니 이제 러시아만 굴복시키면 사실상 유럽 전체가 나폴레옹의 손에 들어가게 되는 상황이었다.

하지만 나폴레옹은 한 가지를 모르고 있었다. 그는 러시아를 지나치게 얕잡아 보았다. 러시아에는 혹독한 겨울 추위와 광대한 영토, 무수한 대병력이 기다리고 있었다. 그리고 무엇보다 러시아 황제 알렉산드르 1세는 나폴레옹과 프랑스에 끝까지 저항하려는 의지에 불타고 있었다.

전쟁의 고통을 온몸으로 체험하는 병사들

'전쟁'이라고 하면 사람들은 용감하게 싸워 명예와 칭송을 얻는 영웅적인 모습만 떠올린다. 그러나 전쟁은 절대 낭만적인 모험담이 아니다. 전쟁은 극심한 고통과 공포가 지배하는 가혹한 싸움이다. 특히나 전쟁을 온몸으로 직접 치르는 병사들은 전쟁의 고통을 가장 적나라하게 실감하는 사람들이다.

『전쟁과 평화』에서는 이런 병사들의 고통을 생생하게 묘사하고 있다. 그중에서 가장 큰 고통은 단언컨대 먹는 문제였다.

병사들은 흙 속에서 싹트기 시작한 마슈카의 당근이라는 유독 식물을 찾아

내 먹었다. 그 바람에 병사들의 얼굴과 손발은 퍼렇게 부어올랐다. 말도 역시 2주일 이상 지붕의 이엉만 먹고 있었으므로, 흉하게 여윈 채 여기저기 털이 뭉텅뭉텅 빠져 버렸다.

4월 어느 날 아침, 니콜라이가 밤새 당직을 마치고 쉬고 있는데 갑자기 밖에서 데니소프의 호통 소리가 들려왔다.

"병사들에게 이 뿌리를 먹이지 말라고 말했지 않나!"

데니소프가 소리치자 토프체엔코 상사가 말했다.

"중대장님! 저도 명령했지만 듣지를 않습니다. 아군의 수송차를 가로채다니, 이건 약탈입니다. 중대장님, 당신이 책임지실 거죠? 우리는 이틀이나 굶었습니다."

"우린 2주일 동안이나 굶었어. 자기 병사들을 먹여 살리기 위해 식량을 빼앗는 건 강도가 아니야. 자기 호주머니를 불릴 셈으로 빼앗는 게 강도지! 할 수 없어, 병사들을 굶겨 죽일 수는 없으니까. 빨리 가버려!"

독이 들었다는 사실을 알면서도 배고픔에 못 이겨 독 당근을 먹어야 했던 병사들의 심정을 사람들이 얼마나 이해할 수 있을까? 독초의 독에 중독되어 몸이 퍼렇게 부어올라도 계속 전쟁을 치러야 했던 병사들은 얼마나 고통스러웠을까?

그나마 위 지문에 언급된 병사들은 러시아 군인이었다. 자기 땅에서 전쟁을 치르는 러시아 군인들조차 식량 부족으로 고통받는데, 머나먼 남의 땅에 와서 전쟁을 치르는 프랑스 병사들은 그보다 더욱 배고픔에 시달렸으리라.

스몰렌스크 러시아 모스크바 서쪽 360km 지점 드네프르 강 상류에 있는 도시

모자이스크 러시아 모스크바 에서 서쪽으로 110km 떨어져 있는 도시

마침내 프랑스군은 스몰렌스크*의 큰길을 따라 모자이스크*로 퇴각했다.

프랑스군은 모스크바에서 도망칠 때 그들이 약탈한 물건을 전부 가지고 갔다. 프랑스군의 상태는 마치 스스로 멸망을 느끼면서도 자신이 지금 무엇을 하고 있는지 모르는 '상처 입은 야수' 같았다. 사방에서 약탈품을 노린 싸움이 벌어졌다. 한 독일인이 단검으로 얻어맞고 머리에 중상을 입기도 했다.

실제로 나폴레옹의 러시아 원정이 패배한 원인은 보급 체계의 실패였다. 프랑스 군대에 식량 등 군수품이 제대로 보급되지 않아 굶주림에 시달렸던 것이다. 프랑스 군대는 러시아 영토 안으로 깊숙이 진격할수록 고통받았다. 게다가 간신히 수도 모스크바를 점령했지만, 모스크바에 큰 화재가 일어나 물자 대부분을 잃어버리고 말았다. 결국 프랑스군은 더는 견디지 못하고 러시아에서 철수했다.

얼마나 많은 프랑스 병사들이 굶주림에 시달렸는지, 군대에 지급되는 말을 닥치는 대로 잡아먹기도 했다. 이 때문에 전투에 쓸 말조차 부족해 기병 전력이 붕괴했다. 심지어 굶주림이 더 심해지자 일부 병사들은 시체에서 살점을 떼어내 먹는 식인 행위까지 저질렀다. 그만큼 배고픔은 인간에게 있어서 최소한의 도덕조차 무너뜨리게 하는 가장 큰 고통이었다.

1812년 프랑스군의 후퇴

나폴레옹의 오만함, 러시아의 거대함에 무너지고 말았다

전쟁은 단순히 적을 많이 죽인다고 이기는 것이 아니다. 베트남 전쟁에서 죽은 베트남인들의 숫자는 그 전쟁에서 죽은 미군의 숫자보다 훨씬 많다. 하지만 아무도 베트남 전쟁에서 미군이 이겼다고 말하지 않는다. 전쟁은 상대의 싸우려는 의지를 꺾는 쪽이 이기는 것이다.

나폴레옹은 모스크바 근교에서 벌어진 보로디노 전투*에서 승리한 후 모스크바에 입성했다. 식량, 무기, 포탄, 그리고 헤아릴 수 없는 재화로 가득한 모스크바는 나폴레옹의 수중에 있었다. 이 한 달 동안 러시아군은 한 번도 공격하지 않았다. 프랑스군이 승리자의 지위를 유지하기 위해서는 가장 단순하고 쉬운 일만 하면 되었다. 즉 군대에 약탈을 엄금하고, 군 전

보로디노 전투 1812년 9월에 나폴레옹이 러시아의 보로디노에서 벌인 큰 싸움. 새벽부터 하루 종일 격전을 벌였으나 결정적인 타격을 입히지 못한 채 철수하던 러시아군을 프랑스군이 추격하여 승리했다. 이 전투에서 나폴레옹군의 사상자는 약 3만 명이었고, 러시아군의 사상자는 4만 4,000여 명이나 되었다.

보로디노 전투

체에 겨울용 제복을 지급하고, 모스크바의 식량을 잘 관리하는 세 가지 일
만 잘하면 되었다.

그러나 천재 중의 천재인 나폴레옹은 그렇게 하지 않았다. 나폴레옹은 자기
눈앞의 수많은 선택 중에서 가장 어리석은 선택을 했던 것이다. 군대의 약탈
을 방임한 채, 10월까지 모스크바에 빈둥빈둥 머물러 있었다. 그러는 동안
프랑스군은 나날이 속출하는 탈영병과 부상병으로 무너져 갔다.

처음 전쟁을 시작했을 때 나폴레옹은 승리를 자신했다. 여태까지
나폴레옹 자신이 맡아서 패배한 전투는 없었다. 어떤 상황에서도 나
폴레옹이 이끄는 군대는 승리를 이어나갔다. 과거 아우스터리츠와 프
리슬란트 전투에서도 나폴레옹은 러시아 군대를 격파한 적이 있었

다. 러시아 원정이 시작될 때에도 나폴레옹이 이끈 대군은 20만에 불과한 러시아 군대보다 세 배나 많았다. 역사상 가장 뛰어난 군사 천재인 나폴레옹은 자신이 거느린 대군이라면 간단하게 러시아를 굴복시킬 것이라고 장담했다.

하지만 나폴레옹의 예상은 빗나갔다. 물론 나폴레옹 군대는 보로디노 전투에서 러시아군을 물리치고 모스크바에 입성하는 데는 성공했다. 문제는 그다음부터였다. 이미 프랑스군의 식량 공급이 끊어져서 병사들이 굶주림에 시달리고 있었다. 더구나 모스크바에서는 원인 모를 화재가 일어나 그나마 저장해 놓은 물자들마저 불에 타 없어져 버렸다.

여기에 모스크바를 점령하면 알아서 프랑스군과 평화 협정을 맺을 줄 알았던 러시아 황제 알렉산드르 1세는 프랑스군과의 어떠한 협상에도 응하지 않았다. 오히려 나폴레옹에게 "나와 협상을 맺고 싶으면 러시아의 동쪽 끝인 베링 해협까지 따라와 봐라."하고 조롱하는 편지를 보냈다. 러시아는 프랑스군과 끝까지 싸울 태세를 갖추었다.

결국 굶주림과 추위에 시달리던 나폴레옹이 더는 견딜 수가 없어 후퇴를 결심했다. 그러나 퇴각하는 길도 순조롭지 않았다. 쿠투조프 장군이 지휘하는 러시아 군대는 물론, 침략군에게 토지와 가족을 유린당하고 분노에 치를 떨던 러시아 백성이 일어난 것이다. 그들은 민병대를 조직해 도망치는 프랑스군을 끝까지 쫓아가 유격전을 벌였다.

러시아 군대의 총사령관 쿠투조프는 침대 위에 누워서 어둠 속을 노려보며

생각에 잠겨 있었다.

'지금 공세를 취하면 패배할 따름이라는 것은 그들도 이해할 것이다. 인내와 시간, 이것이 나의 무기다!'

옆방에서 인기척이 났다. 쿠투조프는 장교가 들어오자, 눈을 가늘게 뜨고 그가 전하는 말을 들었다.

"무슨 보고를 가져왔지? 응? 나폴레옹이 모스크바에서 퇴각했다고? 그게 사실인가?"

장교의 말을 모두 들은 쿠투조프는 성상 쪽으로 돌아서서 떨리는 목소리로 기도했다.

"하느님이여! 우리의 주여! 당신께서는 저희들의 기도를 이루어 주셨습니다. 러시아는 구원을 받았습니다. 주여! 감사합니다."

쿠투조프는 러시아 군대의 명장이었다. 그는 병사들을 인간적으로 대우하고 그들을 보살피는 방식으로 훈련했다. 그 결과 러시아 병사들은 지휘관을 진심으로 믿었고, 두려움 없이 전쟁터에서 싸워 승리할 수 있었다.

사실 쿠투조프는 황제 알렉산드르 1세와 사이가 나빠서 해임된 상태였는데, 나폴레옹이 전쟁을 일으키자 쿠투조프를 지지하던 귀족들의 여론에 못 이겨 러시아 군대의 총사령관에 임명되었던 것이다.

쿠투조프는 나폴레옹이 이끄는 프랑스 군대에 맞설 가장 좋은 전략은 지구전*이라고 주장했다. 프랑스군은 자기 나라에서 멀리 떠나와 매우 지쳐있었고, 식량과 의

지구전 전쟁을 오래 끌어서 적을 지치게 하거나 아군 구원병의 지원을 받을 수 있도록 하는 전쟁

복 같은 군수품도 제대로 받지 못해 무척이나 고통스러워하고 있다. 이런 프랑스군을 상대로 러시아군은 성급하게 전투를 벌일 필요가 없었다. 프랑스군이 러시아 영토 안으로 깊숙이 들어올수록, 그들은 굶주림에 시달리다가 싸울 의지를 잃고 목숨을 건지기 위해 도망칠 것이다. 그때 러시아군은 힘없이 달아나는 프랑스군을 쫓아가 섬멸하면 된다는 것이 쿠투조프가 세운 계획이었다.

이런 청야전술*은 비단 러시아뿐만 아니라, 삼국시대 고구려에서도 중국 수나라와 당나라를 상대로 자주 사용했던 전술이었다. 지구전을 계획한 후 러시아군은 프

청야전술 주변에 적이 사용할 만한 모든 군수물자와 식량 등을 없애 적군을 지치게 만드는 전술

랑스군이 쳐들어오자 계속 전략적 후퇴를 감행했다. 따라오다 지친 프랑스군이 퇴각하자 러시아군은 무서운 기세로 그들을 쫓아가 추격전을 벌였다. 러시아군이 추격하자 대부분의 프랑스 병사들은 저항하기보다는 항복하거나 도망쳐버렸다. 더는 전투를 벌일 힘과 용기조차 남아있지 않았던 것이다.

적이 스몰렌스크로 들어오면서부터 유격전이 벌어졌다.

이 유격대는 맨 처음 데니소프가 조직했는데, 그 뒤 제2, 제3의 유격대가 편성되어 그 수는 수백에 달했다. 그중에는 민병이나 농부들도 있었고, 신부 혹은 수백 명의 적을 죽였다는 어떤 촌장의 아내가 유격대장인 유격대도 있었다.

프랑스군을 괴롭힌 것은 러시아 군대만이 아니었다. 프랑스 병사

들에게 집과 가족을 잃은 러시아 농민들도 자발적으로 군대를 조직해 프랑스군에 복수했다. 이런 민간인 유격대를 '파르티잔'이라고 하는데, 한국 전쟁 당시 남한의 후방에서 북한군의 유격대 역할을 하던 게릴라를 '빨치산'이라고 부르는 것도 여기서 유래한 말이다.

그리고 보면 과거 프랑스군의 스페인 원정에서도 프랑스 병사들이 가장 두려워했던 것은 스페인 농민들이 주동이 된 민간인 부대였다. 왕에 대한 충성심이 아닌, 자신과 가족을 지키기 위해서 무기를 들고 나선 스페인 백성이 세계 최강의 프랑스 군대에 용감하게 맞서 그들을 몰아낸 것이다.

유럽을 두 번이나 구해낸 러시아

근대 이후 유럽에 큰 변화와 위기를 가져온 독재자를 꼽으라면 사람들은 단연 나폴레옹과 히틀러를 들 것이다. 이 두 사람은 모두 러시아 원정의 실패로 몰락하고 말았다.

질풍노도의 기세로 유럽을 석권하던 나폴레옹은 러시아의 거대한 국토로 빨려들어 가다가 대부분의 군대를 잃고 쇠망의 길을 걸었다. 나폴레옹이 러시아에서 참패했다는 소식을 들은 프로이센과 오스트리아 등 유럽 각국은 프랑스와의 동맹을 끊고, 반란을 일으켜 프랑스와 맞섰다.

한편 프랑스의 원정군을 격퇴한 러시아군은 여세를 몰아 계속 프랑스를 향해 진격했다. 1814년에는 마침내 러시아의 황제 알렉산드르 1세가 직접 군대를 이끌고 프랑스의 수도 파리에 입성했다. 나폴레옹은 스스로 항복 문서에 서명했다. 이후 엘바 섬으로 유배된 나폴레옹은 얼마 후에 탈출해 다시 프랑스의 황제가 되었으나, 워털루 전투에서 패배하여 완전히 무너지고 만다.

나폴레옹보다 약 100년 후의 사람이었던 히틀러도 소련을 깔보고 190만 대군을 투입해 전쟁을 벌였으나, 아무리 격파해도 계속 재건되어 끝까지 싸우는 소련군을 이기지 못했다. 결국 1945년, 독일의 수도 베를린은 소련군에게 겹겹이 포위된 상태에서 함락되었다. 히틀러는 결국 스스로 목숨을 끊었고, 세계 정복을 꿈꾸었던 나치 독일도 멸망했다.

이렇듯 세계 제패를 노린 두 독재자 나폴레옹과 히틀러를 무너뜨린 것은 다름 아닌 러시아였다. 이런 러시아의 자부심이 녹아있는 작품이 바로 『전쟁과 평화』이다.

03

작은 아씨들

"나는 내 딸들이 아름답고 교양있고 착하게 자라기를 바란단다."

『작은 아씨들』은 미국의 여성 작가 루이자 메이 올컷이 1869년에 발표한 소설이다. 그녀는 자신이 어린 시절 겪었던 일에 살을 붙여 재미있는 이야기로 만들었는데, 그것이 바로 『작은 아씨들』이다. 이 책은 유쾌하면서도 감동적인 줄거리로 독자들에게 큰 인기를 얻었다.

특히나 『작은 아씨들』은 여성 독자에게 열렬한 사랑을 받았다. 『작은 아씨들』이 여성들을 위해 쓴 책이었기 때문이다. 물론 작가인 올컷 스스로 여성이어서 같은 여성들의 심리를 잘 이해했던 이유도 있었다.

청소년 **문·사·철** 읽기 혁명

그러나 그보다 더 『작은 아씨들』이 사랑을 받았던 데는 매우 엄격하고 보수적인 문화가 지배하던 19세기 미국에서 여성도 남성처럼 좋은 학교에 다니고, 자기 생각과 행동을 자유롭게 할 수 있는 권리가 있다는 주장에 있다.

남녀평등이라는 개념이 보편화한 오늘날에는 이런 생각이 당연하게 느껴지지만, 19세기까지만 해도 미국과 유럽 등 서양에서는 여성이 남성보다 앞서면 안 된다는 차별적인 생각이 널리 퍼져 있었다. 그런 환경에서 여성들의 교육과 권리를 외친 『작은 아씨들』의 메시지는 매우 놀라운 것이었다.

발표된 지 140년이 지났지만 『작은 아씨들』은 지금까지도 미국 여성 문학에서 가장 뛰어난 걸작 중 하나로 칭송받고 있다.

작은 아씨들

체벌과 학교 교육

『작은 아씨들』은 19세기의 미국 사회를 곳곳에서 잘 보여주고 있는 작품이다. 이 소설은 평범한 미국인 중산층 가정의 생활상을 다루었으며, 주인공인 네 자매가 다니는 학교생활 이야기도 들어있다. 하루는 네 자매 가운데 막내인 에이미가 교칙을 어기고 학교에 라임을 가져왔다가 교사에게 들켜서 체벌을 받기도 했다.

데이비스 선생님은 학교에 라임(레몬과 비슷한 과일)을 가져오는 일을 금지했다. 그러다 에이미가 라임을 가져온 것이 들키자, 데이비스 선생님은 모두가 보는 앞에서 에이미의 손바닥을 때렸다.

집으로 돌아간 에이미가 자신이 겪은 일을 말하자, 어머니 마치 부인은 이렇게 말했다.

"그래, 당분간 학교를 쉬어도 좋지만 날마다 공부는 계속하렴. 난 원래 체벌에 찬성하지 않아. 하지만 네가 규칙을 지키지 않았으니 벌을 받는 것은 당연해."

에이미가 소리쳤다.

"그럼 제가 많은 사람 앞에서 창피를 당해도 괜찮다는 말인가요?"

"나라면 잘못을 바로잡기 위해 그런 방법을 쓰지는 않았을 거야. 더 부드러운 방법으로도 얼마든지 잘 가르칠 수 있을 텐데. 에이미, 넌 점점 우쭐대고 잘난 체하는 태도를 고칠 때가 되었다. 자만심은 뛰어난 천재도 망치고 만단다. 모든 능력 중 으뜸가는 것은 겸손이란다."

『작은 아씨들』을 읽은 사람들은 미국에서도 체벌이 이루어졌다는 사실에 놀랄지도 모른다. 사실 1800년대 미국은 지금보다 훨씬 도덕과 규범이 엄격하게 적용되던 보수적인 사회였다. 비단 미국만이 아니라 영국, 프랑스, 독일 등 유럽 국가도 모두 엄격한 사회였다. 특히 19세기 무렵의 영국은 사회 전반적으로 욕망을 최대한 자제하고, 근엄한 도덕률이 지배하던 시대였다.

특히 미국에서는 청교도* 정신이 매우 강력했다. 매주 일요일마다 미국인들이 가는 교회에서는 사소한 잘못만 저질러도 "죽어서 영원히 고통받는 지옥으로 떨어진다."고 설교하며 공포 분위기를 조성했다. 목사 가정의 한 여자아이가 밥 먹다가 "지옥에 가는 것이 무섭다!"면서 울음을 터뜨리는 일이 있을 정도였다.

청교도 16세기 후반, 영국 국교회에 반항하여 생긴 개신교의 한 교파. 쾌락을 죄악시하고 사치와 성직자의 권위를 배격했으며, 철저한 금욕주의를 주장했다.

당시 미국인들은 남북전쟁의 여파, 변경에서 벌어지는 인디언과의 전쟁, 노예 제도를 두고 벌어지는 여론 대립, 불공정한 조세 제도, 이민자 사회의 갈등 등으로 매우 혼란스러웠다. 그런 만큼 엄격한 규범이 요구됐다. 이 때문에 학교에서 학생들을 규율에 복종하게 한다는 이유를 들어 체벌이 일상적으로 이루어졌다.

소설 『작은 아씨들』에서 네 자매의 어머니인 마치 부인은 체벌에 두 가지의 다른 관점을 가지고 있었다. 마치 부인은 에이미가 규칙을 어겼으니 처벌을 받는 일 자체는 옳다고 생각했지만, 학생들에게 폭력으로 처벌을 주는 방식에는 반대했다. 잘못을 바로잡기 위해 굳이 학생에게 체벌이나 창피를 가하지 않아도 된다고 생각한 것이다.

『작은 아씨들』이 나온 지 100년 후인 1960년대, 미국에서는 보수적인 사회 분위기에 반기를 드는 히피 문화와 반전 운동이 들불처럼 일어났다. 마침내 학교에서 더는 학생들에게 폭력적인 체벌을 가하지 않도록 하는 교육 방침이 적용되기에 이르렀다. 마치 부인의 생각이 실현되기까지 100년이라는 세월이 걸린 셈이다.

크로케를 하다 드러난 미국과 영국의 관계

『작은 아씨들』에는 네 자매와 친구인 조 일행이 영국인 프레드 일행과 크로케 경기를 하는 부분이 나온다. 크로케는 지면에 철주문 아홉 개를 세우고 나무로 만든 공을 나무망치로 때려 두 철주 사이로 통과시켜 다시 되돌아와 속도를 겨루는 경기를 말한다. 프랑스에서 시작되어, 17세기경 영국으로 전해졌다. 1897년 영국에서 연맹이 결성되기도 했으나 그다지 조직적으로 발달하지 못해서 현재는 레크리에이션 게임으로 보급되어 있다. 크로케를 하는 모습을 보면 기다란 나무망치로 공을 치는 것이 마치 골프와 비슷하다.

영국인들도 경기를 잘했지만, 미국인들은 더 잘했다. 마치 1776년의 독립전쟁 정신으로 무장한 듯 한 치의 양보도 없이 치열하게 경쟁했다.

그러다 프레드가 주변에 아무도 없자 발로 공을 건드려 안쪽으로 들여보내는 모습을 보고는 조가 쏘아붙였다.

"공을 발로 밀었잖아요. 그러니 내 차례예요."

"그러지 않았어요."

"미국에서는 속임수 같은 건 안 써요. 당신네는 마음대로 속임수를 쓰는군요."

"가장 교활한 건 양키들이죠. 누구나 다 아는 사실인걸요."

프레드가 그렇게 외치며 조의 공을 쳐 날려버리자, 조는 욕설을 하려다 입을 다물고 철주문을 힘껏 후려쳤다.

크로케 경기를 벌이던 중 미국인 조와 영국인 프레드가 서로 상대가 반칙을 저질렀다고 목소리를 높여 항의했다. 작품 본편에서는 영국인 프레드가 아무도 안 보는 틈을 타서 슬쩍 공을 안쪽으로 넣는 반칙을 저지르는 것으로 나온다.

이런 설정은 다분히 미국과 영국의 역사적 관계가 반영된 모습이다. 19세기 초 무렵인 1812년, 아직 영국에서 독립한 지 30년밖에 안 되었던 미국은 영국과 전쟁을 벌인다. 전쟁 중에 미국의 수도 워싱턴이 영국군의 공격으로 모두 불타는 피해를 보기도 했다. 전쟁이 끝나고 나서도 영국의 위협은 계속되었다. 미국의 남북전쟁이 한창인 1850년 무렵에는 남북으로 갈라져 서로 내전을 벌이는 틈을 타서 영국이 미국의 국정에 간섭하려는 움직임마저 보였다. 게다가 미국의 북쪽인 캐나다는 여전히 영국의 식민지였다. 이러니 미국인들은 영국이 언제 다시 쳐들어올지 모른다는 불안과 공포에 떨었고, 자연스럽게 영국에 반감이 심할 수밖에 없었다.

영국도 마찬가지였다. 영국은 미국이 자국의 적인 프랑스의 도움을 받아 독립한 것에 무척 불쾌감을 느꼈다. 게다가 미국이 북아메리카에 남아있는 영국 식민지 캐나다를 공격했다가, 캐나다 주민의 반격을 받고 물러난 사건도 있었다. 영국은 미국이 캐나다를 침공할지도 모른다고 생각했다. 그렇게 놔두면 미국이 북아메리카 대륙에서 영국 세력을 모두 제거하고, 더 나아가 영국 자체에 압력을 가할지도 모른다는 우려에 사로잡혔다.

이런 이유로 미국과 영국은 반감 어린 눈으로 각자를 보고 있었다. 미국은 영국을 포악한 억압자이자 독재자로, 영국은 미국을 무례하고 야만적인 반란자로 여겼던 것이다. 19세기 영국에서 출간된 『셜록 홈스』나 찰스 디킨스의 소설을 보면 미국을 매우 잔인하고, 난폭하며, 법과 질서도 없는 아수라장으로 묘사했다. 반면 같은 시대 미국에서 출간된 문학 작품에는 영국인들이 억압적이고 폐쇄적인 신분 제도에 사로잡혀 자유롭지 못하게 살아가는 사람으로 그려졌다. 문학 속에서도 당시의 시대적 흐름이 반영된 것이다.

건강할 때 미리 유언장을 써두는 에이미

『작은 아씨들』의 후반부에는 네 자매 중 막내인 에이미가 미리 유언장을 써두는 내용이 있다. 그녀는 유언장에 자신이 죽으면 가진 물건들을 모두 다른 사람들에게 나눠주겠다는 말을 담았다.

나의 유언장

나, 에이미 커티스 마치는 온전한 정신으로 나의 소유물을 물려주려고 합니다.

아버지께 액자를 포함해 내가 그린 그림 가운데 가장 훌륭한 예술 작품과 지도 및 백 달러를, 어머니께 주머니 달린 파란 앞치마를 제외한 옷 전부와 메달을 드립니다.

마가렛 언니에게는 터키석 반지와 초록색 상장, 레이스, 스케치를 드립니다.

조 언니에게는 브로치와 잉크병, 석고 토끼를 드립니다.

베스 언니에게는 인형과 화장대, 부채, 리넨 칼라, 슬리퍼를 드립니다.

친구인 테오도어 로렌스에게는 종이와 찰흙 말을 드립니다.

은인 로렌스 씨에게는 보라색 상자를 드립니다.

친구 키티 브라이언트에게는 비단 앞치마와 금 구슬 반지를 보냅니다.

한나 아줌마에게는 판지 상자와 조각보 작품을 드립니다.

나의 소중한 재산을 전부 나눠 드리니 모두 만족하고 죽은 자를 원망하지 않기를 바랍니다. 나는 모두를 용서하고, 죽어서 다시 만날 거라고 믿습니다.

이 부분을 읽은 사람들은 '아직 건강하고 심한 병이 들어 목숨이 위태롭지도 않은데, 대체 에이미는 왜 유언장을 썼을까?'하고 이상하게 생각할지도 모른다. 사실 살아생전에 미리 유언장을 써두는 일은 서구의 오랜 관습이다.

먼 옛날 로마 시대에도 사람들이 살아 있을 때 미리 유언장을 써두는 일이 흔했다. 특히 부유한 상류 계층의 사람들은 재산 분배 문제에 무척 신경을 써서, 유언장을 미리 작성해 두는 경우가 많았다. 한 예로 로마 공화정의 장군이었던 안토니우스는 이집트의 여왕 클레오

파트라와 결혼하면서, 자신이 죽으면 시신을 로마가 아닌 이집트에 묻어달라는 내용을 담은 유언장을 남겼다. 이 사실이 정적인 옥타비아누스에게 폭로되면서 로마를 배신한 매국노라는 인신공격을 받아 정치적으로 큰 위기에 몰리기도 했다.

우리나라에서는 사람이 죽기 직전에 유언장을 작성하고, 자신의 유품을 직계 가족에게만 물려준다. 죽은 사람이 쓰던 물건은 재수가 없거나 귀신이 붙어서 썼다가 나쁜 일을 당할지도 모른다는 이상한 미신 탓이다.

반면 미국인들은 자신이 가진 물건을 꼭 가족들에게만 남겨주지 않는다. 평소에 친하게 지내는 사람이나 자주 얼굴을 보는 사람, 혹은 그냥 주고 싶은 사람들에게 유품을 마음껏 나눠준다.

미리 죽음을 대비해서 유언장을 작성하는 일이 왠지 재수가 없고 이상하다고 생각할 사람도 있으리라. 하지만 죽음은 누구에게나 찾아온다. 아무리 건강한 사람이라도 언젠가는 반드시 죽는다. 죽음은 모두가 거쳐야 할 통과의례이자, 운명이라고 할 수 있다. 언젠가 반드시 겪게 될 죽음에 대비해서 미리 유언장을 남겼던 일은 어쩌면 남아 있는 사람들을 배려하는 마음이 아니었을까?

여인의 장래와 결혼

『작은 아씨들』의 네 자매는 여성이니 언젠가 결혼을 해야 했다. 네 자매의 어머니 마치 부인은 딸들에게 어떤 남자를 결혼 상대로 골라야 하는지 충고를 남겼다.

마치 부인은 딸들의 손을 잡고 얼굴을 보면서 진지하고 힘 있는 말투로 말했다.

"나는 내 딸들이 아름답고 교양 있고 착하게 자라기를 바란단다. 남에게 칭찬받고, 사랑과 존경을 받으며, 행복한 젊은 시절을 보내고, 현명한 결혼을 하기 바라지. 하지만 호화로운 집에서 부유하게 살 수 있다는 이유만으로 부자와 결혼하는 것은 바라지 않아. 왜냐하면 돈과 집이 있어도 사랑이 없으면 참된 가정이라고 할 수 없으니까. 물론 돈은 필요해. 하지만 돈이 최고라거나, 돈만이 목적이라고 생각하는 것은 원하지 않아. 난 너희들이 행복하고 사랑을 받으며 만족스럽게 살아갈 수 있다면, 자존심도 마음의 평화도 없는 여왕이 되는 것보다 가난한 사람의 아내로 사는 것이 훨씬 낫다고 생각한단다."

"언니가 부자와 결혼하길 바라지 않으세요?"

"돈은 좋고 필요하지. 하지만 나는 내 딸들이 돈에 너무 쪼들리는 것도, 돈에 너무 큰 유혹을 받는 것도 바라지 않아. 존이 좋은 직업을 가지고 착실하게 생활해서, 빚 없이 메그를 편안히 살게 해 줄 만큼만 수입을 올린다면 좋겠구나. 매일 양식을 얻기 위해 일하는 소박한 작은 가정에 진정한 행복이 있다는 것을 엄마는 경험으로 안단다. 난 메그가 소박하게 살아도 만족할 거야. 내 생각이 틀리지 않다면, 메그는 틀림없이 착한 남자의 마음을 사로잡는 참된 부자가 될 거야. 그게 재산보다 훨씬 가치가 있단다."

마치 부인은 딸들에게 오로지 돈만 보고 하는 결혼은 절대 행복하지 않다고 가르쳤다. 마치 부인이 딸들에게 말한 결혼관과 남편관은 오늘날 현대 사회를 살아가는 여성들에게 모범이 된다. 『작은 아씨들』의 저자 루이자 메이 올컷은 결혼해서 아이를 낳은 여성이었다. 그녀는 자신의 경험을 토대로 장차 남편을 맞이하게 될 여성들에게 충고했던 것이다.

여성을 위한 인생의 조언

『작은 아씨들』에서 저자인 루이자 메이 올컷은 마치 부인의 입을 빌려 "오직 돈만을 보고 하는 결혼은 절대 행복하지 않다."고 말한다. 돈에 팔려가 시집간 여자는 자유롭지도 행복하지도 않고 불행할 뿐이라는 뜻이다.

단순히 돈만 보고 하는 결혼이 행복하지 못하다는 마치 부인의 말은 현대를 사는 우리에게도 적용된다. 종종 시골 노총각이 동남아의 가난한 신부를 돈으로 사왔다가 신부들이 도망가 버려 결혼이 파탄 나거나, 재벌과 결혼했다가 아이를 빼앗기고 이혼당한 유명 연예인 등의 사례를 보더라도 그렇다.

이처럼 돈만 보고 한 결혼의 끝은 결국 파국으로 치닫기 쉽다. 부부 사이에 있어야 할 사랑과 신뢰가 없기 때문이다. 오로지 돈만 보고 결혼했으니, 돈이 없어지면 당연히 깨어지기 마련 아닌가?

사람이 세상을 살 때 반드시 재벌처럼 호화로운 생활을 해야 행복한 것은 아니다. 고려 시대 어느 기녀가 지은 "내 사랑하는 임과 함께라면 얼음 위에서 댓잎만 덮고 자도 행복하다."는 시처럼 진정한 행복의 의미를 한번쯤 생각해 보자.

04

갈매기의 꿈

"그것은 진리다. 나는 완전하고 무한한 갈매기다."

『갈매기의 꿈』은 1970년 미국의 작가 리처드 버크가 낸 소설로, 당시 미국에 팽배했던 히피 문화를 반영한 작품이다. 당시 미국에서는 베트남 전쟁에서 전사하는 젊은이들이 많았다, 이 때문에 사람들이 전쟁에 혐오감을 가졌고, 보수적인 사회에 대한 반감이 점점 커지고 있었다. 특히 국가에 무조건 충성과 복종을 강요하는 문화에 반발해 힌두교와 불교 등 생소한 동양 사상을 연구하는 히피 문화가 젊은이들 사이에서 급속히 퍼져 나갔다.

『갈매기의 꿈』은 짧은 소설이지만, 매우 심오한 철학을 담고 있다. 주인공 조나단은 단지 하루하루 살기 위해 물고기를 낚는 것에 머무르지 않고, 모든 속박과 한계를 넘어서 무한한 자유를 누리며 살아간다. 저자는 이런 조나단을 통해 독자들에게 '스스로의 노력으로 깨달음을 얻고 자신을 완성해가라'는 교훈을 전하고 있다.

이것은 다분히 불교적인 가르침을 반영한 내용이다. 불교를 창시한 석가모니는 자신을 신이라고 칭하거나 숭배하라고 강요한 적이 없다. 그는 모든 사람들이 마음속에 이미 부처가 될 성품(불성, 佛性)을 지니고 있으며, 누구나 노력하여 이를 깨우치기만 하면 곧바로 부처가 될 수 있다고 말했다. 즉, 어느 특정한 대상에게 매달리거나 노예가 되지 말고 자신이 스스로 스승이 되라고 가르친 것이다.

『갈매기의 꿈』은 다소 난해한 줄거리와 짧은 내용 때문에 많은 출판사가 출간을 사양하여 오랫동안 책으로 나오지 못했다. 저자 자신도 처음에는 이 책이 미국인 독자들에게 큰 호응을 얻으리라는 기대를 하지 않았다.

그런데 막상 『갈매기의 꿈』이 출간되자 미국에서 초판만 무려 210만 부나 팔릴 정도로 놀라운 베스트셀러가 되었다.

오늘날 『갈매기의 꿈』은 미국에 이른바 '뉴에이지 문화*'로 대표되는 동양 철학 열풍을 본격적으로 불러일으킨 선구자로 평가받고 있다.

뉴에이지 '새로운 시대'란 뜻으로 물질만능주의에 젖은 서구 문화에 대한 비판으로 일어난 운동. 동양을 서양에 비해 미개하다고 멸시하는 서구의 기존 시각에 반대하며, 오히려 힌두교와 불교 등 동양 사상들이 주장하는 환생과 업 같은 요소를 긍정적으로 인식한다.

높이 나는 것이 죄라는 갈매기의 법

『갈매기의 꿈』은 세계 명작 소설 중에서 가장 내용이 짧으면서도 강렬한 감동을 주는 작품 중 하나이다. 이 소설은 간결하면서도 삶의 진정한 의미를 찾아가는 여정을 깊이 있게 다루고 있다. 전 세계에서 40년이 넘도록 베스트셀러 자리를 지키고 있을 정도로 사람들에게 사랑받는 책이다.

『갈매기의 꿈』은 갈매기 조나단이 주인공으로 등장한다. 동물이 사람의 이름을 달고 사람처럼 말하는 내용이라 영락없는 동물 우화처럼 보인다. 하지만 이 책의 내용은 단순히 어린이를 대상으로 쓴 동화 수준이 아니다. 동물 우화의 틀을 빌려 대중에게 저자가 하고 싶은 이야기를 숨겨 놓은 소설이다.

주인공 조나단은 다른 갈매기들처럼 그저 물고기를 낚을 때에만 비행을 하는 평범한 갈매기였다. 그러던 어느 날 조나단은 자신이 가진 날개를 고기잡이가 아니라, 더 높고 빠르게 날아가는 데 사용하기 위해 연습하기 시작했다. 결국 그는 수많은 시행착오 끝에 더 높은 고도와 빠른 속도로 날아가기에 성공했다.

조나단이 다른 갈매기들과는 달리 더 높고 빠르게 날았다는 소식은 연장자 갈매기들에게까지 퍼졌다. 그들은 조나단이 먹이를 잡을 때에만 날아야 한다는 갈매기 무리의 법을 어겼다는 이유로 무리에서 추방하는 벌을 내렸다.

조나단이 해변에 도착했을 때 갈매기들은 회의를 하기 위해 모여 있었다. 그들은 그렇게 한참 동안 모여서 회의했다. 이윽고 연장자 갈매기가 나와 선언했다.

"조나단, 한가운데로 나와 그대의 동료가 지켜보는 가운데 명예롭지 못한 심판을 받으라."

자신이 높이 난 일로 칭찬받을 것이라고 기대했던 조나단은 널빤지로 얻어맞는 기분이 들었다. 대체 내가 무엇을 잘못했단 말인가?

"무책임하고 무모한 행동을 하여 그대는 갈매기 무리의 존엄성과 전통을 파괴했다. 조나단, 그대는 무책임한 행동은 보상받을 수 없다는 사실을 알아야 한다."

놀란 조나단은 크게 소리쳤다.

"무책임하다니요? 삶의 의미와 더 차원 높은 목적을 추구하고 따르는 자보다 더 책임감 있는 갈매기가 대체 누구란 말입니까? 우리는 수천 년 동안 물고기 대가리나 찾아다녔습니다. 그러나 이제 우리는 삶의 이유를 갖게 되었습니다. 배우고, 발견하고, 자유로워지는 것! 저에게 한 번 기회를 주시면 제가 발견한 것을 보여드리겠습니다."

하지만 갈매기들은 다음과 같이 선언했다.

"형제 관계는 이제 깨어졌다."

이 부분을 읽은 사람들은 좀처럼 이해가 가지 않을 것이다. 다른 갈매기들보다 더 높고 멀리 난 일이 어떻게 갈매기족의 전통과 존엄을 파괴했단 말인가? 갈매기 세계에서 왜 그런 일이 범죄로 인식되었을까? 살이 빠지고 뼈와 깃털만 남아 보기 흉해서? 겨우 그런 이유로 무리에서 쫓아낸다고?

그런데 깊게 생각해 보면 갈매기 무리가 엉터리 법을 집행하는 일이 낯설지는 않다. 인간 사회에서도 마찬가지로 쓸모없고 엉터리 같은 법이 넘쳐나지 않는가? 중세 유럽에서는 단지 금요일에 고기를 먹었다고 '신성모독죄'에 걸려 처벌을 받기도 했다. 현대 한국에서도 조롱감으로 삼기 위해 북한의 지도자를 합성해 그린 그림 때문에 국가보안법 위반으로 구속되는 사람이 있었다.

한 사회의 '금기'라는 것이 다른 사회에서는 그다지 대단하지 않은 일인 경우도 많다. 예를 들어 우리나라에서는 어린아이가 귀여우면 머리를 쓰다듬어 칭찬하는 일이 대수롭지 않은 일이다. 하지만 태국에서는 머리를 사람의 신체 중 가장 중요한 부분으로 여기기 때문에 아무리 친해도 함부로 머리를 치거나 만져서는 안 된다.

　이렇듯 우리가 두려워하고 금기시하는 사회적 묵계가 다른 사회에서는 대수롭지 않은 일이라는 사실을 깊이 생각해 본 사람들은 과연 얼마나 될까? 또 조나단처럼 잘못된 금기에 용감하게 도전하여 자유를 찾고자 하는 사람들은 몇 명이나 있을까?

진리를 깨닫는 데 시간은 중요하지 않다

　빠른 속도로 고공비행했다는 이유만으로 무리에서 쫓겨난 조나단은 이리저리 방황하다가 자신처럼 추방당한 설리번과 치앙 등의 갈매기 무리와 만났다. 조나단은 그들을 통해서 더욱 높고 빠르게 날 수 있는 방법을 터득했고, 그들에게 존경받기 시작했다. 『갈매기의 꿈』에서 가장 감동적이고 인상적인 대목이 바로 이 부분이다.

　그들이 돌아왔을 때는 날이 어두워진 뒤였다. 다른 갈매기들이 금빛 눈 속에 경외하는 빛을 담고 조나단을 바라보았다. 그들은 조나단이 오랫동안 못박힌 듯 서 있던 곳에서 한순간에 사라지는 것을 보았기 때문이었다.

　조나단은 그들의 축하가 무척 부담스러웠다.

　"나는 이곳에선 새내기에 불과해요. 이제 겨우 시작했을 따름인 걸요! 오히려 당신들한테서 배워야 할 사람은 나예요!"

　곁에 서 있던 설리번이 말했다.

　"나는 그렇게 생각하지 않아, 조나단. 너는 내가 1만 년 동안 보아 온 어떤 갈매기보다 배움을 두려워하지 않아. 넌 한 번의 삶 동안 매우 많은 배움을 얻었기 때문에 이곳까지 이르는 데 수천의 생을 거치지 않아도 돼."

조나단보다 먼저 추방자 무리에 들어온 설리번과 치앙이 후배인 조나단에게 존경한다고 이야기했다. 후배는 선배를 무조건 존경해야 하고, 선배는 후배에게 존중받는 것을 당연하게 생각하는 고정관념에서 벗어난 모습이다. 사실 우리나라에서도 이런 식의 사고방식을 종종 찾아볼 수 있다. 과거 조선 시대 선비들은 서로 학술을 토론할 때 나이가 많고 적음에 구애받지 않았다. 오성과 한음처럼 나이가 다섯 살이나 차이 나는 친구도 있었고, 퇴계 이황은 자신보다 나이가 스무 살이나 어린 기대승(조선 선조 때의 성리학자)과 예의를 갖추면서도 열띤 토론을 벌였다. 나이가 어리다고 무조건 업신여기는 태도는 조선 시대에도 없었던 셈이다. 진리를 깨닫는 데 시간은 중요하지 않다.

예언자의 귀환

선배 갈매기들에게 가르침을 얻어 오히려 그들보다 더 나은 비행을 하게 된 조나단은 한동안 신 나게 날아다니다가, 문득 자신이 쫓겨난 원래의 갈매기 무리를 떠올렸다. 다른 나라로 이민 가서 열심히 노력한 끝에 부와 명성을 얻어 성공한 사람도 시간이 흐르면 떠나왔던 고향을 그리워하듯이, 조나단도 비슷한 향수를 느꼈던 것 같다.

조나단은 결국 자신을 쫓아낸 갈매기 무리로 돌아갔다. 성경으로 비유하자면, 광야*의 선지자나 예언자가 동포들에게 깨우침을 주기 위해서 고향 마을로 돌아온 셈이다.

광야 사전적 용어로는 개간되지 않은 황량한 벌판을 말한다. 그러나 성경에서의 광야는 주로 위대한 주의 종들이(선지자나 지도자) 하나님을 만나는 장소나 혹은 연단을 받은 장소로 언급된다.

시간이 지나자 조나단은 자신이 떠나온 지상을 끊임없이 그리워하고 있음을 알았다. 만일 이곳에서 배운 것의 단 10분의 1, 단 100분의 1이라도 그곳에서 알았더라면 삶은 얼마나 더 많은 의미가 있었을 것인가.

조나단은 모래 위에 서서 생각에 잠겼다. 만일 그곳으로 돌아가면 혹시 자신의 한계를 뛰어넘기 위해 노력하는 갈매기가 하나라도 있지 않을까? 고기 잡이배에서 빵 부스러기를 얻으려고 날아다니는 것 이상의, 나는 일의 진정한 의미를 알기 위해 고독하게 싸우고 있는 갈매기가 있지 않을까? 어쩌면 그곳엔 갈매기 무리의 바로 앞에서 자신처럼 진실을 말했기 때문에 추방당한 갈매기가 있을지도 모른다.

동료를 이끌고 돌아온 조나단 일행을 본 갈매기들은 마치 벼락을 맞은 듯 충격에 휩싸였다. 연장자 갈매기들이 조나단과 대화를 하거나 어울리면 추방한다고 말을 하여 몇몇 갈매기는 조나단에게 등을 돌렸지만, 그보다 더 많은 갈매기가 조나단을 찾아가 그에게 비행을 배웠다.

조나단은 그들에게 "자유로 인도하는 단 하나의 진정한 법을 제외하면, 다른 법들은 존재하지 않는다. 그대들과 전혀 다르지 않은 많은 갈매기들이 날 수 있다. 그대들도 얼마든지 높이 날 수 있다."고 가르쳤다.

성경에서는 예수가 자신의 고향인 베들레헴 사람들을 찾아가 설교했지만, 그들이 예수의 말을 따르지 않은 일을 두고 "어떤 예언자도 고향에서는 환영받지 못한다."라고 썼다. 그에 비하면 조나단은 운이 좋았던 셈이다. 예수처럼 고향에서 배척당하지 않고, 자신의 뜻을 따르는 수많은 동조자를 얻었으니 말이다.

무리에서 추방당한 범죄자 조나단의 말에 왜 그토록 많은 갈매기들이 손쉽게 끌렸을까? 그것은 연장자 갈매기들이 "갈매기는 오직 먹이를 잡을 때에만 날아야 하며, 높고 빠르게 나는 갈매기는 규칙을 어긴 죄인이다."라고 강요했던 법칙이 사실은 갈매기들에게 반감을 사고 있었다는 증거가 아닐까?

조나단의 말처럼 자유를 부정하고 구속하는 법은 무의미하다. 자유와 활력을 주는 법이야말로 진정으로 사람들을 위한 법이 아닐까?

자기 자신을 우상화·절대화하지 마라

『갈매기의 꿈』은 후반부에서 전혀 예측하지 못한 방향으로 끝을 맺었다. 이제까지 다른 갈매기들에게 보다 빠르고 높이 나는 법을 가르치던 조나단이 갑자기 떠나겠다고 선언했다. 제자인 플레처가 만류하는 것도 뿌리치고 말이다. 대체 무엇 때문에 조나단이 그런 결정을 내렸을까?

군중은 날이 갈수록 많아졌다. 더러는 질문을 하기 위해, 혹은 우상처럼 섬

기기 위해, 아니면 조롱하기

위해서 왔다.

어느 날 아침, 수준 높은 속도 연습을 마친 플레처가 조나단에게 말했다.

"갈매기 무리는 당신이 '위대한 갈매기의 아들'이 아니면 이 시대보다

1000년을 앞서서 온 분이라고 말합니다."

조나단은 한숨을 쉬며 생각했다. 오해받은 대가로 무엇을 치르게 될 것인

가? 그들은 나를 악마 아니면 신이라고 부를 것이다.

조나단은 플레처에게 말했다.

"이제는 네가 다른 동료와 함께 비행을 하고, 그들에게 가르침을 주도록 해

라. 나는 이제 떠날 때가 되었다."

플레처는 스승인 조나단을 두려운 눈으로 쳐다보았다.

"이끌다니요? 그게 무슨 뜻이죠? 이곳의 스승은 당신이고, 당신이 아니면

이끌어갈 자가 없어요."

"떠날 수 없다고? 그대는 더는 내가 필요치 않다. 다만 날마다 조금씩 더 그

대 자신을 발견하는 일, 무한하고 진정한 존재인 플레처 시걸을 발견하는 일

이 필요할 뿐이다. 그것이 곧 그대의 스승이다. 저 갈매기들이 나에 대한 어

리석은 소문을 퍼뜨리지 않게 하라. 나를 신으로 만들지 못하게 하라. 알겠

는가? 나는 다만 나는 것을 좋아하는 한 마리의 갈매기일 뿐이다."

조나단이 갈매기 무리로 다시 돌아와 다른 갈매기들에게 높고 빠

르게 나는 법을 가르치자, 갈매기들은 크게 두 부류로 나뉘어 조나

단을 바라보게 되었다. 하나는 조나단이 갈매기들을 구원하기 위해

서 가르침을 베푸는 구세주라는 시각이고, 다른 하나는 조나단이 갈매기들의 전통과 규범을 파괴하고 있는 악마라는 시각이었다.

조나단을 따르는 갈매기 무리에서도 그를 '위대한 갈매기의 아들'이라고 부르며 신처럼 숭상하는 분위기가 점차 생겨났다.

조나단은 이런 현상을 매우 우려 깊은 시선으로 보았다. 자신이 계속 갈매기 무리를 이끌면 다른 갈매기들이 자신을 신처럼 숭배하게 되고, 그들의 비뚤어진 집착이 자신을 잘못된 길로 이끌 것으로 생각했다. 그리고 자신이 다른 갈매기들의 자유를 구속하고 억압하는 결과가 올 수도 있다고 우려했다. 그렇게 되면 처음에 조나단이 추구하던 완전한 자유를 스스로 파괴하는 꼴이 아닌가? 결국 조나단은 떠나기로 했다.

『갈매기의 꿈』의 작가 리처드 바크가 조나단을 통해 추구한 이상은 '어느 것에도, 누구에게도 구속받지 않는 완전한 자유를 추구하며 완벽한 자아를 완성하는 것'이었다. 그 길을 가는 데 필요한 것은 스승의 도움이 아니라 자신의 노력이었다. 누군가를 신처럼 숭배하고, 그에게 복종하는 노예의 삶이 아니었던 것이다.

이러한 내용은 불교에서 부처가 제자들에게 주었던 가르침과 일맥상통한다. 흔히 사람들이 불교에 잘못 가지고 있는 이미지 중 하나가 "부처를 숭배하면 복을 받고, 그에게 기도하여 행복한 나라인 극락으로 간다."는 것인데, 이는 부처가 원래

설파했던 가르침이 아니다. 부처가 가르쳤던 원래 내용은 이렇다.

"사람과 동물, 나무와 벌레 모두에게 부처의 품성이 있다. 부처가 따로 있는 것이 아니라 이 세상 만물 모든 것이 부처이다. 누군가에게 자신의 죄를 용서해 달라거나, 구원해 달라거나, 힘을 달라고 기도하지 마라. 너 스스로의 노력으로 깨달음을 얻고 고통스러운 세상에서 벗어나 완전한 존재, 곧 부처가 되어라. 너희들이 바로 부처이다! 부처는 너희들의 마음속에 있도다!"

이러한 부처의 발언은 『갈매기의 꿈』에서 조나단이 플레처에게 했던 "너 자신이 곧 너의 스승이다. 너는 더는 내가 필요치 않다. 날마다 조금씩, 자신이 무한하고 진정한 존재임을 발견하라."고 말했던 바와 통한다.

덧붙여 부처, 즉 석가모니 스스로 본인을 가리켜 신이나 구세주라고 칭하지 않았다. 석가모니는 자신이 그저 인간일 뿐이라고 말했다. 석가모니가 신격화된 것은 그가 죽고 나서 약 500년 후, 원래 석가가 말한 가르침인 소승불교에서 벗어난 대승불교에서 시도한 일이다. 대승불교는 대중의 인기를 얻기 위해서 환생이나 극락 같은 힌두교의 교리를 빌려다 새로운 가르침을 추가했는데, 그 과정에서 석가모니가 신으로 만들어졌다.

다시 말해 조나단이 "나를 신으로 만들지 못하게 하라. 나는 다만 갈매기일 뿐이다."라고 말한 부분 역시 석가모니가 원래 말했던 "나는 죽어야 할 인간일 뿐이다."라고 가르쳤던 말과 의미가 통한다.

이런 면에서 『갈매기의 꿈』은 평범한 독자들에게 불교와 동양 철학을 가장 쉽고 재미있게 가르쳐 주는 책이라고 할 수 있다.

조나단이 말하고자 했던 진리는?

- -

『갈매기의 꿈』은 오늘날까지 많은 사람이 읽는 명작 고전이다. 하지만 사람들 대부분은 이 책이 주는 의미를 잘 모르고 있다. 그저 『갈매기의 꿈』이 매사에 열심히 일하고 긍정적으로 살라거나, 일찍 일어나는 새가 더 많은 벌레를 잡는다는 말처럼 스펙 쌓기에 몰두하라거나, 조나단처럼 나만의 기술을 만들어 돈을 더 많이 벌라는 뜻으로 잘못 알고 있다.

리처드 버크는 절대 취업이나 돈벌이를 위해서 『갈매기의 꿈』을 쓴 것이 아니다. 오히려 그는 작품 속에서 "수천 년 동안 물고기 대가리나 찾아다니며 이 훌륭한 비행 능력을 썩히고 있는가?"라면서 하루하루 그저 먹고살기 위해 사는 세대를 격렬하게 비판했다.

리처드 버크는 이렇게 말하고 있는 게 아닐까? 자신의 한계, 자신을 얽매고 있는 것을 극복하라. 곰곰이 생각하면 그것은 아무런 가치도 없는 하찮은 것이다. 무의미한 금기에 구속되어 스스로 자유를 포기하고 살아가지 마라. 모든 것은 사라진다. 그리고 새로운 것이 나타난다. 그것이 순리이다. 자신이 모든 것을 끝까지 차지해야겠다고 고집부리지 말고, 자신이 신처럼 숭배받아야 한다고 악다구니를 쓰지 마라. 너도 언젠가는 사라지는 존재이니.

05

톰 소여의 모험

"뜨거운 난로 위에 오래 앉아 있으면, 그 난로가 좋아지느냐?"

『톰 소여의 모험』은 미국인 작가 마크 트웨인이 1876년에 출간한 소설이다.
그는 젊었을 때 미시시피 강에서 운행하던 증기선 기관사로 일하면서 직접
보고 겪은 경험을 바탕으로 이 소설을 썼다.

이 책의 주인공 '톰 소여'와 친구인 '허클베리 핀'은 복종과 암기만 강요하는
지루하고 따분한 학교 교육에 반발하여 집을 뛰쳐나왔다. 그들은 드넓은 숲
속과 자연에서 자유를 누리며 행복하게 살기를 원했다. 장래 희망으로 어른
들이 되어야 한다고 가르치는 성직자나 신사보다는, 자신의 마음대로 살아
가면서 낭만을 즐기는 산적이 되기를 꿈꿨다. 다분히 반사회적인 생각이지

청소년 **문·사·철** 읽기 혁명

만, 톰 소여와 허클베리 핀은 오히려 그것이야말로 답답한 제도의 억압에 갇혀 사는 것보다 훨씬 낫다고 여겼다.

사실 『톰 소여의 모험』에서 나타난 이런 설정은 작가인 마크 트웨인이 품었던 이상이기도 했다. 그는 엄격한 보수 문화가 지배했던 19세기 미국에서 보기 드물게 자유주의적인 이상을 품었던 인물이었다. 마크 트웨인은 미국의 흑인 노예 제도나, 쿠바와 필리핀 등 다른 나라를 침략하는 전쟁에 반대하는 인권 운동을 벌이기도 했다. 누구도 다른 사람을 억압해서는 안 되고, 모든 사람은 저마다의 자유를 누릴 권리가 있다고 생각했다.

『톰 소여의 모험』은 새로운 세계를 찾아 떠나는 모험을 동경했던 미국인들의 이상을 반영하여, 미국인들에게 가장 사랑받는 소설 중 하나로 남아 있다.

미국의 이상을 담은 청소년 소설

1980년대 우리나라 텔레비전에 만화영화 '톰 소여의 모험'이 방영됐다. 매일같이 흥미로운 모험이 펼쳐지는 이 만화영화는 아이들이 저녁 시간만 되면 텔레비전 앞에 모여 즐겁게 감상하게 했을 정도로 큰 인기를 끌었다.

만화 톰 소여의 모험은 미국의 가장 인기 있는 대중 작가 마크 트웨인이 어린 시절 자신이 겪었던 추억을 회상하여 쓴 소설『톰 소여의 모험』이 원작이다. 이 책은 오늘날까지 미국은 물론이고 전 세계 청소년 문학 중에서도 가장 훌륭한 작품으로 손꼽힌다.

『톰 소여의 모험』은 얼마 전 영화로 개봉되어 인기를 끈 우리나라의 청소년 소설『완득이』와 비슷한 구도를 띠고 있다. 두 소설은 모두 주인공이 얌전한 모범생이 아니다. 툭하면 거친 욕설을 입에 달고 다니며, 어른들이 시키는 일을 고분고분 따르지 않고 교묘한 꼼수를 써서 어떻게든 빠져나가거나, 그것이 여의치 않을 때에는 불평과 불만을 늘어놓았다. 톰 소여 역시 집도 없이 떠돌아다니는 부랑아 허클베리 핀과 아무런 거리낌 없이 어울리고, 이모에게 야단을 맞자 가출을 시도하기도 했다.

교훈적이지 않은 소설 내용에도 많은 미국인이 『톰 소여의 모험』을 열렬히 애독했고, 미국 청소년들이 반드시 읽어야 하는 필수 도서로 지정되기도 했다. 대체 이유가 무엇일까? 그것은 이 책이 미국인들의 정서에 가장 알맞은 이상을 담아 잘 묘사했기 때문이다.

주인공 톰 소여는 어른들이 강요하는 따분하고 지루한 교회 수업을 자주 빼먹고 부랑아인 허클베리 핀과 스스럼없이 어울렸다. 그들은 해적이나 산적이 되는 일탈을 꿈꾸면서 즐겁게 인생을 보냈다. 유럽에서 탈출해 광활한 신대륙으로 이주하고, 무한한 자유를 소망했던 미국인들의 이상이 그대로 반영되어 있는 것이다.

즉 마크 트웨인은 자신의 운명에 충실하라고 가르쳤던 유럽의 동화 작가 안데르센이나 그림 형제와는 달리, 자신에게 고정된 신분이나 운명 같은 것은 없으니 "자신의 운명은 자신이 개척하라!"고 소설 속에서 말하고 있다.

"돌아가란 말은 하지 마, 톰. 나도 노력해 봤지만 어쩔 수 없었어. 난 그런 식으로는 견디지 못해. 더글러스 아주머니는 잘해 주셨지만 내겐 어울리지 않는 생활이었어. 매일 같은 시간에 일어나야 했고, 씻고, 빗질하고, 숨 막히는 옷을 입어야 했어. 그 옷은 공기도 안 통하는 것 같았어. 교회에 가서는 땀을 줄줄 흘렸어. 그런 설교는 정말 질색이야. 그곳에서는 파리도 못 잡고 담배도 못 피워. 종소리가 울리면 먹고, 자고, 일어나고, 모든 것이 너무 규칙적이라 도무지 견딜 수가 없어. 낚시나 헤엄치러 가는 것도 허락받아야 해. 허락받지 않으면 아무것도 할 수 없어. 말도 아주 점잖게 해야 하니 아무런 재미가 없어."
"우리 산적이 되자, 산적은 해적보다 더 품위가 있거든."
"뭔가 그럴듯해! 그게 해적보다 훨씬 멋있다. 내가 멋진 산적이 되어 모두에게 내 이야기를 하면, 아주머니도 날 자랑스럽게 여기실 거야."

만약 『톰 소여의 모험』을 안데르센이나 그림 형제 같은 다른 유럽

작가들이 썼다면 어떻게 되었을까? 아마 허클베리 핀은 부자인 더글러스 아주머니의 집에서 얌전히 교육을 받아 착한 소년이 되거나, 아니면 옛날의 불량한 버릇을 못 고치고 산적이 되기 위해 톰과 함께 도망갔다가 진짜 산적을 만나 끔찍한 봉변을 당하는 것으로 이야기가 끝났을 것이다. 실제로 유럽 동화에는 이런 식으로 부모나 어른들의 말을 듣지 않고 마음대로 행동하던 아이들이 나쁜 일을 겪고 목숨을 잃는 마무리가 흔하다. 그 이유는 동화를 듣는 아이들에게 순종을 가르치고, 사회가 얼마나 무서운지 알게 하려는 목적 때문이었다. 다른 뜻으로 풀이하자면 아이들을 사회의 규율에 복종하게 하는 것이라고 할 수 있다.

　하지만 자유로운 기질을 가졌던 미국인들은 엄격한 위계질서가 자리 잡힌 유럽과는 달랐다. 그들에게는 따분하고 지루한 가정과 교회 수업에서 도망쳐, 자유와 환상이 가득한 해적과 산적이 되기 위해 떠났던 톰과 허클베리 핀이 오히려 영웅이었다. 이는 영국의 청교도 탄압을 피해 신앙과 생명의 자유를 지키기 위해 신대륙으로 도망쳐 새로운 삶의 터전을 찾았던 미국인들의 역사와도 일치한다. 그래서 오늘날까지도 미국인들이 『톰 소여의 모험』을 사랑하는 것이 아닐까?

일확천금, 보물을 찾아서

2008년 금융위기 사태 이후 지금은 아메리카 드림이라는 구호도 희미해졌지만, 1980년대까지만 해도 한국에서 미국은 거의 천국이나 다름없는 낙원으로 통했다. 미국인들은 모두 정직하고, 관대하며, 부유하고, 선량하다는 통념이 한국 사회를 지배했다.

그중에서 특히 이민자들의 마음을 사로잡았던 것은 '미국 사회는 누구나 노력하면 다 잘 살 수 있다'는 인식이다. 미국은 땅이 매우 넓어서 자원이 풍부하고, 농업 생산량이 많아서 굶는 사람이 없고, 정부가 국민의 자유를 억압하지 않고, 화장실 청소부도 얼마든지 대통령이 될 수 있다고 믿었다. 주로 유럽의 가난한 빈민들로 이루어졌던 미국의 이민자들은 왕족·귀족·성직자 등 엄격한 지배 계층이 억압하는 사회 구조인 유럽과 다르게, 미국에서는 개인이 노력하는 만큼 얼마든지 성공하여 풍족하게 살 수 있다고 믿었다. 이렇듯 오늘날 미국을 발전하게 한 원동력은 '자유'와 더불어 '성공'과

'욕망'이었다.

19세기까지 미국으로 오는 이민자들은 황무지에 선을 긋고 말을 달려 자신이 원하는 만큼의 땅을 차지하는 경주를 벌이기도 했다. 또한 미국에 정착한 이민자들은 유럽인들과는 달리 정부에 의존하지 않았다. 미국인들은 개인의 권리를 무엇보다 소중히 생각했다. 누구의 간섭도 받지 않고 광활한 땅에서 마음껏 개인의 자유를 누리며 사는 것이야말로 미국인들이 꿈꾸었던 이상적인 삶이었다.

초기 미국인들이 꿈꾸었던 성공 중에서 가장 빠르고도 손쉬운 방법은 바로 황금을 찾는 일이었다. 특히, 1848년과 1886년에 캘리포니아와 알래스카에서 황금이 발견되자 8만 명이 넘는 미국인들이 금을 캐어 부자가 되기 위해서 서부로 몰려갔다. 이 현상을 미국 역사에서는 골드러시(gold rush)라고 부른다.

마크 트웨인이 『톰 소여의 모험』을 한창 쓰고 있던 19세기 말에도 미국인들은 여전히 황금에 대한 욕망에 들떠 있었다. 그러니 소설 속에 등장하는 주인공 톰과 허클베리 핀도 어른들처럼 황금과 보물을 찾아 부자가 되어 멋지고 자유로운 삶을 누리려는 꿈에 부풀어 있었다.

톰과 허클베리 핀은 보물이 있을 곳을 이리저리 찾아다니다가 유령이 나온다고 소문난 마을의 낡은 집에 보물이 있을 것으로 판단하고 낡은 집으로 들어간다. 그런데 뜻하지 않게도 도망 다니는 범죄자 인디언 조와 패거리들이 낡은 집의 바닥을 뚫고 거기에 숨겨진 수천 달러의 금화를 찾아내는 광경을 숨어서 지켜보게 되었다.

아쉽게도 보물은 당장 톰의 손에 쥐어지지 않았다. 인디언 조와 다른 범죄자들이 톰과 허클베리 핀이 보물을 캐기 위해 가져온 공구들을 본 것이다. 유령의 집에 누가 온 것으로 여기고 경계한 그들은 금화를 챙겨 다른 곳으로 가져가 버렸다. 바로 눈앞에서 보물이 없어지는 것을 본 톰은 무척 괴로워하며 몸부림쳤다.

톰은 그날의 모험 때문에 몹시 괴로운 꿈을 꾸었다. 네 번이나 많은 보물을 손에 쥐었지만 네 번 모두 손가락 사이로 빠져나가 버렸다. 아침에 침대에 누워 어제 있었던 일을 돌이켜 보니 그 모든 일이 다른 세상에서나 아니면 아주 먼 옛날에 일어난 일 같았다. 그러자 톰은 그 모험이 모두 꿈일 거라는 생각이 들었다. 어제 보았던 돈은 현실이라고 하기에는 매우 많은 액수였기 때문이다. 톰은 아직 50달러 이상을 본 적이 없었다. 이 세상에서 그렇게 많은 돈을 가지고 있는 사람이 있으리라고는 상상도 못했다.

일확천금을 바라는 사람들의 심리는 예나 지금이나 변한 것이 없는 듯하다. 톰이 보물을 찾아 모험하는 일은 오늘날 사람들이 로또 복권을 사서 당첨되길 바라는 것과 같다. 만약 어떤 사람이 로또 복권에 당첨되었는데, 그 영수증을 잃어버렸다고 생각해 보라. 얼마나 아쉽고 억울하겠는가? 위의 지문에서 묘사된 톰의 심리도 로또 복권을 놓친 사람의 마음과 같을 것이다.

지긋지긋한 교육은 그만!

사람들은 흔히 미국과 유럽 같은 선진국에서 교육은 아이들의 창의성을 폭넓게 인정해주고 무리한 주입식 교육을 강요하지 않는다고 생각한다. 그러나 불과 100년 전까지 서양의 교육은 지금 한국의 주입식 교육과 다를 바 없었다. 아니, 오히려 더욱 심했다. 한 예로 19세기 당시, 미국 아이들에게 가장 스트레스를 주었던 일은 다름 아닌 매주 일요일마다 가는 주일 학교에서 배워야 했던 성경 외우기였다. 또한 교사들은 아이들이 타고난 말썽꾸러기라고 여겼고, 그런 아이들이 잘못을 저지르지 않도록 금식과 호된 체벌로 엄격하게 단속하는 것이 가장 좋은 교육이라고 믿었다.

이런 엄격한 교육관을 적용한 결과, 아이들은 그만큼 공부를 더 싫어하게 되었다. 어쩌면 그 과정에서 탄생한 부작용이 학교와 집에서

벗어나 자유로운 자연 속으로 탈출해 꿈과 모험을 즐기고 싶었던 톰 소여와 같은 소년들을 길렀는지 모른다.

더구나 『톰 소여의 모험』이 나왔던 19세기 미국에서는 기독교가 국교와 다름없을 만큼 영향력이 컸다. 아이들은 일요일이면 반드시 교회에 가서 성경을 가르치는 주일 학교에 다녀야 했다. 주일학교에서 학생들은 성경 구절을 외웠다. 그까짓 성경 구절 암기가 뭐가 어려우냐고 물을 사람이 있을

지 모르겠지만, 톰이 살았던 19세기 말 미국 주일학교의 성경 암송은 절대 쉬운 일이 아니었다.

파란 표는 성경 두 구절을 암송하면 상으로 주는 것이었다. 파란 표 열 장은 빨간 표 한 장과 바꿀 수 있었다. 빨간 표가 열 장이면 노란 표 한 장과 같았고, 노란 표 열 장이면 교회 학교 교장 선생님이 수수하게 장식된 성경책을 선물로 주었다.
독일 태생의 한 소년은 성경책 네 권인가 다섯 권인가를 탔다. 그 아이는 한 번도 쉬지 않고 3,000구절을 암송하기도 했다. 하지만 그 불행한 독일 소년은 얼마 못 가서 그만 미쳐버리고 말았다.

마지막 부분에서 자그마치 3,000개의 성경 구절을 외우던 독일 아이가 미쳐버리고 말았다는 내용은 마크 트웨인이 어릴 적 겪었던 지긋지긋한 성경 공부 강요와 암기식 교육을 조롱하는 의미를 담은 것이다. 한창 감수성이 예민한 청소년들이 딱딱하고 어려운 성경을 3,000구절이나 강제로 암기하는 게 얼마나 어렵겠는가? 대학 입시를 어릴 때부터 준비하는 한국의 학생들이라면, 본인의 의사와는 상관없이 머릿속에 억지로 지식을 주입하는 일이 얼마나 힘들고 짜증이 나는지 충분히 짐작할 것이다.
하물며 톰처럼 자유분방하고 학습 태도가 산만한 아이에게는 매주 일요일마다 가야 하는 주일학교와 성경 외우기가 지옥에 가는 일보다 더 끔찍하고 싫었을 것이다. 그래서 톰이 교회에 가지 않으려고 가출을 결심하지 않았을까?

이 밖에도 『톰 소여의 모험』에서는 당시 미국 사회에서 절대적인 권력을 가지고 있던 교회를 풍자하는 모습이 곳곳에서 눈에 띈다. 특히 교회를 이끄는 목사가 주로 조롱의 대상이 되었다. 교회 목사는 톰과 소년들이 가출하자 그들을 찾아 이리저리 수색했다. 끝내 소년들의 자취를 찾을 수 없자 죽은 줄 알고 교회에서 장례식을 하다가, 바로 그 현장에 톰과 허클베리 핀이 나타나자 목사는 엉뚱하게도 "주님을 찬양하라!"며 민망함을 스스로 무마했다. 그런가 하면, 교회 아이들과 소풍을 갔을 때, 깜빡 잊고 톰과 소녀 베티를 동굴 속에 놓아두고 사라져 하마터면 아이들을 굶어 죽을 뻔하게 만들기도 했다.

이처럼 마크 트웨인은 당시 미국 사회를 지배하던 교회와 사람들에게 신처럼 숭배받던 목사들의 어리석고 위선적인 모습에 반감을 보이고, 소설을 통해 그들의 어두운 일면을 드러내려 했다.

용감하게 진실을 고백한 톰

교회 주일 학교생활과 성경 암송을 게을리한다고 해서, 톰이 요즘 사회적 문제가 되고 있는 '일진' 같이 패륜적인 불량 학생은 절대 아니었다. 비록 성경 구절 외우기는 싫어했지만, 톰은 나름대로 확고한 가치관이 있었다. '어떤 상황에서도 용감하게 진실을 말한다'가 그것이다.

한 예로 톰은 친구인 허클베리 핀과 함께 늦은 밤 공동묘지로 올라갔다가, 인디언 조가 의사를 죽이고 증거물인 단검을 부랑아 머프 포터의 손에 쥐여주며 죄를 떠넘기려는 장면을 목격했다. 살인 사건을 목격한 톰은 매일 악몽에 시달리다가, 머프 포터가 억울하게 살인죄를 뒤집어쓰고 체포되었다는 소식을 듣고는 고심 끝에 법정에 나서서 사건의 진실을 고백했다.

"네. 그때 인디언 조가 의사를 칼로 찌르고, 나무판자에 맞아서 쓰러져있던 머프 포터 씨에게 단검을 쥐여주는 장면을 보았습니다. 살인자는 엄연히 인디언 조이고, 머프 포터는 아무런 죄가 없습니다."
쨍그랑!
모두 놀라 돌아보니, 어느새 인디언 조가 법정의 창문을 부수고 쏜살같이 달아나고 있었다.
"고맙다, 톰! 정말 고맙다!"
머프 포터는 용감하게 진실을 밝힌 톰의 손을 쥐며 연신 눈물을 흘렸다.

만약 톰이 용기 있게 나서지 않았다면 머프 포터는 꼼짝없이 억울한 누명을 쓰고 목숨을 잃었을 것이다. 그리고 악당인 인디언 조는 전과 같이 법의 처벌을 받지 않고 계속 거리를 누비면서 더 많은 범죄를 저질렀으리라. 학식 있는 목사나 선생, 혹은 법을 공부한 법관과 판사도 하지 못한 일을 평범한 소년 톰이 해냈으니, 참으로 놀랍고 대단한 일이다.
또한 톰은 '어떤 상황에서도 약한 자를 보호한다'는 신념을 지녔다. 톰은 자기가 몰래 짝사랑하던 여학생 베키가 선생님이 서랍 안에 넣어두고 보던 의학책을 몰래 보다가 실수로 찢은 일을 알고, 베키가 매를 맞을까 봐 일부러 자기가 책을 찢었다고 거짓말을 했다.

"네, 선생님. 그 책은 제가 실수로 찢었습니다."
"뭐야? 톰. 이리로 나와."
톰은 그날 아이들이 보는 앞에서 40대를 맞았고, 방과 후에도 다시 40대를 맞았다. 그러나 톰은 매를 맞은 아픔보다는 베키가 한 귓속말이 더 머릿속에 남았다.
"톰, 너는 어쩌면 그렇게 멋지니!"
감탄한 베키의 표정을 떠올리며 톰은 흐뭇한 마음으로 잠자리에 들었다.

이런 면을 볼 때 톰은 친구들에게 빵을 사오라고 강요하거나, 약한 아이를 아무런 이유 없이 괴롭히는 것을 즐기거나, 아이들에게 돈을 빼앗고 자신의 유흥비로 쓰는 등 오늘날 한국 사회에서 물의를 일으키는 불량 학생과는 비교도 안 될 정도로 맑고 순수한 영혼을 지닌 아이였다.

미지의 세계를 향한 동경과 모험

아무 일이 없어도 언제나 꿈과 희망이 가득했던 학생 시절을 지나면, 우리는 대학과 군대, 그리고 직장이라는 갈림길에 선다. 특히 남자들은 병역 의무를 견디면서 생존에 필수적인 취업을 하느라 몹시 고달프다.

힘들게 취업을 했다고 해도 절대 모든 일이 끝나지는 않는다. 월급은 적고, 일은 많고, 항상 업무에 치이고 사느라 자유를 속박당한다. 이 모든 일을 거쳐 결혼하고 아이를 낳으면, 그때부터 가정을 돌보느라 개인적인 삶은 포기해야 한다.

이런 운명에 놓인 사람들이라면 누구나 한 번쯤 톰 소여처럼 자유로운 모험을 꿈꾸지 않을까? 어떠한 속박도 없이 마음 가는 대로 세상을 떠돌면서 하고 싶은 일을 마음껏 하는 삶. 어쩌면 그것은 톰 소여 뿐만 아니라 미국인들을 포함해 모든 사람의 마음속에 숨어있는 가장 보편적인 꿈이자 희망일지도 모른다.

06

보물섬

"그리고 어여차, 럼주가 한 병이라네……"

『보물섬』은 영국 작가 로버트 루이스 스티븐슨이 1882년에 발표한 소설이다. 먼바다 건너편, 외딴 섬에 묻힌 보물을 찾아 모험을 떠난다는 줄거리의 이 소설은 대항해시대 세계의 바다를 주름잡던 영국 해적들의 낭만을 담은 작품이다. 실제로 영국은 16세기에 들어서 국가가 승인한 사략선*이라는 제도 아래 자국민의 해적 활동을 합법적으로 보장하기까지 했다.

보물섬은 어린 소년 짐과 교활하지만, 매력적인 해적 두목 실버를 중심인물로 내세웠다. 짐은 어린 나이에도 매우 지혜롭고 담대하며, 위기 상황에서도 당황하지 않고 침착한 어른스러운 인물이다.

사략선 승무원은 민간인이지만 교전국의 정부로부터 적선을 공격하고 나포할 권리를 인정받은, 무장한 사유(私有) 선박을 말한다.

작품 초반에 나오는 짐의 어머니는 병약한 남편을 대신해 혼자서 여인숙을 운영했다. 그녀는 해적들의 습격에 맞서 총을 쥐고 직접 집을 지킬 만큼 용감한 여인이다. 게다가 해적들이 숨겨온 금화를 발견하고도 영국 동전만 가지겠다고 할 만큼 애국자이기도 했다. 이런 어머니에게서 자란 짐도 어머니의 성품을 물려받아 강인해졌다고 설정한 모양이다.

실버는 어떤 상황에서도 살아남는다는 말이 어울릴 정도로 생존에 비상한 재주를 지녔다. 그는 상황에 따라서 얼마든지 예의 바르고 자비로워질 수 있지만, 동시에 아주 잔인하고 포악해질 수도 있었다. 근본적으로 실버는 매우 위험한 인물이며, 오랫동안 곁에 두고 사귈 수 없는 자이다. 왜냐하면 실버 역시 노략질을 일삼아 자신의 뱃속을 채우던 해적이었기 때문이다.

『보물섬』은 출간되자마자 본고장인 영국은 물론이고, 서구 사회에서 큰 인기를 얻었다. 서구가 본격적인 국외 진출과 팽창을 하던 대항해시대의 꿈과 모험을 소설에 고스란히 담았기 때문이었다.

보물을 찾아 나섰던 해적들의 비참한 최후

소설 보물섬에서 외다리 실버를 비롯해 중심 역할로 등장하는 인물들은 거의 다 해적들이다. 해적 하면 어떤 생각이 떠오르는가? 아이들에게 인기 있는 일본 만화 '원피스'에 나오는 것처럼, 배를 타고 바다를 마음껏 누비면서 어떠한 구속이나 억압 없이 자유롭게 살아가는 멋지고 용감하고 의리 있는 사나이들? 아마 대부분이 해적을 이렇게 인식하고 있을지도 모른다.

그러나 보물섬의 무대가 된 18세기 무렵, 실제로 활동하던 해적들의 형편은 전혀 낭만적이지 않았다. 그들의 생활은 지옥과도 같았다.

> "난 너희를 잘 알지. 너희는 엉망으로 취할 때까지 마시지 않고는 직성이 안 풀리잖아. 너희는 내일 럼주가 생긴다면 그다음엔 죽는 것도 생각하지 않을 놈들이거든. 유명한 해적 선장들은 지금 어디 있지? 퓨는 비참하게 죽었고, 플린트는 사바나에서 럼주 때문에 죽었어. 놈들이 솜씨 좋은 해적이었다는 건 분명해. 한데 지금 그들이 어디에 있느냐 말이야. 난 해적선이 잡히는 걸 수없이 봤어. 또 영악한 녀석들이 갑판 교수대 줄 끝에 걸려 죽어 햇빛에 바싹 말라 가는 것도 신물이 나도록 봤고 말이야."

'바다를 자유롭게 돌아다니는 멋진 사나이'라는 상상과 다르게 실제 해적들은 그다지 행복하지 못했다. 대다수 해적은 한 번 노략질을 하면, 곧바로 영국 해군의 수사망에 포착되어 수배 전단이 세계 곳곳에 배포됐다. 웬만한 해적들은 영국 해군의 수사를 받으면 최소한 두 달 안에 체포되어 해적질에 대한 벌로 교수형을 당했다.

영국 해군의 추적을 받지 않을 때도 해적들의 생활은 별로 편하지 못했다. 기본적으로 해적은 배를 타고 바다 위에서 지내는 몸이다. 예나 지금이나 바다 위에서 배를 타는 생활은 매우 위험하다. 언제 파도가 거칠어지고 배가 뒤집혀서 바다에 빠져 죽을지 모르기 때문이다. 더구나 보물섬의 배경인 18세기에는 지금처럼 날씨를 예측하는 컴퓨터 장치도 없었다.

게다가 먼 바다를 항해하던 해적들은 식수를 제대로 구할 수 없었다. 요즘과 달리 냉장고가 없던 시대에 배 안에 물을

로버트 루이스 스티븐슨이 만든 지도

오래 보관하면 미생물이 번식해 마실 수 없었기 때문이다. 해적들은 럼주처럼 알코올 도수가 높아서 상하지 않는 독한 술을 물 대신 마셨다. 술을 물 대신 마시고 살면 어떻게 되겠는가? 자연히 알코올 중독이 되어 항상 술에 찌든 상태에 빠진다. 그러니 해적들은 평소에도 매우 거칠고 폭력적일 공산이 높았다.

이뿐만 아니라 식사도 형편없었다. 오랜 선상 생활에서 먹을 수 있는 음식은 기껏해야 소금에 잔뜩 절인 고기나 딱딱한 비스킷이 전부였다. 소금에 절인 고기는 요리하려고 꺼내면 너무 짜서 그대로는 도

저히 먹을 수 없었고, 바닷물이나 럼주에 한 번 담가 소금기를 빼야 했다. 비스킷은 순전히 밀가루로 만든 것이라 돌처럼 단단해서 잘못 씹었다가는 이가 부러지기에 십상이었다.

어디 그뿐인가? 난폭한 해적들은 걸핏하면 자기들끼리 싸움을 벌여 죽고 죽이기 일쑤였다. 해적들은 자기 옆에 있는 동료도 믿지 못하고, 언제나 품에 칼이나 총 같은 무기를 휴대하고 다녔다. 시비라도 붙으면 자신이 알아서 몸을 지켜야 했기 때문이다.

더욱이 해적들이 자주 가는 곳은 주로 덥고 습한 지역이었다. 해적들은 그런 열대성 기후가 지배하는 바다 위에서 오랜 시간을 보낸 탓에 더위와 땀에 절어 언제나 지저분하고 비위생적인 환경 속에서 살았다. 그러니 전염병의 위험에 무척 취약했다.

또한 망망대해 위에서 보내는 시간이 많아서, 싸움에 진 해적들은 곧바로 바다에 던져져 시체도 찾지 못하고 죽는 일이 허다했다. 소설만 읽는 독자들에게 바다는 아름다운 공간으로 보이겠지만, 막상 그 위에서 생활하는 해적들에게 바다는 언제 죽을지 모르는 거대한 묘지나 다름없었다.

이렇게 힘들게 사는 해적들에게 유일한 희망이 있다면, 그것은 다른 해적들이 숨겨놓은 보물을 찾아내어 일확천금의 꿈을 이루는 것이었다. 하지만 소설처럼 보물이 묻혀 있는 곳을 찾는 일도 매우 어려웠고, 설령 어찌어찌해서 보물을 찾아낸다고 해도 만사형통은 아니었다.

해적들은 도무지 아낄 줄을 몰랐다. 불은 황소라도 구울 수 있을 만큼 야단스럽게 피웠고, 요리는 필요한 양의 세 배는 되게 몽땅 만들어 남는 것은 모두 불 속에 집어 던졌다. 그렇게 앞날을 걱정하지 않는 사람들이었다.
"항해를 마치고 나면 수백 파운드의 돈이 주머니 속으로 들어온다. 그런데 대개는 그 돈을 술 마시고 노름하는 데 다 써버리고 빈털터리가 되어 다시 바다로 나가지. 장님 퓨는 단 1년 동안 1만 2,000파운드를 써 버렸지. 그리고는 구걸하고 물건을 훔치고 사람을 죽이더니 끝내 비참하게 죽었어."

해적들은 어렵게 큰돈을 손에 쥐어도 오래 보관하지 못했다. 술과 노름에 금방 낭비해 버리는 일이 예사였다. 언제나 죽음의 공포 속에서 하루하루를 불안하게 살던 해적들은 돈이 생기면 자제력을 잃고 미친 듯이 써버리기에 바빴다.
비유하자면 대학 수능을 대비해서 하루에 5시간만 자고 공부하던 고3 수험생들이 수능이 끝나자, 그동안 공부만 하느라 극도로 절제했던 삶에서 벗어나 마음껏 자유를 누비면서 하고 싶은 일을 다 하는 심리와 비슷하다고 할 수 있다.
해적들은 아무리 돈을 벌어도 얼마 못 가 다 써버렸기 때문에 다시 돈을 벌기 위해 배를 타고 바다로 나가는 일을 반복했다. 그러다가 나이가 들어 배를 탈 수 없거나, 아니면 럼주에 찌들어 알코올 중독으로 죽어서야 해적질을 끝냈다. 낭만적인 바다 사나이들의 최후는 이렇게 비참했다.

기묘한 매력을 지닌 해적 실버

많은 독자가 『보물섬』을 읽다 보면 주인공 소년 짐보다 외다리 해적 실버에게 더 마음이 끌린다고 한다. 존 실버는 참 기묘한 사람이다. 그는 짐과 함께 보물섬에 도착했을 때 자신이 도시락을 만들어 주겠다고 할 정도로 짐을 귀여워했다. 또 짐이 일행과 잠시 헤어져 배 '히스파니올라호'로 갔다가 다시 오두막으로 돌아와 해적들에게 볼모로 잡혔을 때, 실버는 누구도 짐을 해치지 못하게 보호해 주었다. 독자들은 실버가 일찍 아버지를 잃은 짐을 마치 아들처럼 대해주었다고 생각할지도 모른다.

그런데 실버는 친절한 동시에 매우 잔인한 해적이었다. 실버는 보물섬으로 가는 선원을 모집한다는 선장의 말을 듣고, 예전에 함께 활동했던 해적 패거리를 모아서 선량한 선원으로 위장해 히스파니올라호에 탑승했다. 히스파니올라호의 선장은 다른 악질 선장과는 달리 선원들에게 맛있는 케이크와 푸딩을 주고, 그들이 원하는 것은 무엇이든 들어줄 정도로 자상했다. 그러나 실버는 다른 해적들을 선동해 반란을 일으키고, 선장 일행을 죽여 보물 지도를 가로채자는 음모를 꾸몄다. 예전의 노략질 버릇을 고치지 못한 해적들은 결국 나쁜 습관

청소년 **문·사·철** 읽기 혁명

이 되살아나 대부분 실버의 제안에 찬성하고 말았다. 실버의 제안을 거절한 동료 톰과 앨런은 실버에게 무참히 죽임을 당했다. 소름이 끼치지 않는가? 짐에게는 무척이나 자상했던 사람이 저 장면에서는 악마처럼 잔인하게 굴었으니까.

『보물섬』에서 실버는 매우 이중적인 인물로 그려졌다. 짐처럼 자신이 좋아하는 사람이나 자신보다 강한 자에게는 굉장히 예의 바르고 친절하게 굴었다. 반면 해적 톰과 앨런처럼 자신에게 위협이 되는 자에게는 대단히 악랄하고 무자비했다.

실버의 진심은 무엇이었을까? 그는 무엇을 사랑하고 미워했던 것일까? 최소한 그가 짐에게 호의를 가졌다는 사실은 분명해 보인다.

실버는 재빨리 칼을 뽑고, 짐에게 달려든 해적에게서 칼을 빼앗고는 말했다.
"난 이 꼬마를 좋아해. 너희를 합친 것보다도 더 말이야. 누구든 짐 호킨스에게 손가락 하나라도 댔다가는 죽을 줄 알아. 그리고 이 꼬마는 볼모다. 볼모를 없애겠다고? 안 돼! 곧 배가 올 텐데, 배가 오면 볼모를 잡아 둔 것을 너희가 더 좋아할 거다."
해적들이 물러가자 실버는 짐에게 말했다.
"조심해, 짐. 놈들은 너를 싫어해. 하지만 난 어디까지나 네 편이다. 그러니까 짐, 너도 내 편을 들어주기 바란다."
"어떻게요?"
"내가 잡히면 교수형에 처하지 않도록 네가 힘써 달라는 거지."
"내 힘이 닿는 데까지는 도와주죠."

"고맙다, 짐. 나는 살아날 희망이 생겼구나. 나는 원래 눈치가 빠른 놈이야. 이 싸움에서 누가 이겼는지, 누구를 믿어야 하는지도 알고 있어."

생각해 보면 대체 왜 실버가 동료 해적들과의 마찰을 불사하면서까지 짐을 보호하려 애썼는지 의아하다. 짐의 집안은 항구 도시에서 작고 허름한 여인숙을 하면서 겨우 생계를 꾸려나가는 가난한 계층이었다. 게다가 항해하기 얼마 전에 아버지가 죽고, 어머니와 둘이서 가정을 이끌어가야 할 정도로 빈곤했다.

혹시 짐이 보물 지도를 가지고 있어서 그런 것일까? 하지만 그것도 아니었다. 짐은 섬에서 만난 벤 건이라는 전직 해적 선원에게 보물 지도를 넘겨주었고, 자신은 지도를 가지고 있지 않았다. 실버는 짐을 앞세워 보물이 묻힌 곳으로 향했지만, 이미 선장 일행이 먼저 도착해서 보물을 모두 가져갔다는 사실을 눈으로 확인했다. 그래도 실버는 끝까지 짐을 감싸주었다. 다른 해적들이 짐에게 속았다면서 매우 분노하여 짐을 죽이려 으름장을 놓는 상황에서도 말이다.

해적들은 모두 한 대 얻어맞은 사람들처럼 멍하니 서 있다가, 욕을 퍼부으며 구덩이로 뛰어들어 바닥을 파헤쳤다. 그러나 겨우 금화 한 닢만 발견했을 뿐이었다.
해적 조지가 금화를 내밀며 실버에게 소리쳤다.
"실버, 이게 네가 말한 금화 70만 파운드냐? 넌 우리를 속였어!"
실버는 태연하게 대꾸했다.

"더 파봐. 그럼 돼지콩 한 쪽이라도 나올지 누구 알아?"

"뭐가 어째? 돼지콩?"

조지는 고래고래 소리를 지르며 칼을 빼 들고 다른 해적들에게 외쳤다.

"모두 내 말을 잘 들어라! 놈들은 겨우 두 명이다! 한 놈은 다 늙어빠진 외다 리고, 다른 한 놈은 아직 젖비린내도 가시지 않은 꼬마다. 해치워버려!"

실버는 어떠한 상황에서도 절대 당황하지 않고 끝까지 살 길을 찾는 사람이었다. 오랜 해적 생활에서 익힌 경험과 침착함, 그리고 뻔뻔하다고 볼 수 있는 노련함이 그를 생존의 달인으로 만들었다.

실버가 짐을 끝까지 보호하고 살려둔 이유도 어쩌면 짐을 중재인으로 삼아 히스파니올라호를 가진 선장 일행과 협상하여 섬을 빠져나가려는 속셈이었는지도 모른다. 그래도, 하찮은 이유로도 살인을 밥 먹듯이 저지르던 해적의 세계에서 열 살도 안 된 어린 소년 짐이 무사히 살아남을 수 있었던 것은 실버의 보호 덕분이었다. 게다가 실버는 짐을 데리고 있으면서 한 번도 그를 학대하거나 모욕하지 않았다. 만일 실버가 짐을 감싸지 않았다면 짐은 절대 살아남지 못했으리라.

용감한 소년 짐

『보물섬』의 주인공은 어린 소년 짐 호킨스다. 짐은 만화 '원피스'에 나오는 주인공들처럼 손과 발을 마음대로 늘이는 마법을 쓰는 영웅이 아니다. 그저 가난한 여인숙에서 부모와 함께 살면서, 보물을 찾는 꿈을 꾸는 평범한 소년이다.

하지만 소설 속에서 짐은 어린 나이에도 큰 역할을 했다. 어느 날 짐은 히스파니올라호의 갑판 위에 놓아둔 사과 통에 우연히 들어갔다가, 실버와 해적들이 섬에 도착하면 반란을 일으켜 선장 일행을 죽이고 보물 지도를 훔쳐 달아나려는 음모를 꾸민다는 사실을 엿들었다. 짐은 곧바로 선장 일행에 이를 알려 위기를 모면하게 했다.

짐은 단순히 용감하기만 한 것이 아니다. 아이였지만, 그는 믿음과 약속을 소중히 여겼다. 설령 그 약속이 악한 자와 맺은 것이라고 해도 말이다.

"짐, 네가 사고를 당하게 내버려 둘 수는 없다. 어서 뛰어넘어라. 도망치자."
"그건 안 돼요. 전 존 실버와 약속을 했어요."
"안다, 하지만 내가 책임질 테니, 어서 뛰어넘어라."
"안 됩니다. 실버는 저를 믿어 주었어요. 전 실버에게로 돌아가야만 해요."

짐은 오두막에서 해적들에게 잡혀 있다가, 의사인 리브지 선생에게 자신이 책임질 테니 어서 도망가라는 제안을 받았다. 하지만 짐은 끝까지 도망치지 않고 남았다. '절대 도망가지 않겠다'는 자신의 말을 믿어준 실버와의 약속을 어길 수 없다는 이유 때문이었다.

짐은 놀라우리만치 대담한 소년이었다. 아무리 약속이라고는 해도, 해적 일행에서 짐을 좋게 보는 사람은 실버 하나뿐이고 나머지 해적들은 모두 짐을 미워하는 상황에서 끝까지 남아있겠다고 말할 수 있다니 말이다. 그러다가 다른 해적들이 실버가 잠들거나 한눈파는 사이에 짐을 해치려 들지도 모르는 데도 말이다.

짐이 이런 행동을 한 이유는 단순히 용감해서만은 아닐 것이다. 아직 선장 일행과 합류하지 못한 상황에서 섣불리 도망치다 붙잡히면, 그때는 자신을 돌봐준 실버도 더는 짐을 감싸주지 못할 것이다. 오히려 다른 해적들의 분노를 사서 목숨을 잃을 위험도 있었다. 짐은 차라리 선장 일행과 무사히 합류할 때까지 실버의 보호를 받는 것이 더 살아남을 가능성이 높다고 판단했던 것은 아닐까?

그렇다면 짐은 그저 용감하기만 한 소년이 아니라, 치밀한 두뇌와 용기까지 지닌 강인하고 지혜로운 아이라고 보아야 할 것이다. 짐은 부모와 여인숙을 하면서 온갖 손님들을 겪어 보았고, 그중에

는 해적도 있어서 자연스레 그들을 대하는 지혜로운 태도를 익혔을 지도 모른다.

웬만한 어른보다 더 어른스럽게 자란 소년 짐 덕분에 선장 일행은 다행히 생명을 건질 수 있었다. 일행 중에서 가장 보잘것없다고 여겼던 소년이 모두를 구한 셈이다. 어쩌면 우리가 보기에 미약한 것이라도 알고 보면 세상에 큰 도움이 될 수도 있지 않을까?

그래도 보물을 꿈꾸는 사람들을 위하여

『보물섬』을 처음 읽을 때, 많은 사람이 주인공인 짐과 선장 일행이 어떻게 보물을 찾을지 무척 궁금해할 것이다. 이 호기심은 비교적 쉽게 풀린다. 짐이 미리 건네준 보물 지도를 읽은 벤 건이 선장 일행을 데리고 해적 선장 플린트가 묻어놓은 보물을 미리 파헤쳐 동굴 속으로 옮겨 놓았다고 설정되었기 때문이다.

보물의 총 액수인 70만 파운드는 어마어마한 거액이었다. 현재 시세로 따지면 로또 복권 1등이 10회 연속으로 당첨된 것과 같다고 할까? 선장이나 리브지 선생 같은 상류층 인사들을 제외하면, 짐 일행은 대부분 가난한 사람들이었다. 그런 그들에게 플린트가 숨겨 놓은 보물은 인생을 단번에 역전시킬 수 있는 로또 복권이었다.

『보물섬』은 이처럼 평생을 가난한 노동자로 사느니, 한 번이라도 좋으니 보물을 발견해 즐겁게 살고 싶은 평범한 영국인들의 꿈과 낭만을 담은 작품이 아닐까? 무미건조한 일상에서 벗어나 바다를 누비며 모험을 하고, 보물을 찾아다니며 신 나게 살 수 있다면 그것만으로도 행복한 삶이리라.

07

나의 라임 오렌지나무

"사랑 없는 삶이 무의미하다는 것을 알기 때문입니다."

『나의 라임 오렌지나무』는 브라질 작가 조제 마우로 데 바스콘셀로스가 1968년에 출간한 소설이다. 이 책은 출간과 동시에 브라질에서 수백만 부가 팔려나가는 베스트셀러가 되었으며, 내용이 교과서에 실릴 정도로 널리 사랑을 받았다.

이 소설은 아버지가 직장을 잃고 가난한 집에서 순수하게 살아가는 소년 제제를 그리고 있다. 제제는 가난해도 다른 사람을 미워하지 않으며, 자기보다 굶주리는 아이에게 빵을 줄 정도로 착한 아이다. 하지만 제제를 둘러싼 주변 사람들은 그의 따뜻한 마음을 알지 못하고, 그저 말썽꾸러기 아이로만 여길 뿐이다. 제제를 이해하고 그를 감싸주는 유일한 친구는 포르투갈인 노인 마누엘(뽀르뚜가) 뿐이다.

『나의 라임 오렌지나무』는 이처럼 나이와 신분을 뛰어넘은 노인과 아이라는 상반된 입장의 두 사람이 순수한 마음으로 만나 서로 이해하고 사랑하는 과정을 매우 감동적으로 그려냈다.

또한 가난이 주는 고통을 참혹할 정도로 잘 묘사했다. 제제의 아버지는 자신이 실직한 분노를 제제와 다른 식구들에게 폭력으로 푸는 모습을 자주 보였다. 제제는 아버지에게 잘못도 없이 맞다가 "나를 죽이고 감옥에나 가라!"는 욕까지 한다. 이는 빈부 격차가 심각하던 당시 브라질을 담고 있다. 가난으로 고통받는 브라질 빈민들의 처참한 삶을 실감 나게 보여주고 있다.

가난은 절대 낭만이 아니다

1980년대 말 무렵, 우리나라에 소개된 『나의 라임 오렌지나무』는 상당히 큰 인기를 얻었다. 그런데 당시 국내 출판계는 저작권 개념이 매우 부족했다. 엄연히 원작자와 원작이 있는데도, 『나의 라임 오렌지나무』의 내용을 멋대로 뜯어고친 정체불명의 작품들이 마구 시장에 쏟아져 나온 것이다.

한 번은 국내의 어느 유명한 만화가가 『나의 라임 오렌지나무』를 한국식으로 완전히 고쳐버리고, 결말도 모호하게 끝내버린 이상한 내용의 만화책을 내는 바람에 사람들을 혼란스럽게 했던 적도 있었다. 아마도 어린이용 동화라기에는 원작 내용이 너무나 비극적이었기 때문이 아니었을까?

『나의 라임 오렌지나무』는 사람들이 으레 아는 동화의 구성과 전혀 다르다. 이 소설은 가난과 외로움으로 가득 찬 어느 불쌍한 아이의 자서전이다. 미국 디즈니 만화영화에서는 가난하지만 아무런 걱정 없이 행복한 꿈을 꾸는 아이들을 다룬 내용이 많다. 그러나 이 책의 가난은 전혀 아름답지도 않고 낭만적이지도 않다.

"너도 집안 형편이 어떻게 돌아가는지는 눈치 못 챘나 보구나? 아빠가 일자리를 잃었다는 건 너도 알지? 아빠가 스코트필드 씨랑 싸워서 쫓겨난 지가 여섯 달이 넘었어. 랄라 누나가 공장에 나가고 있는 건 알아? 엄마가 시내에 있는 영국인 방직공장에서 일하는 것도 모르지? 모두들 이사 올 집에 낼 셋돈을 모으려고 그러는 거야. 지금 집세가 여덟 달 치나 밀려 있어. 넌 너무 어려서 이런 슬픈 일들은 잘 모를 거야. 나도 집안에 조금이나마 보탬이 되려고 성당에서 복사 일을 하게 될 것 같아."

『나의 라임 오렌지나무』의 주인공인 다섯 살 꼬마 아이 제제는 아버지가 다니던 직장에서 실직하고, 집을 팔아 다른 곳으로 이사하면서 어려운 가정 형편에서 살아간다.

아버지가 직장을 잃는 일이야 드문 일이 아니라고 생각할 사람도 있겠지만, 한 가지 짚고 넘어가야 할 부분이 있다. 많은 사람이 『나의 라임 오렌지나무』가 어느 나라에서 나온 책인지 잘 모르는데, 이 책은 브라질에서 출간된 책이다. 당연히 소설 속의 무대도 브라질이다.

요즘이야 브라질이 브릭스(BRICs)라고 해서 러시아(Russia), 인도(India), 중국(China)과 함께 세계 경제를 이끌 견인차 구실을 한다지만, 불과 10년 전만 해도 브라질은 매우 가난한 나라였다. 게다가 극단적인 빈부 격차로 범죄가 기승을 부렸다. 어느 만화책은 브라질의 심각한 빈부 격차를 두고 다음과 같은 우스갯소리를 한 적도 있다.

"브라질의 대도시 상파울루와 리우데자네이루에서는 매일 아침마다 500대의 출근용 헬리콥터가 뜬다. 자동차를 타고 가면 될 걸, 왜 굳이 헬리콥터를 타는 사람들이 있을까? 이유는 간단하다. 만약 차를 타고 가다 길이 막히면, 도시 빈민들이 달려들어서 차의 부속품을 떼어 내고, 타고 있던 운전자를 납치하거나 위협해서 돈을 훔쳐가기 때문이다. 브라질의 부자들은 빈민들의 습격을 두려워해서 일부러 차를 놔두고 비싸지만 안전한 헬리콥터를 타고 다닌다."

한 브라질 경제학자의 말을 빌려서 "브라질의 경제 상황을 벗어나는 길은 외국행 비행기를 타는 것뿐이다."라는 말이 버젓이 책에 실릴 정도였다.

이처럼 소수 부유층과 대다수의 가난한 국민으로 구성된 브라질의 현실을 묘사한 『나의 라임 오렌지나무』는 주인공 제제를 통해 가난으로 고통당하는 브라질 빈민들의 삶을 가슴 아플 정도로 잘 묘사하고 있다.

너무나 일찍 철이 든 제제

많은 동화 속에서 다루는 것과는 달리, 현실의 가난은 절대 낭만적이지 않다. 제제는 가난한 가정 현실이 얼마나 고통스러운지 어린 나이에 절실하게 체험했다.

브라질은 인구 대부분이 천주교를 믿는 나라다. 따라서 크리스마스는 공휴일로 지정되어 큰 축제가 벌어진다. 그러나 제제의 가정은 너무 가난해서 크리스마스 잔치도 초라할 수밖에 없었다.

부엌에는 진지냐 할머니가 와서 포도주에 적신 빵을 만들고 있었다. 크리스

마스 성찬이었다. 그게 전부였다. 얼마나 슬픈 크리스마스 만찬이었는지, 모두 아무 말 없이 음식을 먹었다. 아빠는 조금 맛보았을 뿐이다. 면도도 하지 않았고 자정 미사에도 가지 않았다. 그보다 더 슬픈 일은 아무도 이야기를 하려 하지 않았다는 것이다. 아기 예수의 탄생을 축하하는 날이라기보다 죽음을 슬퍼하는 날 같았다.

아빠는 모자를 집어 들고 밖으로 나가버렸다. 나간다는 말도, 성탄을 축하한다는 말도 없이 슬리퍼를 신은 채 그렇게 나갔다.

본문에서 '포도주에 적신 빵'이란 대목을 읽고 "포도주까지 있는 만찬이면 상당히 화려한데, 왜 제제네 가족은 우울해하지? 참 이상하다."라고 의문을 품을 사람도 있을 것이다. 우리나라에서 포도주는 비싼 돈을 주고 사오는 수입품이라서 고급술로 인식되지만, 서구에서는 그렇지 않다. 서구의 포도주는 한마디로 말해 우리의 막걸리나 소주처럼 매우 흔하고 싼 술로 인식된다.

제제네 가족이 한 해의 가장 성스러운 날이자 축제인 크리스마스 만찬 때조차 고작 막걸리나 소주에 밥처럼 흔한 음식만 먹었다는 것으로 이해해야 한다. 쉽게 말해서 제제네 가정 사정이 너무 어려워서 크리스마스 만찬조차 형편없이 치렀다는 뜻이다.

더욱이 다른 나라에서는 크리스마스에 산타클로스가 선물을 준다고 하는 데 반해, 브라질에서는 부모가 직접 아이들에게 선물을 준다. 제제와 다른 형제들은 크리스마스에 부모로부터 아무런 선물도 받지 못했다. 아버지가 공장에서 해고당한 탓에 선물을 살 돈이 없었던 것이다. 초라한 저녁 식사에 선물도 없이 보낸 크리스마스가 제제에겐 얼마나 슬펐을까?

어쩌면 제제의 가족 중에 가장 슬픈 사람은 제제가 아니라 아버지였을지도 모른다. IMF 직후 우리나라에서도 그랬지만, 직장을 잃고 돈 없는 가장들이 가정에서 얼마나 초라해지던가? 가난하면 가족들에게도 무시당하는 현실이었는데, 브라질이라고 해서 크게 다르지는 않았으리라. 자녀에게 선물도 못 사주고, 풍성한 저녁 만찬도 대접해주지 못하는 아버지의 심정이 얼마나 슬프고 가슴 아팠을까? 크리스마스 행사인 성당 미사에도 나가지 않고, 아무런 말없이 집 밖으로 나간 아버지 마음은 제제보다 훨씬 우울했을 것이다.

아버지의 슬픈 처지를 안 제제는 자신이 직접 구두닦이를 해서 번 돈으로 담배를 사 아버지에게 선물했다. 부모가 자녀에게 베풀어야 할 크리스마스 선물을 아들이 부모에게 해준 셈이다.

"아빠!"
"왜 그러니, 얘야!"
아빠의 목소리에는 전혀 화난 기색이 없었다.
"하루 종일 어디 갔었니?"
나는 구두닦이 통을 보여 주었다. 그리고 통을 바닥에 내려놓고 주머니에서 포장된 담배를 꺼냈다.
"아빠, 이것 보세요. 아빠 드리려고 아주 좋은 걸 샀어요."

제제는 겨우 여섯 살밖에 안 된 나이였지만 아버지의 괴로움을 잘 알고, 스스로 몇 푼 되지 않는 돈을 벌어서 아버지에게 크리스마스 선물을 사주었다. 제제는 절대 아무런 생각 없이 사는 철없는 개구쟁이 어린이가 아니었다. 오히려 일찍 철이 든 소년이었다.

뽀르뚜가와의 만남

어느 날, 제제는 그의 일생에서 가장 중요한 만남을 가진다. 에우제니아 아주머니네 집에서 자라는 구아바 나무 열매를 몰래 따러 갔을 때였다. 아주머니에게 들켜서 도망치다가 왼발에 유리 조각이 박혀 피를 흘렸다. 상처를 입고 울던 제제는 거리를 헤매다 자동차를 타고 있던 부유한 포르투갈인 마누엘과 만난다.

여기서 잠시 부연 설명을 할 필요가 있다. 멕시코와 아르헨티나 등 대부분의 중남미 국가들이 아직 스페인어를 공용어로 쓰고 있지만, 유독 브라질은 포르투갈어를 공용어로 쓴다. 브라질이 16세기 중엽, 브라질이 약 300년 동안 포르투갈의 지배를 받았는데, 그 때문에 포르투갈어가 공용어로 정착됐다.

이런 역사 때문에 중남미 국가들은 기묘한 공통점이 있다. 부유한 상류층은 스페인이나 포르투갈 등 유럽에서 이주해 온 백인들 후손이고, 중산층은 백인 이주민과 토착 원주민 사이의 혼혈인들이며, 빈곤층은 토착 원주민들로 구성되었다는 점이다.

『나의 라임 오렌지나무』에서 제제는 아버지가 금발 머리를 한 백인이고 어머니가 갈색 피부를 가진 원주민이지만, 아버지의 영향을 더 많이 받아서 백인의 외모를 가진 소년으로 그려졌다. 제제의 가정은 원래 중산층이었다가 빈곤층으로 떨어진 셈이다.

본론으로 돌아와서, 마누엘은 발에 피를 흘리고 있는 제제를 보고 약방으로 데려가 치료를 받게 했다. 그리고 수술로 아파하는 제제에게 다정한 위로의 말을 건넸다.

"조금만 참아. 치료가 끝나면 음료수랑 케이크를 사 주마. 울지 않으면 영화 배우 사진이 박힌 사탕도 사 주마."

그 말에 제제는 있는 용기를 다 내었다. 눈물이 났지만 박사가 하는 대로 가만히 내버려 두었다. 박사가 상처를 꿰매고 파상풍 주사까지 놓았다. 토하고 싶었으나 참았다.

마누엘은 아픔을 조금이나마 나누려는 듯 나를 힘껏 껴안아 주었다. 그리고 땀에 흠뻑 젖은 내 얼굴과 머리를 자신의 손수건으로 닦아 주었다. 영원히 끝날 것 같지 않던 치료가 끝나가고 있었다.

나를 차로 데려가는 마누엘의 얼굴에는 만족한 기색이 역력했다. 그는 내게 약속한 것을 모두 사 주었다.

"넌 용감한 사내야, 꼬마야."

난 아픈 가운데서도 웃어 보였다. 그리고 중요한 사실 하나를 발견했다. 이제 마누엘이 내게 가장 소중한 사람이 되었다는 것을.

차를 타고 다니는 부유한 포르투갈인과 가난한 소년의 만남은 이렇게 시작되었다. 물론 현실에서는 거의 불가능한 일이다. 어쩌면 제제 못지않게 마누엘도 순수한 영혼을 가진 사람이었기에 가능하지 않았을까?

마누엘과 친해진 제제는 자주 그와 만나 진솔하게 대화를 나누었다. 제제는 친구가 된 기념으로 마누엘에게 서로 편하게 부를 호칭을 만들자고 제안했다. 제제는 마누엘에게 포르투갈인이라는 뜻의 속된 말인 뽀르뚜가라고 부르고 싶다고 했다. 뽀르뚜가는 속된 이름이지만 동시에 아주 친한 사이에서도 쓰이는 이름이다. 그만큼 제제는 마누엘을 친숙하게 여겼던 것이다. 마누엘은 그 말을 듣고 화를 내는 척했지만, 사실은 기뻐했다. 세상에서 가장 가난하고 힘든 빈민층 소년은 부자 어른을 친구로 두게 됐다.

친아버지와 양아버지

좋은 친구를 만나 기분이 유쾌해진 제제는 집에 돌아가 여전히 실직한 상태인 아버지를 봤다. 제제는 우울한 아버지의 기분을 달래 주려고 거리의 악사 아리오발두가 불렀던 노래를 따라 불렀다.

그런데 그 노래를 들은 아버지는 매우 화를 냈다. 그 노래가 '나는 벌거벗은 여자가 좋아'라는 제목의 매우 선정적인 노래였기 때문이다. 물론 제제는 아버지를 즐겁게 해주려고 노래를 불렀겠지만, 아버지는 그런 제제의 마음을 알지 못했다.

"그따위 노래를 누가 가르쳐 줬어?"

아빠의 눈에서는 미친 사람처럼 불똥이 튀고 있었다.

"아리오발두 아저씨요."

"그런 사람과 같이 다니지 말라고 그랬지?"

아빠의 손이 내 뺨을 후렸다.

"다시 불러 봐."

나는 벌거벗은 여자가 좋아.

또다시 아빠의 손이 날아들었다. 그리고 또, 그리고 또. 눈에서 눈물이 흘러

내렸다.

정말 가슴 아프고 안타까운 장면이다. 어린아이가 단지 아버지를
즐겁게 해주려는 순수한 마음에서 노래를 불렀는데, 아버지는 그것
도 모르고 손찌검을 했으니 그 어린아이는 얼마나 억울했을까?

아버지가 정말로 제제를 미워하고 사랑하지 않았던 것은 아니었을
것이다. 그보다는 아마 아버지는 한집안의 가장이고 가정의 생계를
책임지는 사람인데, 정작 자신은 직장에서 쫓겨난 실업자 신세고, 아
내와 아이들이 버는 푼돈으로 겨우 가정 형편을 이어나가다 보니 스
스로 매우 무능하다는 자괴감에 짓눌려 있었던 것이다. 그런 상황에
서 어린 아들이 위로해준다면서 자기의 속도 모르고 이상한 노래를
부르는 모습을 보자, 마치 자신을 놀리는 듯한 느낌을 받고 순간적인
분노가 폭발했던 것은 아닐까?

물론, 아무리 그렇다 해도 아버지가 아무런 잘못도 저지르지 않

은 어린 아들을 구타하는 일이 절대 정당화되거나 미화될 수는 없다. 아들이라고 해도 엄연히 인격이 있는 사람이기 때문이다. 오늘날 많은 나라에서 아동 학대를 죄로 간주해서 처벌하는 것과 마찬가지다.

아버지에게 맞고 울던 제제는 매주 화요일 뽀르뚜가와 한 약속을 지키기 위해 그를 찾아 나서다 빵집에 들렀는데, 우연히도 그가 있었다. 제제와 차에 탄 뽀르뚜가는 그의 얼굴을 보자 깜짝 놀랐다.

"무엇 때문에 이 지경이 되도록 맞은 거야?"

나는 한 줄도 보태지 않고 전부 이야기해 주었다. 이야기가 끝나자 그는 눈물이 솟아 어쩔 줄을 몰라 했다.

"그래도 그렇지, 어떻게 이렇게 작은 애를 그렇게 때릴 수가 있어? 아직 여섯 살도 안 된 애인데. 오, 하느님 맙소사!"

"난 왜 그런지 알아요. 쓸모없는 애라서 그래요. 너무너무 못된 아이라서 크리스마스에도 착한 아기 예수처럼 되지 못하고, 못된 악마가 됐어요. 이번 주 내내 생각해 봤는데요. 오늘 밤에 망가라치바(기차 이름)에 뛰어들기로 했어요."

그는 아무 말 없이 나를 그의 품 안에 힘껏 끌어안았다. 그리고 그만이 할 수 있는 위로의 말을 해주었다.

"안 돼. 제발, 그런 말은 하지 마. 넌 앞으로 얼마든지 멋지게 살 수 있어. 이렇게 똑똑하고 영리한데. 그런 말을 꺼내지도 마. 죄를 짓는 거야. 다시는 그런 생각하지 말고 그런 말도 하지 마. 네가 그러면 난 어떡하니? 날 사랑하지 않는 거야? 날 사랑한다고 했던 게 거짓말이 아니라면 다시는 그런 소리 하지 마라."

그는 뒤로 조금 물러앉아 내 눈을 들여다보았다. 그리고 손등으로 내 눈물을 닦아 주었다.

제제는 뽀르뚜가 앞에서 가족들이 자신을 사랑해주지 않아 너무 괴로워서 자살을 생각한 적도 있다고 털어놓았다. 사는 게 얼마나 힘들었으면 고작 여섯 살밖에 안 된 아이의 입에서 "죽고 싶다."는 말까지 나왔을까?

아버지에게 얻어맞고 슬퍼하던 제제를 위로하기 위해, 뽀르뚜가는 제제와 함께 차를 타고 강가에 놀러 갔다. 그곳에서 제제는 뽀르뚜가에게 한 가지 놀라운 제안을 한다.

"곰곰이 생각해 봤는데요. 아저씨한테는 인깐따두에 사는 딸밖에 없죠? 집에도 새장 두 개만 있고 혼자시죠, 네? 손자도 없고 저를 좋아한다고 그랬죠? 그럼 왜 우리 집에 와서 아빠에게 절 달라고 그러지 않으세요?"

그는 매우 감격한 나머지 벌떡 일어나 앉아 두 손으로 내 얼굴을 감싸 쥐었다.

"너, 내 아들이 되고 싶은 거냐?"

"태어나기 전에 아버지를 선택할 수는 없잖아요. 만약에 그럴 수만 있다면 당신을 선택할 거예요. 내가 없어지면 우리 집 식구들은 모두 기뻐할 거예요. 만약 아빠가 안 주겠다고 하면 날 사겠다고 하세요. 아빤 돈이 한 푼도 없으시거든요. 아빠는 분명히 날 팔 거예요."

"네 말대로 하고 싶기는 한데, 너를 네 엄마 아빠한테서 데려올 수는 없어. 그건 옳은 일이 아니야. 지금까지도 널 아들처럼 사랑해 왔지만 앞으로는 진짜 친아들로 대해 주마."

친아버지를 놔두고 다른 사람을 아버지라고 부르게 해달라는 제제가 이상해 보이는가? 하지만 제제 처지에서 생각해 보라. 친아버지는 자신을 욕하고 때리는데, 자기와 아무런 혈연관계도 없는 뽀르뚜가는 자신을 친구라고 여기며 사랑하고 있으니 제제가 누구를 아버지로 생각할까?

이 세상에 부모의 사랑을 바라지 않는 사람은 없다. 제제는 친아버지로부터 사랑을 받지 못했다. 반대로 뽀르뚜가는 자신을 친아들처럼 사랑해주었다. 이러니 제제가 뽀르뚜가를 아버지로 여기고 사랑하는 마음을 품는 것이 당연하지 않을까?

어느 소설에서는 부모에 대해 이렇게 말했다.

"자식을 낳는 것은 누구나 할 수 있다. 심지어 사람이 아닌 짐승도 자식을 낳는다. 그러나 자식을 낳아서 정성껏 기르고 돌보는 일은 오직 사람만이 할 수 있다. 자기가 낳은 자식을 사랑하지 않고 돌보지 않는 자는 사람이 아닌, 짐승과 다를 바 없다."

중국의 격언에 "선비는 자신을 알아주는 사람을 위해서 죽는다."는 말이 있다. 낳은 정보다 기른 정이 더 중요하고, 자신을 진심으로 사랑해주고 마음을 나눈 친구가 피를 나눈 부모보다 더 가까운 사이라는 뜻이다.

그런 면에서 뽀르뚜가는 제제의 친구인 동시에 그에게 진짜 사랑을 베푸는 아버지였다.

가슴 아픈 뽀르뚜가와의 이별

제제는 어느 날 학교에 지각한 제로니무라는 아이가 들려주는 말을 듣고 깜짝 놀랐다. 바로 기차 '망가라치바'와 뽀르뚜가 아저씨에 관한 내용이었다.

"차를 들이받았다고?"

"그래, 큰 차 있잖아. 마누엘 발라다리스 아저씨 차!"

나는 깜짝 놀라 뒤돌아보았다.

"뭐라고?"

"망가라치바가 쉬따 건널목에서 포르투갈 사람 차를 들이받았어. 그래서 지각한 거야. 기차가 차를 완전히 박살 냈어. 사람들이 엄청 몰려왔어."

식은땀이 흐르고 눈앞이 깜깜해졌다.

제로니무는 계속 옆 아이의 물음에 답해 주고 있었다.

"그 사람이 죽었는지는 잘 몰라. 어린애들은 가까이 가지 못하게 했으니까."

나도 모르게 자리를 박차고 일어섰다. 식은땀이 온몸을 적셨고 토하고 싶었다. 눈에서는 눈물이 솟았다. 나는 책상을 벗어나 문으로 나가 미친 듯이 달리기 시작했다.

망가라치바는 제제가 살던 동네를 다니던 기차 이름이다. 예전에 제제는 사는 게 힘들어서 "망가라치바에 뛰어들까."라고 말한 적이 있었다. 그런데 제제 대신, 전혀 엉뚱하게도 뽀르뚜가가 망가라치바에 치어 죽었다. 말이 씨가 된 셈이다.

제제는 자신이 그토록 믿고 따르며 아버지라고 여길 정도로 사랑했던 뽀르뚜가가 기차 사고로 죽었다는 사실을 알고, 너무나 슬퍼서 사흘 동안 아무것도 먹지 못했다. 무엇을 먹어도 곧바로 토해 버렸다. 슬픔을 넘어 절망에 처한 제제는 그냥 이대로 뽀르뚜가가 있는 천국으로 가고 싶은 생각만 간절했다. 먹지 않아 쇠약해진 제제는 결국 병원에 입원하게 됐다. 병원에 입원해서도 제제는 약을 먹지 못하고 계속 토하며, 오직 뽀르뚜가만 그리워할 뿐이었다.

그런데 슬픔에 잠긴 제제에게 한 가닥 위로가 되는 일이 생겼다. 그동안 제제를 사고뭉치나 말썽꾸러기라고 미워하던 마을 사람들이 제제가 병원에 입원했다는 말을 듣고는 문병하러 온 것이다.

그즈음 이상한 일들이 일어났다. 동네 사람들이 줄지어 문병을 온 것이다. 그들은 내가 인간의 탈을 쓴 악마였다는 사실을 잊은 것 같았다. 상점 주인은 젤리를 갖다 주었고, 에우제니아 아주머니는 달걀을 가져와 토하는 내 배를 낫게 해달라며 기도해 주었다.

세실리아 빠임 선생님도 내 가방과 꽃 한 송이를 들고 왔다. 그것을 보자 다시 눈물이 쏟아졌다.

가장 슬퍼한 사람은 아리오발두 아저씨였다.

"내 어린 천사가 죽으면 안 됩니다. 정말 안 돼요. 제발 죽게 내버려 두지 마세요. 저 꼬마는 정말 죽으면 안 됩니다. 저 애한테 몹쓸 일이 생기면, 이따 위 마을에 절대 오지 않겠습니다."

그는 방으로 들어와서 내 곁에 앉아 내 손을 자기 얼굴에 비벼댔다.

"눈을 떠 봐라. 제제, 빨리 나아야지. 그래서 나랑 다니며 노래를 불러야 할 것 아니냐. 난 거의 하나도 팔지 못했어. 사람마다 물어본다. 빨리 나을 거라고 약속하지, 응?"

아직도 눈물이 남아 있었는지 눈에서 눈물이 흘렀다.

제제는 뽀르뚜가를 잃었지만, 대신 다른 사람들의 사랑을 얻게 되었다. 마음의 상처가 조금이나마 아문 제제는 서서히 상태가 좋아지기 시작했다. 물을 마실 수도 있었고, 더는 음식을 토하지도 않았다.

그래도 뽀르뚜가를 잃은 슬픔은 쉽게 사라지지 않았다. 자신을 친구처럼, 그리고 아들처럼 사랑해 주었던 뽀르뚜가를 기억할 때면 열이 오르고, 토하고, 식은땀을 흘리며 떨었다. 기차 망가라치바가 지나가며 뽀르뚜가가 탄 차를 덮치는 광경이 계속 떠올라 제제는 여전히 괴로워했다. 제제는 아기 예수에게 만약 자신을 조금이라도 좋아한다면 뽀르뚜가가 아무런 아픔 없이 천국으로 가게 해달라고 계속 기도했다.

제제는 뽀르뚜가와 자신의 처지를 비교하며 의문이 들었다. 기차가 한 번 지나가면 사람이 죽는 건 순식간인데, 왜 자신이 죽는 것은 이렇게도 어려운 것일까? 제제는 다른 사람들이 세상을 떠나지 못하도록 자신의 다리를 붙잡고 있다는 고민에 빠졌다.

한편, 제제에게 가장 큰 상처를 주었지만 마음속으로는 제제를 사랑하고 있었던 아빠가 제제를 불러 말을 꺼낸다. 자신이 공장장이 되어 드디어 가난에서 벗어날 수 있다는 말이었다.

"다 지나갔다, 애야. 모두 다 끝났어. 너도 이다음에 크면 아빠가 될 거야. 살다 보면 어려운 시기가 있다는 것도 알게 될 거다. 하는 일마다 잘 안 되고 끝없이 절망스러울 때가 있어. 하지만 이제는 그렇지 않아. 아빠는 산뚜알레이슈 공장의 지배인이 됐어. 이제 다시는 크리스마스에 네 신발이 비어 있는 일은 없을 거다."

제제는 별로 유쾌하지 않았다. 가난 때문에 우울해하던 예전의 제제와는 달랐다. 이미 제제는 물질적인 가난이 아니라 사랑을 더 원하고 있었다. 제제의 마음은 아빠가 아닌 뽀르뚜가에게 있었다. 제제는 마음속으로 자신의 아버지는 뽀르뚜가이며, 그는 기차 사고로 죽고 더는 이 세상에 없다고 생각하면서 눈물을 흘렸다.

세월이 흘러 48세가 된 제제는 아이들에게 구슬과 그림 딱지를 나누어 주는 시인이 되어 있었다. 이 소설의 마지막에 제제는 문득 마음속으로 뽀르뚜가를 다시 불러보았다. 자신에게 사랑을 가르쳐 준 사람은 당신이라고 말을 걸며, 자신도 다른 사람들에게 사랑을 나누어 주겠다고 다짐했다.

사람은 사랑을 위해 산다

시간이 흐르고 제제도 나이를 먹어 어른이 되자, 아버지의 말처럼 그토록 가슴 아팠던 뽀르뚜가와의 일을 추억으로 여기게 되었다. 시간은 모든 상처를 아물게 하는 법이다.

그렇다고 해서 뽀르뚜가와의 만남이 의미 없는 일이 되는 것은 아니다. 뽀르뚜가는 제제에게 진정으로 사랑하는 법을 가르쳐 준 최초의 사람이기 때문이다. 그가 사랑을 가르쳐 주었기에 제제는 다른 사람을 사랑할 줄 아는 사람이 될 수 있었다.

사람은 무엇을 위해 살까? 단순히 생존만을 위해서 하루하루 산다면, 그것은 사람이 아닌 짐승의 삶일 것이다. 어떤 사람이든 그 사람 혼자서 존재할 수는 없다. 사람은 기본적으로 사회적인 존재이다. 누구나 다른 사람과 관계를 맺고 관심과 애정, 그리고 사랑을 받으면서 살아가기를 원한다. 사랑은 사람이 세상을 살게 하는 원동력이다. 사랑이 없는 삶은 무의미하기 때문이다.

08

•

아낌없이 주는 나무

•

"그래서 나무는 행복했습니다."

『아낌없이 주는 나무』는 미국의 작가 셸 실버스타인이 1964년에 출판한 동
화책이다. 이 책은 50페이지도 안 될 정도로 매우 짧다는 것이 특징이다.
실버스타인은 『아낌없이 주는 나무』를 통해 자연과 인간의 관계를 은유적으
로 표현했다. 동화에서 나무와 함께 자란 소년이 자신의 욕망을 위해서 자연
을 거리낌 없이 희생시켰다. 그래도 나무는 소년을 전혀 원망하지 않고, 오
히려 소년이 원하는 대로 자신의 몸을 아낌없이 나눠줬다. 훗날 소년이 노인
이 되어서 나무를 찾아왔을 때, 나무는 이미 몸이 잘려나가고 밑동만 남았
지만, 소년을 친구로 여기며 그가 늙은 몸을 쉬어가도록 허락했다.

이는 인간의 욕심 때문에 희생당하지만 절대 인간을 미워하지 않고, 계속 사랑으로 감싸주는 자연의 따스함을 묘사한 것이다. 또한 젊어서 혈기가 왕성해지자 자신을 길러준 나무를 떠나서 바깥세상으로 나갔던 소년이, 늙어서 죽음이 가까워지자 다시 나무를 찾아온 대목은 인간이 마지막으로 가야 할 곳이 자연이라는 의미를 담고 있다. 사람은 자연과 함께 살 때에만 비로소 진정한 행복을 누릴 수 있다는 작가의 믿음이 반영된 설정이다.

짤막한 내용에도 『아낌없이 주는 나무』는 본고장인 미국을 비롯한 전 세계 주요 국가에 번역 출간되었고, 인간과 자연의 본질적인 관계를 깊이 있게 통찰한 명작으로 칭송받고 있다.

너무 짧아서 제대로 느끼지 못했던 감동

세계에서 가장 짧지만, 가장 널리 알려진 동화가 바로 『아낌없이 주는 나무』일 것이다. 다른 동화들에 비하면 분량이 고작 10분의 1 수준밖에 되지 않는다. 그러나 이 동화를 읽고 감동한 사람들은 절대 적지 않을 것이다.

『아낌없이 주는 나무』는 내용이 매우 짧고 끝도 간략하게 맺는다. 그 때문에 이 책을 처음 읽었을 때 '이게 도대체 무슨 내용이지?' '저자는 무엇을 말하고 싶었을까?' 하는 의문을 품을 사람들이 많을 것이다. 이 책이 말하고자 하는 바는 책의 분량처럼 간단하다. 소년과 나무의 관계를 통해서 인간의 성장 과정과 삶의 교훈을 간결하게 압축해서 보여주는 것이다.

소년과 나무, 인간과 자연의 상징

좋은 소설이라고 해서 꼭 등장하는 인물들이 많거나, 책의 내용이 길어야 한다는 법은 없다. 오히려 짧고 간결하게 서술한 것이 군더더기 없고, 책을 읽은 후 여운이 길게 남는 교훈을 주기도 하니 말이다.

『아낌없이 주는 나무』에서 책의 줄거리를 이끌어가는 두 주인공은 소년과 나무이다. 소년은 평범한 인간 남성, 혹은 인간 그 자체를 상징한다. 그에 대비되는 역할인 나무는 자연 그 자체일 수도, 혹은 소년의 부모일 수도 있다.

아직 나이가 어려 세상의 때가 묻지 않은 순진한 시절의 소년은 숲 속에서 나무와 아무런 거리낌 없이 어울려 놀았다.

옛날에 나무가 한 그루 있었습니다.

그 나무에게는 사랑하는 소년이 하나 있었습니다.

날마다 소년은 나무에게 와서 떨어지는 나뭇잎을 한 잎 두 잎 주워 모았습니다.

그리고는 나뭇잎으로 왕관을 만들어 쓰고 숲 속의 왕 노릇을 했습니다.

소년은 나무줄기를 타고 올라가서는 나뭇가지에 매달려 그네도 뛰고 사과도 따 먹곤 했습니다.

나무와 소년은 때로는 숨바꼭질도 했습니다.

그러다가 피곤해지면 소년은 나무 그늘에서 단잠을 자기도 했지요.

소년은 나무를 무척 사랑했고, 나무는 행복했습니다.

흔히 사람들은 스스로 만물의 영장이라고 말한다. 하지만 몸 자체로만 보면, 인간은 자연 속에서 살아가는 생물 중 가장 나약하다. 곰처럼 힘이 세지도 않고, 사자나 호랑이처럼 날카로운 이빨이나 발톱도 없다. 새처럼 날개가 달려 하늘을 날지도 못하고, 치타처럼 빠르게 뛰지도 못하고, 카멜레온처럼 주변 사물에 맞춰 몸의 색깔을 바꾸지도 못한다. 또한 물고기처럼 물속에서 빠르게 헤엄치지도 못한다. 순수한 신체 능력만으로 따졌을 때, 인간은 자연의 생물 중에서 가장 나약한 존재일 뿐이다.

아낌없이 주는 나무

얼마 전에 사망한 미국의 소설가 마이클 클라이톤은 그의 유작인 『공포의 제국』에서 이렇게 말하기도 했다.

"인간이 자연을 정복했다는 말은 헛소리다. 자연이 분노하면 인간은 그저 도망갈 수밖에 없는 원숭이에 불과하다."

산악인으로 유명한 엄홍길 대장도 등산을 마친 소감을 다음과 같이 고백했다.

"인간이 산을 정복한 것이 아니라, 인간이 오르도록 산이 허락한 것이다."

이렇듯 인간은 자연의 품 안에서 보호를 받으면서 살아갈 수밖에 없다. 아무리 과학기술이 발달한 현대라고 해도, 이 법칙은 바뀌지 않는다. 그것이 인간으로 태어난 자들이 모두 짊어져야 하는 숙명이다.

이 때문에 프랑스의 철학자 루소는 "자연으로 돌아가라!"라고 외치기도 했다. 복잡한 문명 속에서 스트레스를 받으며 살아가느니, 자연과 하나가 되어 사는 것이 가장 행복하다는 뜻이었으리라.

나이가 든 소년, 나무를 떠나 자신의 욕망을 따르다

청소년은 부모가 모든 의식주를 해결해 주기 때문에 아무것도 걱정할 필요가 없다. 어른이 되면 더는 부모가 의식주 문제를 해결해 주지 않기에, 스스로 생계를 꾸려나가야 한다. 그러기 위해서 무엇보다 중요한 것은 바로 돈이 있어야 한다는 사실이다. 『아낌없이 주는 나무』의 소년도 다르지 않았다.

하지만 시간은 흘러갔습니다.

그리고 소년도 점점 나이가 들어갔습니다.

나무는 홀로 있을 때가 많아졌습니다.

그러던 어느 날, 소년이 나무를 찾아갔을 때 나무가 말했습니다.

"얘야, 내 줄기를 타고 올라오렴. 가지에 매달려 그네도 뛰고, 사과도 따 먹고, 그늘에서 놀면서 즐겁게 지내자."

"난 이제 나무에 올라가 놀기에는 너무 커 버렸는걸. 난 물건을 사고 싶고, 신 나게 놀고 싶단 말이야. 그래서 돈이 필요해. 내게 돈을 좀 줄 수 없겠어?"

소년이 말했습니다.

"미안하지만, 내겐 돈이 없는데."

나무가 말했습니다.

"내겐 나뭇잎과 사과밖에 없어. 얘야, 내 사과를 따다가 도회지에서 팔지 그러니? 그러면 너는 돈이 생기고 행복해질 거야."

그러자 소년은 나무 위로 올라가 사과를 따고는 가지고 가 버렸습니다.

나무는 행복했습니다.

그러나 떠나간 소년은 오랜 세월이 지나도록 돌아오지 않았고, 나무는 슬펐습니다.

나이가 들자 소년은 가장 먼저 돈을 원했다. 하지만 아무것도 없는 상태에서 돈을 벌기란 매우 어려웠다. 돈이 돈을 낳는다는 말처럼, 돈을 벌려면 우선 어느 정도 밑천이 있어야 한다.

소년은 자기 힘으로 밑천을 마련하지 않고, 자신과 친구로 지내던 나무에게 찾아왔다. 그리고 나무에게 돈을 달라고 요구했다. 돈은 인간 사회에서나 통하는 것이다. 자연 속에서 살아온 나무에게 돈이 있을 리 없었다.

하지만 나무는 돈을 주지 않으면 소년이 상심할까 봐, 자기가 가진 사과 열매를 팔아서 적은 밑천이나마 돈을 벌어보라고 소년에게 제안했다. 알고 보니 나무는 사과나무였던 모양이다.

나무의 도움으로 자신의 목적을 달성한 소년은 그 후에도 똑같이 행동했다. 나무를 찾아가서 이익을 얻어낸 다음, 일이 끝나면 곧바로 떠나는 것이다.

시간이 갈수록 소년의 행동은 점차 도를 넘어섰다. 단순히 열매인 사과를 따가는 것에서 끝나지 않고, 나무의 몸에 상처를 입히는 짓마저 서슴지 않았다.

그러던 어느 날, 소년이 돌아왔습니다.
나무는 몹시 기뻐서 몸을 흔들며 말했습니다.

청소년 문·사·철 읽기 혁명

"얘야, 내 줄기를 타고 올라오렴. 가지에 매달려 그네도 뛰고, 사과도 따 먹고, 그늘에서 놀면서 즐겁게 지내자."

"난 나무에 올라갈 만큼 한가롭지 않단 말이야."

소년이 말했습니다.

"내겐 따뜻하게 지낼 집이 필요해. 아내도 있어야겠고, 자식도 있어야겠고, 그래서 집이 필요하단 말이야. 나에게 집 한 채 마련해 줄 수 없겠어?"

"나에게는 집이 없단다."

나무가 대답했습니다.

"이 숲이 나의 집이지. 하지만 내 가지들을 베어다가 집을 짓지그래. 그러면 행복해질 수 있을 거야."

그러자 소년은 나무의 가지를 베어서 집을 지으려고 가지고 갔습니다. 그래서 나무는 행복했습니다.

이제 어른이 된 소년에게 더는 나무가 예전에 함께 놀던 친구가 아니었다. 그저 자신의 돈벌이와 욕망을 위해 거리낌 없이 희생할 수 있는 물건에 불과할 뿐이었다. 소년은 한때 자신이 매달려 그네를 타고 놀았던 친구인 나무의 가지를 잘라다가, 자신과 가족이 살 집을 짓겠다고 나섰다.

이런 잔인한 폭력 앞에서도 나무는 소년을 여전히 자신의 친구로 생각하고, 그에게 얼마든지 자신의 가지를 베어 가라고 말했다.

평범한 사람이라면 아무리 마음이 넓어도 도저히 이렇게는 할 수 없을 것이다. 사람은 누구나 자신의 손해와 이익을 계산하고, 손해가 나는 일은 절대로 하지 않으려는 본능이 있기 때문이다.

하지만 사람이 아닌 나무는 자신의 몸이 잘려나가는데도, 소년을 미워하거나 원망하지 않았다. 오히려 자신이 소년에게 도움을 줄 수 있어서 행복했을 뿐이다.

『아낌없이 주는 나무』는 이렇게 작품 전체에서 소년을 향한 나무의 일방적이고 무한한 희생을 주제로 다뤘다. 나무는 자신의 생명이나 안위보다, 친구인 소년의 행복이 더 중요했다.

그러나 소년은 나무에게 그다지 감사하지 않았다. 가지를 잘라간 것도 모자랐던지, 다음에 와서는 아예 나무의 몸뚱이마저 잘라가 버렸다.

그러다가 떠난 소년이 돌아오자, 나무는 무척 기뻐서 거의 말을 할 수가 없었습니다.

"이리 온, 얘야."

나무는 속삭였습니다.

"와서 나랑 놀자."

"난 너무 나이가 들고 비참해서 놀 수가 없어."

소년이 말했습니다.

"배가 한 척 있었으면 좋겠어. 멀리 떠나고 싶거든. 내게 배 한 척 마련해 줄 수 없겠어?"

"내 줄기를 베어다가 배를 만들렴."

나무가 말했습니다.

"그러면 너는 멀리 떠나갈 후 있고, 행복해질 수 있을 거야."

그러자 소년은 나무의 줄기를 베어내서 배를 만들어 타고 멀리 떠나 버렸습니다.

그래서 나무는 행복했지만, 정말 그런 것은 아니었습니다.

왜 소년은 갑자기 멀리 떠나고 싶어 했을까? 아내나 자식과 함께 살기 위해 집을 짓겠다고 나무의 가지를 잘라갔을 때는 언제고, 왜 인제 와서 가정을 버리고 떠나겠다는 것일까?

그 이유를 유추해 보자. 아무리 열심히 노력해도 성공하지 못하면 사람은 누구나 크나큰 실망과 자괴감에 휩싸인다. 그럴 때 사람들은 현실에서 도피해 멀리 떠나고 싶어 한다.

본문에서 언급된 소년의 대사도 그렇다. "나는 너무 나이가 들고 비참해서 놀 수가 없어." 이때 소년은 이미 청년이나 장년이 아닌, 노인이 되었던 것이다. 그는 자신의 신세를 가리켜 스스로 비참하다고 말할 정도로 불행한 상황에 있었다. 소년이 사회적으로 성공하지 못하고 가난하게 늙은 탓에 자신을 그렇게 본 것이 아니었을까?

그가 친구인 나무의 가지를 잘라다 집을 지어주려고 했을 정도로 사랑했던 아내와 아이들은 왜 소년이 떠나도록 내버려 두었던 것일까? 이유는 간단하다. 소년이 그들을 사랑한 만큼, 그들은 소년을 사랑하지 않았기 때문이다.

괴로움에 고통받던 소년은 친구인 나무의 몸을 통째로 베어다 배를 만들고, 어디론가 떠나버렸다. 그런데 이때, 한 가지 미묘한 변화가 있다. 언제나 소년에게 무언가를 줄 수 있어서 행복하다고 했던 나무가 이때만은 정말로 행복하지 않았다는 것이다. 어째서일까? 사과나 가지 정도는 베어 가도 상관없지만, 몸체가 없으면 더는 나무가 아니기 때문에? 자신이 감당한 희생이 너무나 커서?

『아낌없이 주는 나무』의 전체 줄거리를 보면 그런 이유는 아닐 것이다. 나무는 자신이 치르는 희생이 얼마가 되었든 전혀 상관하지 않고, 오로지 소년을 돕는 일 자체에 행복을 느끼는 존재이다. 그런 나무가 왜 소년이 자신의 줄기를 베어 갈 때 행복하지 않다고 느꼈을까? 소년이 멀리 떠나면 오랫동안 자신을 볼 수가 없고, 어쩌면 영영 볼 수 없을지도 모른다는 생각에 슬퍼하지 않았을까?

노년을 앞두고 나무에게 돌아온 소년

10대 청소년이나 20대 청년들은 젊음의 활발한 기운이 가득한 세대이기 때문에 노인이 된다는 것이 어떤 건지 잘 모른다. 단순히 나이만 먹는 건지, 아니면 늙어서 몸에 기력이 없어지는 건지, 혹은 인생의 경험이 쌓여 다른 사람들보다 더 지혜로워지는 건지 확실히 파악하지 못한다.

그러나 사람이 더는 젊다고 할 수 없는 30대가 되면, 노인이 된다는 것이 무엇인지 어렴풋이나마 짐작할 수 있게 된다. 늙음은 곧 한 인간의 인생 모두가 소멸하는 죽음으로 가는 여정이다.

오랜 세월이 지난 뒤에 소년이 다시 돌아왔습니다.

"얘야, 미안하다. 이제는 너에게 줄 것이 아무것도 없구나. 사과도 없고."

"난 이가 나빠서 사과를 먹을 수가 없어."

소년이 말했습니다.

"내게는 이제 가지도 없으니 네가 그네를 뛸 수도 없고."

"나뭇가지에 매달려 그네를 뛰기에는 난 이제 너무 늙었어."

소년이 말했습니다.

"내게는 줄기마저 없으니 네가 타고 오를 수도 없고."

"타고 오를 기운도 없어."

소년이 말했습니다.

"미안해."

나무는 한숨을 지었습니다.

"무언가 너에게 주고 싶은데……. 내겐 남은 것이 아무것도 없단다. 나는 그저 늙어 버린 나무 밑동일 뿐이야. 미안해……."

"이젠 나도 필요한 게 별로 없어. 그저 편안히 앉아서 쉴 곳이나 있었으면 좋겠어. 난 몹시 피곤하거든."

소년이 말했습니다.

"아, 그래."

나무는 안간힘을 다해 몸뚱이를 펴면서 말했습니다.

"자, 앉아서 쉬기에는 늙은 나무 밑동이 그만이야. 얘야, 이리로 와서 앉으렴. 앉아서 쉬도록 해."

소년은 그렇게 했습니다.

그래서 나무는 행복했습니다.

이제 다 늙어서 노인이 된 소년이 나무에게 돌아왔다. 어째서일까? 나이가 들자 돈도 가족도 자신을 버리고 떠났기 때문이다. 결국 소년은 자신의 근원이자 자신을 아무런 조건 없이 순수하게 사랑해 주었던 나무를 찾아왔으리라.

나무는 소년이 반가우면서도 그에게 미안했다. 자신이 더는 줄 수 있는 것이 없었기 때문이다. 나무는 마지막 남은 수단으로 자신의 잘린 밑동을 의자로 쓰라고 소년에게 내어줬다. 소년이 그 나무 밑동에 앉아 남은 인생을 보내면서 이 작품이 끝난다.

사랑은 세상을 따뜻하게 만든다

베어져 나간 밑동 상태의 나무와 다 늙어 빈털터리가 된 소년. 이 둘은 그렇게 생의 마지막을 함께 했다. 이런 나무의 마음이 바로 진정한 사랑이 아닐까? 사랑은 '내가 이것을 주었으니 너도 이것을 나에게 달라'는 거래가 절대 아니다. 사랑은 계산하지 않고, 아끼지 않으며, 자신이 가진 모든 것을 기꺼이 내어주는 희생이자 봉사이다. 그것이 바로 사랑의 본질이다.

동화 속 나무와 소년이 아니더라도 현실에서 이러한 사랑의 예를 쉽게 찾아볼 수 있다. 어린 자녀에게 부모가 베푸는 사랑이나, 진심으로 아끼는 연인들의 모습이나, 혹은 참된 친구들에게도 희생적인 사랑을 볼 수 있다.

인간의 가장 아름다운 모습은 바로 남에게 베푸는 헌신적인 사랑의 모습이다. 갈수록 삭막하고 척박한 이기심이 세계를 지배하여 사람들을 어려움에 빠뜨리고 있는 이 시대에 제일 필요한 덕목은 희생과 봉사가 바탕이 되는 사랑이 아닐까?

09

크리스마스 캐럴

"네가 나무나 돌이 아니라 감정을 가진 인간이라면,
쓸데없이 남아도는 인구가 어쩌고 하는 사악한 말은 삼가라."

『크리스마스 캐럴』은 영국의 기자이자 작가인 찰스 디킨스가 1843년에 발표한 소설이다. 찰스 디킨스는 그의 다른 작품인 『올리버 트위스트』*처럼, 이 책을 통해 당시 영국 사회에 팽배했던 가난한 사람들에 대한 외면과 냉혹하고 이기적인 부자들을 신랄하게 풍자하고 폭로했다.

당시 영국은 한창 초기 자본주의 시절을 맞고 있었다. 가난은 어디까지나 개인의 잘못이며, 국가는 절대 개입을 하거나

올리버 트위스트 고아원에서 학대를 받고 자란 올리버가 탈출하여 런던의 도둑 무리에 들어가 여러 가지 어려움을 겪으면서도 착한 마음을 잃지 않아 마침내 죽은 아버지 친구의 양자가 된다는 내용의 소설. 이웃 사랑을 북돋고 당시의 사회를 개량할 것을 시사한다.

청소년 **문·사·철** 읽기 혁명

도울 필요가 없다는 믿음이 사회에 가득했다. 19세기 영국에서는 거지가 길에서 구걸하면, 다른 사람들에게 피해를 준다는 이유로 경찰이 체포하여 감옥에 가뒀다. 또 직장을 잃은 사람이나 가난한 저소득층 사람들은 국가가 강제로 '구빈원'이라는 수용소로 끌고 가서 억지로 일을 시켰다.

이처럼 19세기 영국은 가난한 사람들에게 너무나 가혹한 곳이었고, 그 때문에 빈부 격차가 매우 컸다. 하지만 영국 정부는 부자들에게만 혜택을 주고, 가난한 사람들의 처지는 전혀 돌보지 않았다. 사회적으로도 "세상에 도움이 안 되는 가난한 약자들은 식량만 먹어 없애는 쓸모없는 자들이니 굶어 죽게 내버려 두어야 한다."는 극단적인 사고방식까지 팽배했다.

찰스 디킨스는 이러한 냉담하고 이기적인 사회 분위기를 자신의 소설 『크리스마스 캐럴』에서 신랄하게 비판했다.

"네가 나무나 돌이 아니라 감정을 가진 인간이라면, 쓸데없이 남아도는 인구가 어쩌고 하는 사악한 말은 삼가라. 네가 누구를 살리고 죽이는 결정을 내리겠다는 것인가? 아, 인간이여! 굶주리고 있는 제 형제들 가운데에 쓸모없이 남아도는 인구가 있다는 소리를 하다니!"

아울러 『크리스마스 캐럴』에서는 이웃을 가난한 상태로 그대로 놓아두는 것은 크나큰 죄악이며, 인간답게 살려면 이웃의 고통을 돌보아야 한다는 가르침을 전하고 있다.

냉혹한 부자, 스크루지

『크리스마스 캐럴』의 주인공 스크루지는 부자이면서, 매우 인색한 수전노 영감으로 묘사된다. 길거리에 스크루지가 지나가면 아무도 그에게 "요즘 어떻게 지내세요? 저희 집에 한번 놀러 오세요."라고 말하지 못했다. 아이들도 스크루지에게 지금 몇 시냐고 묻지 않았으며, 남자든 여자든 누구도 스크루지에게 길을 묻지 않았다. 심지어 거지조차도 스크루지에게는 구걸을 안 할 정도였다. 해보았자 한 푼도 안 주고, 욕이나 먹을 테니 말이다.

크리스마스이브에도 스크루지의 심술은 여전했다. 다른 사람들은 한 해를 마감하는 즐거운 크리스마스 전날 밤을 보내는데, 그는 자신

에게 돈을 빌려 간 사람들 명단과 그들에게서 받아낼 돈의 액수를 적은 장부를 정리하는 데에만 열중했다. 크리스마스를 맞아 자신에게 인사하러 온 조카에게도 "즐거운 성탄절? 대체 네놈이 무슨 권리로 즐거워해? 시궁창 쥐처럼 가난한 놈이! 즐거운 성탄절? 빌어먹을 크리스마스다!"하며 심통을 부렸다.

게다가 스크루지는 자신에

게 불우이웃을 위해 기부하라고 방문한 신사에게도 독설을 퍼부었다.

"스크루지 선생님, 어려움을 겪고 있는 가난하고 굶주린 이웃들을 조금이나 돕는 일을 해보지 않으시겠습니까? 수천 명의 이웃이 생필품도 없고, 수만 명의 이웃이 잠자리가 없어 헤매고 있습니다."

"그러면 감옥이나 부랑자 수용소로 보내면 될 것 아니오? 아니면 차라리 죽는 편이 더 낫겠군. 쓸데없이 남아도는 인구도 줄일 테니 말이야."

'가난한 사람들은 살 자격이 없으니 감옥이나 부랑자 수용소로 가서 갇혀 살든지, 아니면 굶어 죽어라. 쓸모없는 인구는 줄여야 한다.' 이것이 스크루지의 말뜻이다. 읽어 보면 읽어 볼수록 참으로 소름 끼친다. 저런 말을 아무렇지도 않게 하는 스크루지는 대체 어떤 인간일까? 그는 인간적인 따스함이나 감성이 전혀 없고, 오직 돈벌이에만 집착하는 냉혹한 수전노일 뿐이었다.

그런데 생각해 보면 스크루지만 비인간적이고 인정머리 없다고 비난할 일이 아니다. 지금 우리 사회에도 스크루지처럼 말하는 사람들이 아주 많지 않은가? "거지나 노숙자들은 사회의 짐 덩어리이자 쓰레기이다. 그러니 도와줄 필요가 없다. 모두 수용소에 넣거나, 아니면 굶어 죽게 내버려 두어라." 하는 식으로 말이다.

사람을 사람으로 보지 않고, 그저 이윤을 위한 도구로만 본다면 누구나 스크루지처럼 비인간적인 수전노가 될 것이다.

자수성가한 사람이 죽어서 후회하는 유령이 되다

『크리스마스 캐럴』의 초반부에는 스크루지의 냉혹하고 비정한 모습이 잘 묘사됐다. 그런데 조금 책장을 뒤로 넘기자, 다른 사람들을 위압적으로 짓누르며 돈과 힘만 믿고 으스대던 스크루지가 자신을 찾아온 유령을 보고는 겁에 질려 덜덜 떠는 한심한 신세로 전락했다.

크리스마스이브의 밤, 잠자리에 들려던 스크루지는 눈으로 보고도 도저히 믿기 힘든 일을 경험했다. 7년 전에 죽었던 동업자 제이콥 말리의 유령이 온몸에 쇠사슬을 감은 채 그를 방문한 것이다.

스크루지는 유령을 보고 너무나 놀라서 경악했다. 말리의 유령은 자신이 살아있을 때 좋은 일을 하지 못하고 오직 돈만 챙기다가 죽었다면서 스크루지에게 신세 한탄을 했다.

"내가 살아생전에 하지 못한 일들이 너무 많았어. 나는 아무런 좋은 일도 하지 못했어."

"제이콥, 하지만 자네는 훌륭한 사업가였지 않은가?"

"사업? 내가 해야 할 사업은 인류를 위한 일이었어. 이웃의 복지를 위해 노력하는 것, 그것이 내가 할 일이었어. 자신과 인정과 관대함과 박애, 이 모든 것이 내가 해야 했던 사업이었어. 내가 한 거래들은 내가 해야 했던 일들에 비하자면 바다의 물 한 방울에 불과했던 것을!

흐르는 1년의 나날 중에서 나는 이때가 가장 괴롭다네. 왜 이웃의 불행을 못 본 척 지나쳤던가. 어째서 눈을 들어 동방 박사들을 초라한 거처로 이끌었던 거룩한 별을 보지 못했던가! 별빛이 나를 인도해 줄 만큼 가난한 집이 없어서였던가?"

말리는 가난한 가정환경에서 자랐고, 스크루지와 함께 상회(몇 사람이 함께 장사하는 상업상의 조합)를 맡아 성공한 인물이다. 쉽게 이야기하면 자수성가한 인물의 전형이다. 저런 사람이 왜 죽어서 후회하는 말을 할까?

우리나라 사람들은 위인전의 영향 탓에 자수성가한 사람을 무조건 좋게만 보는 경향이 강하다. 그러나 자수성가한 사람들이라고 해서 흠 없는 성인군자는 아니다. 오히려 매우 고집불통이고 이기적인 성격을 지니게 될 수도 있다. 말리나 스크루지 같은 사람들은 탐욕스럽고 인색하며, 남의 처지에 무감각하다. 고생을 하면서 자란 탓에 자기 자신밖에 모르는 이기주의자가 된 것이다.

과거와 현재와 미래를 알리는 세 유령의 방문

말리는 친구에게 이제 자신 말고 다른 세 유령이 그를 방문할 것이라는 예고를 남기고는 사라졌다. 이 대목부터 책의 내용이 매우 흥미진진하게 펼쳐진다. 과거와 현재와 미래를 알리는 세 유령이 잇달아 스크루지를 찾아와 시간을 넘나드는 여행을 하는 것이다.

제일 먼저 스크루지를 방문한 과거의 유령은 그가 겪었던 지나간 시절을 다시 눈앞에 보여주었다. 젊었을 때 스크루지는 지금처럼 돈밖에 모르는 구두쇠가 아니었다. 그는 순수한 낭만을 간직한 청년이었다. 한 여자를 사랑했지만, 가난했던 스크루지는 고민 끝에 여자가 아닌 돈을 택했다. 그리고 다시 만난 아가씨는 매우 화를 내며 스크루지를 비난했다. 스크루지가 돈 버는 일 때문에 마음의 눈이 멀고, 사람이 아닌 황금이라는 우상을 사랑하게 되었다고 말이다.

두 번째로 찾아온 현재의 유령은 스크루지에게 현재 자신의 회사에서 서기로 일하는 봅의 집안을 보여주었다. 봅의 아들인 팀은 한쪽 다리가 아파 목발을 짚고 있었다. 막대한 재산을 쌓아놓고 사는 스크루지와는 다르게, 봅의 가족은 너무나 가난했다. 소년 팀도 몸이 불편해서 앞으로 어떻게 될지 모르는 불안한 삶을 살고 있었다.

그 모습을 본 스크루지가 마음이 아파서 유령에게 "저 아이가 살 수 있을까요?"라고 묻자, 유령은 스크루지에게 "너는 쓸데없는 인구를 줄이기 위해 사람들을 감옥으로 보내라고 하지 않았느냐!"라고 꾸짖었다. 그 말을 들은 스크루지는 매우 부끄러워 얼굴이 화끈거렸다.

가장 결정적인 장면은 단연 미래를 알려주는 유령의 방문이었다. 세 유령 중에서도 가장 음산하고 조용했던 미래의 유령은 스크루지에게 너무나 무서운 존재였다. 미래의 유령은 스크루지에게 앞으로의 일, 즉 그가 죽고 나서 생긴 미래의 일을 보여주었다. 그 모습은 참으로 으스스했다.

"소식 들었어요? 스크루지 그 노인네가 드디어 죽었답니다. 장례식은 무척이나 저렴하게 치러질 것 같습니다. 도대체 누구 하나 장례식에 가겠다는 사람이 없으니, 원."

"그 고약한 영감탱이가 죽고 나서도 부귀영화를 누리고 싶었으면 왜 살아 있을 때 남들처럼 못했대? 그랬으면 죽을병에 걸려 앓고 있을 때, 누구라도 와서 돌봐 줬을 것 아냐? 줄곧 혼자 누워서 끝장나기만을 기다리지는 않았겠지. 사실 말이 나왔으니 말이지, 그 노인네는 천벌을 받은 거야."

"그 영감의 시체를 싸고 있던 옥양목은 내가 벗겨 냈죠. 자, 보세요. 이게 그 노인네의 최후에요. 살아 있을 때는 누구 하나 곁에 얼씬도 못하게 하더니만, 죽어서는 우리의 돈벌이가 되어 주는군요."

일벌레, 돈벌레가 되어 돈에 파묻혀 살던 스크루지는 막상 병에 걸려 죽어갈 때 누구의 보살핌도 받지 못했다. 간호사나 의사를 쓰지도 않았다. 치료에 쓸 돈마저 아까웠던 것이다.

무엇보다 죽은 이후, 스크루지가 이웃들에게 어떤 평가를 받았는가? "인색한 늙은이가 잘 죽었다."는 비웃음거리만 되었다. 심지어 스크루지가 죽은 후 그의 재산이 몽땅 도둑질당하는 일마저 벌어졌다. 돈을 모으는 일에만 열중하여 자신이 죽은 다음을 대비한 유언장도 남기지 않은 탓에 스크루지의 재산은 아무에게도 기증되지 않았다. 이 때문에 아무나 스크루지의 집에 들어와 재산을 마음대로 가져가고 말았다.

무엇보다 가장 슬픈 일은 스크루지의 장례식에 아무도 참석하지 않았다는 것이다. 살아있을 때 얼마나 인색하게 굴어 인심을 잃었으면, 사람이 죽었는데도 누구 하나 장례식에 가겠다는 사람이 없었을까? 아무도 슬퍼하지 않는 장례식이라니, 인생을 이보다 더 비참하게 만드는 일이 있을까?

마음을 고쳐먹고 새로 태어난 스크루지

유령을 통해 자신의 외롭고 쓸쓸한 죽음을 본 스크루지는 잠에서 깨어났다. 그는 곧 그것이 꿈임을 깨달았다. 하지만 꿈이라기에는 너무나 생생한 기억을 절대 잊지 못했다.

흔히 꿈은 사람의 잠재의식에 감추어졌던 감정이 활동하는 시간이라고 한다. 스크루지를 찾아온 친구 말리와 세 유령은 스크루지의 마음속에 잠재되어 있던 무의식이 반영된 결과가 아니었을까? 그렇다면 스크루지 본인도 자신의 인색함과 몰인정함에 마음속으로 싫증을 냈을지도 모른다. 그리고 정말 인간답게 사는 삶을 간절히 바랐을지도 모른다.

어찌 되었든, 세 유령과의 만남을 통해 스크루지는 다시 태어났다. 자신이 외면했던 조카 프레드와 크리스마스 저녁을 먹었고, 자선단체에 재산을 기부했다. 또한 다리가 아픈 아들 팀과 어렵게 살던 서기 봅의 월급을 올려주는 등 잇달아 선행을 베풀었다.

"내가 그동안 자네에게 너무 모질게 군 것 같네. 하지만 이제는 달라졌네. 오늘은 크리스마스이니, 이날을 기념해서 앞으로 자네의 월급을 지금보다 더 많이 주겠네. 이것이 내가 주는 크리스마스 선물일세."
봅은 기쁘다 못해 너무 놀라서 자를 움켜쥐었다. 만약 스크루지가 그 말을 취소하지 않는다면, 스크루지를 때려눕힌 뒤 그에게 환자복을 입혀 병원으로 데려갈 생각이었다.
하지만 스크루지는 미치지 않았다. 그는 봅에게 따뜻한 인사를 건넸다.
"메리 크리스마스!"

스크루지는 크리스마스이브에 꿈을 꾸고 다시 태어났다. 인색하다고 사람들에게 욕을 먹던 수전노가 사랑과 자비를 베푸는 인자한 사람이 된 것이다.

베풀면 행복해진다

물론 현실에서 이런 일은 절대 일어날 수 없을지도 모른다. 그래서 찰스 디킨즈가 이런 소설을 쓴 것이 아닐까?

19세기 당시, 빈부 격차가 매우 극심하던 영국에서 이기적인 부자들은 자신들의 주머니를 불릴 생각만 하고 가난한 사람을 돌보지 않았다. 그러면 정부라도 나서서 가난한 사람들을 도와줘야 하는데, 영국 정부는 오히려 부자들의 부를 늘리는 데 유리한 혜택만 주고 가난한 사람들의 구제에는 전혀 신경 쓰지 않았다. 그러니 가난한 사람들은 더욱더 가난해져 희망도 없는 삶을 살아갈 수밖에 없었다.

찰스 디킨스는 이렇게 인색한 부자들에게 "너희가 그렇게 돈을 벌어서 죽을 때 가져갈 것도 아닌데, 불우이웃을 좀 생각하면서 살아라!"라고 소설을 통해 메시지를 던졌을지도 모른다.

당시 영국의 비참한 사회상을 고발하면서도 사회에 희망을 품었던 디킨스는 이 소설을 통해 가진 자에게는 반성을, 없는 자에게는 희망의 메시지를 전했다. 바늘로 찔러도 피 한 방울 안 나올 수전노의 대명사인 스크루지가 마음을 고쳐먹고 새사람이 되어가는 과정은 지금까지도 많은 독자의 마음을 따뜻하게 해준다.

10

·

어린 왕자

·

"내가 이 책을 어른에게 바친 것에 대해 어린이들에게 용서를 구한다."

『어린 왕자』는 프랑스의 작가 앙투안 드 생텍쥐페리가 1943년에 출간한 소설이다. 생텍쥐페리는 공군 비행사로도 활동했다. 『어린 왕자』에서 주인공인 어린 왕자와 이야기를 나누는 또 다른 주인공 '나'는 바로 비행사인 생텍쥐페리 자신을 상징하는 장치이다.

생텍쥐페리가 『어린 왕자』를 출간할 무렵, 프랑스를 포함한 전 세계는 2차 세계 대전의 소용돌이에 휩쓸린 상태였다. 공군 비행사인 생텍쥐페리는 나치 독일에 저항하는 임무를 맡았고, 나치에 맞서 싸우다가 1944년 7월 31일 독일군이 발사한 포탄에 맞아 비행기와 함께 추락하여 사망했다.

『어린 왕자』에서 생텍쥐페리는 전쟁·탐욕·오만으로 사람들이 점차 인간성을 잃어가는 모습을 안타깝게 그려냈다. 돈과 권력에만 집착하는 세상에 염증을 느껴, 모든 사물을 있는 그대로 바라보는 순수한 어린이, 어린 왕자를 만들어낸 것이다.

생텍쥐페리가 『어린 왕자』의 주인공을 어린이로 설정한 이유는 또 있다. 그는 전쟁으로 상처를 입은 세계는 오직 인간의 순수한 사랑으로만 구할 수 있다고 믿었기 때문이다.

비행사인 나와 어린 왕자의 만남

이집트 국경에서 추락한 비행기와 생텍쥐페리

2차 세계 대전 1939년부터 1945년까지 유럽, 아시아, 북아프리카, 태평양 등지에서 독일·이탈리아·일본을 중심으로 한 추축국과 영국·프랑스·미국· 소련 등을 중심으로 한 연합국 사이에 벌어진 세계 규모의 전쟁이다.

『어린 왕자』에서 1인칭 화자인 나, 즉 작가인 생텍쥐페리는 사하라 사막에서 비행하던 중 비행기가 고장 나 사막에 불시착한다. 이는 저자 본인의 경험을 반영한 내용이다. 실제로 생텍쥐페리는 뛰어난 비행사였고, 2차세계 대전* 무렵에는 프랑스와 미국 공군에서 조종사로 활약하기도 했다.

'나'는 사막에서 한 어린아이를 만나게 되는데, 그가 바로 소설의 주인공인 어린 왕자이다. 어린 왕자는 B612라는 우주의 어느 작은 별에 살고 있었는데, 자신이 사는 별에 살던 장미꽃이 시들자 새로운 꽃을 구하기 위해 우주 각지를 떠돌다가 지구로 왔다. 다른 별에서는 장미꽃을 구할 수 없었기 때문이라고 한다.

『어린 왕자』의 내용 설명 부분에서 문득 흥미로운 구절이 눈에 띈다.

1909년 터키의 어느 천문학자가 소행성 B612를 발견했다. 하지만 학자가 입었던 옷 때문에 아무도 그 주장을 믿으려 하지 않았다. 그런데 터키의 어느 독재자가 국민에게 양복 입기를 명령했고, 이를 어기는 자는 사형에 처한다는 명령을 내렸다. 결국 터키 천문학자는 1912년 양복을 입고서 소행성 B612를 발견했다고 발표했고, 그제야 모두 그 학자의 말을 믿었다.

위의 본문에서 언급된 터키의 독재자는 오늘날 터키 공화국을 세운 장군이자 정치인인 아타튀르크이다. 원래 터키는 14세기 초부터 오스만튀르크 제국이라 불리며, 동유럽에서 북아프리카와 중동에 이르기까지 거대한 영토를 지닌 강력한 나라였다. 하지만 19세기 말 서구 열강에 밀리면서 국력이 쇠약해져 지배하던 영토 대부분을 잃고, 오늘날 소아시아 반도에 걸친 나라로 전락했다.

그런 터키도 1차 세계 대전 당시, 하마터면 영국과 프랑스의 침공을 받아 멸망할 뻔했다. 이때 독일과 손잡고 영국과 프랑스를 물리쳐 터키를 구한 영웅이 바로 아타튀르크였다. 그래서 터키에서는 그를 나라의 아버지로 여기며, 매우 존경한다.

아타튀르크는 오스만 제국이 멸망하고 터키가 외국의 침략을 당해 쇠약해지게 된 원인이 근대화, 다시 말해 서구 문물을 받아들이는 일이 늦었기 때문이라고 여겼다. 그래서 그는 이제까지 터키인들의 삶을 이루었던 아랍 문화 양식을 모두 버리고, 서구 문물을 적극 받아들이는 작업을 했다. 아마 본문에서 언급된 양복을 입지 않으면 사형에 처한다는 구절은 이런 아타튀르크의 서구화 정책을 풍자한 것으로 보인다.

아타튀르크는 절대 성인군자가 아니었다. 그는 자신에 대한 비판을 허용하지 않는 독재자였다. 게다가 그는 터키 내에 거주하던 소수민족 아르메니아인과 쿠르드족이 터키의 적국인 러시아와 내통할지도 모른다는 의심을 품고, 그들을 무자비하게 박해하여 무려 200만 명의 아르메니아인과 쿠르드족을 학살한 장본인이기도 했다.

아마 저자인 생텍쥐페리는 『어린 왕자』에서 그러한 아타튀르크의 정책을 다소 비꼬았던 듯하다. 아무리 서구화 정책이 나라를 위한 것이라고는 하지만, 양복을 안 입는다고 해서 사형에 처한다는 법은 너무하지 않은가?

아울러 터키인을 깔보았던 서구인의 태도 역시 생텍쥐페리의 눈에 불쾌했던 모양이다. 똑같은 이론이라도 터키 전통 의상을 입은 사람은 무시하고 서구식 양복을 입으면 믿는다니, 우스꽝스러운 일이다.

음주 대국 프랑스

『어린 왕자』는 단순한 소설이나 동화가 아니라, 소설을 빌려 현실 사회의 모순과 부조리를 절묘하게 풍자하고 꼬집는 내용이다. 이런 점을 모르면 『어린 왕자』는 저자가 도대체 무슨 소리를 하는지 전혀 알 수 없는 이상한 책이 되고 만다. 그런 의미에서 『어린 왕자』에서 저자가 했던 말들을 이해할 수 있는 사람은 그만큼 나이를 먹어 생텍쥐페리가 그토록 싫어했던 '어른'이 되어간다는 증거이리라.

술꾼이 사는 별을 방문한 어린 왕자는 술꾼에게 물었다.
"뭘 하고 있어요?"

"술 마시지."

금방 울 것 같은 표정으로 술꾼이 말했다.

"왜 마셔요?"

"잊기 위해서지."

"무엇을 잊으려고요?"

술꾼이 고개를 떨구며 말했다.

"부끄러움을 잊기 위해서지."

"뭐가 부끄러운데요?"

"술을 마시고 있다는 것이."

『어린 왕자』를 읽던 사람들은 '대체 이 부분이 왜 나왔을까?' 궁금할 것이다. '어린 왕자와 술꾼이 대체 무슨 관계가 있는가?' '그냥 술을 퍼마시는 술꾼이 대체 『어린 왕자』에 등장해야 할 이유가 무엇인가?' 하고 말이다.

이 장면에는 프랑스의 음주 현실을 풍자한 장치가 숨어있다. 프랑스는 유럽에서 손꼽히는 음주 대국이다. 세계 와인 문화의 종주국이 프랑스로 알려진 것처럼, 프랑스인들은 어릴 때부터 와인을 무척 즐겨 마신다. 어른이 아닌 아이들도 종종 와인을 마셨는데, 그래서 그런지 프랑스인들에게 와인은 술이 아닌 음료수처럼 인식될 정도였다.

심지어 일부 지나친 음주 문화는 심각한 문제를 초래하기도 했다. 2차 세계 대전이 끝난 직후, 프랑스 정부에서는 전쟁으로 줄어든 인구를 늘리기 위해 국민에게 적극적인 출산 장려 운동을 펼쳤다. 그 결과

100만 명이 넘는 신생아가 태어났지만, 태어난 아이 중 상당수가 정상이 아닌 신체 일부가 끔찍하게 변형된 기형아였다. 어릴 때부터 와인을 지나치게 많이 마시는 바람에 알코올 중독 상태가 된 프랑스인들이 병든 아기를 낳았던 것이다. 프랑스 정부는 이 일로 큰 충격을 받았다. 그래서 앞으로 어머니가 될 소녀들을 와인 중독으로 태어난 기형아들을 수용해 놓은 병원에 데려가 견학시키면서 와인 중독의 위험성을 알리는 운동을 벌이기도 했다.

또한 술에 중독되어 계속 술을 마시는 술꾼, 알코올중독자들은 자신이 지금 왜 무엇 때문에 술을 마시는지 모른다. 그저 습관처럼 술을 계속 들이켤 뿐이다. 술을 마시는 행위에 아무런 의미가 없다는 말이다. 술꾼은 그런 자신이 부끄러우면서도 술 마시는 것을 끊지 못한다. 생텍쥐페리는 이 설정을 통해 자신이 하는 일의 의미를 모르고 기계처럼 살아가는, 죽은 영혼을 가진 현대인을 풍자하고 싶었던 것이 아닐까?

모든 걸 돈으로만 보려는 어른들

『어린 왕자』의 내용에서 가장 인상적인 부분은 "어른들은 모든 걸 돈으로만 환산하려 한다."는 것이다. 이 부분은 저자의 의도가 분명하게 드러나며, 생텍쥐페리가 말하고자 했던 『어린 왕자』의 핵심 주제이기도 하다.

어른들은 숫자를 좋아한다. 만약 새로 사귄 친구에 대해 묻는다면 "그 애는 몇 살이고 아버지 수입은 얼마지?"라고 묻는다.

만약 어른들에게 "창틀에 제라늄 화분이 있고, 지붕에는 비둘기들이 앉은 아주 멋진 장밋빛 벽돌집을 보았어요."라고 말하면 어른들은 그 집을 머릿속에 떠올리지 못한다.

"저는 오늘 10만 프랑짜리 집을 보았어요."라고 말해야, "와! 정말 멋지겠네!"라고 외친다.

어른이 된다는 것은 세상에 물드는 과정이라고 누군가 말했다. 이 말처럼 사람들은 어른이 될수록 계산속이 되고, 특히나 돈에 더욱더 집착하게 된다. 사회생활을 하는 데 돈이 없으면 아무것도 할 수 없다고 생각하기 때문이다. 돈을 많이 번 사람일수록 성공했다며 존경이 대상이 되고, 반대로 돈이 없는 사람들은 무능력자라고 업신여김을 당한다. 그래서 사람들은 어른이 되면 누구나 돈을 버는 데 매달리고, 세상의 모든 일을 돈으로 환산하고 판단하려 한다.

그렇게 사는 사람들이 과연 행복할까? 사람이 가져야 할 아름다움의 감각, 순수함, 동정심, 사랑, 연민 같은 따스한 마음을 모두 느끼지 못하고 잊어버리는 것은 아닐까?

그에 비하면 돈에 물들지 않고 사물의 아름다움을 있는 그대로 보는 어린아이가 더 순수하고 인간 본연의 행복을 더 잘 느낄 수 있을 지도 모른다.

권위를 가진 왕

『어린 왕자』에서 감동적인 부분이 또 하나 있다. 어느 작은 별을 다스리던 왕과 어린 왕자가 만나는 장면이다. 어린 왕자는 왕과의 만남에서 많은 것을 보고 배웠다.

왕은 무엇보다 자기 권위가 존중되기를 바랐다.

왕은 자신이 내린 명령을 누가 거역하는 짓을 용서할 수 없었다. 그는 전제군주였다. 하지만 그는 좋은 사람이어서 사리에 맞지 않는 명령을 내리지는 않았다.

"만일 내가 어떤 장군에게 나비처럼 이 꽃 저 꽃으로 날아다니도록 명령하거나 물새로 변하라고 명령했는데, 그것에 복종하지 않는다면 그것은 그의 잘못일까, 아니면 나의 잘못일까?"

"그것은 전하의 잘못이죠." 어린 왕자가 단호하게 대답했다.

"그렇다. 사람에게는 각자 그 사람이 할 수 있는 일을 시켜야 한다. 권위는 올바른 이치를 바탕으로 한 것이어야 한다. 만약 네가 네 백성에게 바다에 뛰어들라고 명령한다면 그들은 반발할 것이다. 내가 복종을 요구할 권리가 있는 것은 나의 명령이 이치에 맞는 까닭이니라."

이 대목은 소설 『어린 왕자』에서 가장 훌륭한 내용 중 하나일 것이다. 왕의 말은 세상살이에 바쁜 어른의 시선으로 보아도 영락없이 맞는 말이다.

사람들이 나이나 학벌이나 돈이나 경력을 빌미로 권위를 내세우지만, 대부분은 이치에 전혀 맞지 않는 것들이다. 이치에 맞지 않는 권위는 곧 폭력으로 이어진다. 그리고 이치에 맞지 않는 권위는 그 자체에 결점이 있기 때문에 언젠가는 무너지기 마련이다.

폭력적인 권위로는 언제까지나 사람들을 따르게 할 수 없다. 그러한 생각이 지배하는 사회의 구성원들은 모두 현실에 환멸과 염증을 느끼고, 사회 전체가 무기력과 절망에 휩싸이게 된다.

"권위는 올바른 이치를 바탕으로 해야만 한다."는 『어린 왕자』의 말은 현대 사회에도 적용되는 진리이다.

서로 관계를 만든다는 건, 길드는 것

자신의 별에 시든 장미꽃을 살리기 위해 우주를 떠돌던 어린 왕자는 결국 지구로 왔다. 그리고 그곳에서 자신과 친구가 되어주길 원했던 여우와 만났다. 이 부분이 바로 소설 『어린 왕자』의 핵심이다.

"길들인다는 것은 관계를 만든다는 뜻이야. 네가 나를 길들인다면 우리는 서로 필요하게 되는 거야. 너는 나에게 이 세상에 단 하나뿐인 존재가 되는 거고, 나도 너에게 세상에 하나뿐인 유일한 존재가 되는 거야.

무언가를 길들이지 않고서는 그
것을 잘 알 수 없지. 사람들은 새
로운 것을 배울 시간조차 없어.
친구를 파는 상점은 없기 때문에
친구를 사귀지 못해. 친구를 가
지고 싶다면 나를 길들여줘."

위에서 언급된 여우의 말은 생텍쥐페리가 『어린 왕자』에서 이야기
하고자 했던 핵심 주제이다. 사람이 다른 존재와 만나 소통하기 위해
서는 먼저 그 존재에 대해 알아야 한다. 아무것도 모른다면 절대 친
해질 수 없으니까.

그리고 그 존재를 길들인다는 말이 나올 정도로 친숙해져야 한다.
하지만 바쁜 현대 사회에서 사람들은 그럴 시간조차 없다. 그래서 현
대에 사람들은 모두 외로워한다.

이런 말을 하면 현대인들은 항상 바쁘게 움직이고 많은 사람과 만
나기 때문에 절대 외롭지 않다고 반박할지도 모른다. 하지만 정말로
자신의 속마음을 털어놓고 다가갈 수 있는 친구, 진짜 친구가 얼마나
되는지 한번 생각해 보라. 여러분은 여우가 말한 것처럼 서로 길들일
만큼 사랑하는 친구가 얼마나 있는가?

진실한 우정

옛 중국 속담에 "사람은 집 밖을 나서면 친구를 믿고 산다."는 말이 있다. 또 우리나라에도 "한평생 믿을 만한 친구 세 명만 두었다면, 그는 성공한 인생을 산 것이다."라는 옛말이 있다. 그만큼 세상을 사는 데 친구는 더없이 귀중한 존재이다.

정작 우리는 어떤가? 일생을 살아가면서 진심으로 마음을 나눌 만한 친구를 사귀고 있을까? 물론 그런 사람들도 있겠지만, 그렇지 못한 사람들이 더 많아 보이는 것은 왜일까? 현대인들은 단지 자신의 목적이나 잇속을 채우기 위해서 한때 사람을 사귀었다가 잊어버리기 때문은 아닐까.

고대 중국의 현자 관중은 "나를 낳아준 사람은 부모지만, 나를 알아준 사람은 친구 포숙아다."는 말을 남겼다. 그 말처럼 포숙아는 친구 관중을 진심으로 아끼고 도와주었기에, 관중이 범죄자의 신분에서 해방되어 역사에 길이 남을 큰 업적을 세울 수 있었다. 진실한 친구는 단지 말동무가 아니라, 제2의 부모가 될 수도 있다. 그러니 이 책을 읽는 독자들이여, 부디 자신의 곁에 있는 단 한 사람의 친구라도 진심으로 아끼고 돕기 바란다. 누가 알겠는가? 그 친구가 당신의 도움으로 인생이 바뀔지.

11

대위의 딸

"맞아. 죽일 놈은 죽이고, 일단 용서하려면 깨끗이 용서하는 거지."

『대위의 딸』은 "삶이 그대를 속일지라도 슬퍼하거나 노여워하지 말라."는 시로도 유명한 러시아의 시인 푸시킨이 1836년에 발표한 소설이다. 이 소설은 1773년부터 1775년까지 실제로 일어났던 농민 반란인 '푸가초프의 반란'을 소재로 다뤘다.

푸시킨은 『대위의 딸』에서 모든 인물에게 저마다 뚜렷한 개성과 정당성을 부여했다. 주인공 표트르는 얼핏 나약하고 소심해 보이는 청년이지만, 자신의 약혼녀를 지키기 위해 위험한 반란군 무리 속으로 들어가길 마다치 않는 용감한 인물이다. 게다가 충성 맹세를 강요하는 푸가초프를 완강하게 거절하는 지조를 지녔다.

또 다른 주인공이라 할 수 있는 푸가초프는 러시아 황실에 맞서 반란을 일으킨 인물이다. 하지만 푸시킨은 그에게도 나름대로 미덕을 심어 새롭게 평가했다. 첫인상은 다소 거칠고 퉁명스럽지만, 자신에게 친절을 베푼 표트르에게 은혜를 갚는 모습을 그렸다. 또 패망할지라도 끝내 굴복하지 않는 푸가초프의 모습은 남자다운 호쾌함을 느끼게 한다.

표트르의 약혼녀인 마리야 역시 위기가 닥치면 그저 울면서 아무것도 못 하는 한심한 아가씨가 아니다. 약혼자를 구하기 위해 직접 여왕을 만나러 가서 "표트르는 단지 나를 구하기 위해서 반란군 무리 속으로 들어갔을 뿐"이라고 용감하게 직언하는 모습을 보여주었다.

심지어 마리야를 빼앗는 악역으로 등장하는 쉬바브린조차 아무런 이유 없이 행동하지 않는다. 표트르와의 개인적 갈등과 마리야를 향한 애정 사이에서 고민하다가 연모의 정을 이기지 못하고 악행을 저지르는, 어쩌면 안쓰러운 인물로 묘사된다.

이처럼 『대위의 딸』은 주인공 한 사람이 아니라 등장인물 모두에게 초점을 맞췄다. 이 소설은 등장인물의 개성과 특성을 최대한 살림으로써 현대 소설의 시초가 되었다는 호평을 받고 있는 명작 고전이다.

화려한 제국과 황실, 그러나 비참한 농민들

현대 러시아도 세계에서 가장 큰 나라 중 하나이지만, 예전의 소련이나 러시아 제국은 더욱더 거대한 나라였다. 특히, 로마노프 왕조 시절의 러시아 제국은 영토가 지구 표면의 5분의 1가량을 차지했을 정도로 어마어마하게 넓었다.

원래 러시아는 넓은 땅을 가진 나라가 아니었다. 16세기 중엽까지 러시아 영토는 우랄 산맥* 서쪽에 국한되었다. 또한 14세기 말(우리나라에 조선왕조가 들어서던 시기)까지 러시아는 하나의 통일된 국가가 아닌, 모스크바·노보고르드·키예프·블라디미르 같은 여러 개의 도시 국가들로 분열된 상태였다. 게다가 러시아는 1240년부터 1480년까지 약 240년 동안 칭기즈칸의 후예인 몽골인들에게 끊임없이 공물을 바치고, 신하로서 충성을 맹세하며 사실상 지배받고 있었다.

우랄산맥 카자흐스탄 북부에서 북극해까지 러시아를 남북으로 종단하는 산맥. 아시아와 유럽의 경계를 이루며 길이는 약 2500킬로미터, 평균 높이는 900미터에서 1200미터에 이른다.

몽골에 당하기만 하던 러시아인들은 16세기 들어 모스크바대공국의 주도로 점차 하나로 통합되어 강력한 집단으로 등장하기 시작했다. 반대로 몽골인들은 크림 칸국·카잔 칸국·아스트라 칸국 등 여러 개로 분열되어 서로 싸우고 협력하지 않았다. 결국 단합된 러시아는 분열된 몽골을 하나씩 하나씩 나누어 무찌르고 역으로 그들을 굴복시킬 수 있었다.

18세기 말에 들어와 러시아 제국은 본격적인 영토 팽창에 나섰다. 특히 예카테리나 여제 시절이 러시아의 세력 확장이 극에 달했던 때였다. 바다 건너 알래스카와 캘리포니아 북부 지역이 러시아의 영토로 편입되었으며, 중앙아시아까지 진출하여 카자흐족과 키르키스족을 복속시켰다. 또한, 유럽 열강의 쟁탈전에도 참가하여 프로이센의 프리드리히 대왕을 격파하고 수도 베를린을 점령해 프로이센을 멸망 직전까지 몰아넣을 정도로 위세를 떨쳤다.

영토를 넓혀갈수록 러시아의 황실은 더욱 화려한 부귀영화를 누렸다. 예카테리나 여제가 재위하던 시절, 러시아 황궁에는 볼테르*를 비롯하여 서유럽의 이름 높은 학자들이 자주 초대됐다. 러시아는 그들이 가져온 계몽사상과 더불어 뛰어난 문화와 예술이 한창 꽃피게 되었다.

볼테르 프랑스 계몽기의 사상가 (1694~1778). 일찍부터 풍자 시인으로 이름을 얻었으나, 후에는 신앙과 언론의 자유를 추구하는 합리주의적인 계몽사상가로 활약하였다.

그런데 찬란한 러시아 제국의 표면을 뒤집어보면 심각한 병폐가 들끓고 있었다. 나라 전체의 부를 소수 황족과 귀족들이 독점하고 있던 것이다. 반면 대다수 국민은 토지에 예속되어 마음대로 이사할 수도 없는 가난한 농노 신세에 머물러 있었다. 더구나 주변 국가와의 전쟁이 계속되면서, 러시아 국민은 오랜 병역 의무와 무거운 납세 의무를 지는 통에 더욱 살기가 힘들어졌다.

당시 러시아 국민의 빈곤한 삶과 빈부 격차를 보여주는 사례가 하나 있다. 예카테리나 여제의 총애를 받던 포템킨 장군이 자신이 다스리던 지역에 여제가 방문한다는 사실을 알았다. 그는 화려하고 번영한 마을을 그린 그림을 여러 장 마련해 놓고, 여제가 가는 곳마다 부하들을 시켜 몰래 그 그림을 이동하게 했다고 한다. 마치 멀리서 보면 마을이 잘사는 것처럼 꾸며놓은 것이다. 이런 전시성 행정이나, 겉만 보기 좋고 속은 그렇지 않은 상황을 빗대어 그 장군의 이름을 딴 '포템킨 효과'라는 말이 생겨났다. 그만큼 러시아는 부유한 소수 권력층과 가난한 대다수 서민층이라는 극단적인 두 계층으로 나뉘어 있었다.

1770년, 급기야 코사크 부대*의 장교였다가 탈영한 푸가초프란 자가 반란을 일으키기에 이르렀다. 자신을 죽은 차르(러시아 황제)라고 자칭하면서, 러시아 국민의 불만을 등에 업고 러시아 황실에 맞선 것이다. 소설 『대위의 딸』은 바로 이 '푸가초프의 난'을 배경으로 하고 있다.

코사크 부대 15세기 후반에서 16세기 전반에 걸쳐 러시아 중앙부에서 남방 변경지대로 이주하여 자치적인 군사 공동체를 형성한 농민집단. 카자크라고도 한다.

러시아인의 가정생활, 프랑스식 상류층과 러시아식 하류층

『대위의 딸』 첫 장을 보면 이상한 장면이 나온다. 주인공 표트르 안드레이치의 집에서 보프레라는 프랑스인이 가정교사로 일하면서 프랑스어를 가르치는 장면이다.

> 아버지는 나를 위해 무슈 보프레라는 프랑스인을 채용했는데, 그는 1년 동안 사용할 포도주와 올리브기름과 함께 모스크바로부터 초빙됐다. 채용할 때의 계약에 의하면 보프레는 프랑스어를 내게 가르치게 되어 있었다.

표트르는 엄연히 러시아인인데 왜 프랑스어를, 그것도 일부러 가정교사를 부르면서까지 배워야 했을까? 그 이유는 18세기 당시 유럽에서 프랑스어가 오늘날의 영어처럼 국제 공용어였기 때문이었다.

로마 제국이 멸망한 후, 1000년 넘게 유럽의 중심 국가는 프랑스였다. 십자군 원정만 해도 프랑스 귀족의 참가가 없으면 불가능했고, 루이 14세 시절에는 프랑스가 유럽 문화를 이끄는 유럽의 초강대국 위치에 올랐다. 유럽의 모든 나라가 프랑스를 동경했고, 유럽 각국의 왕실과 귀족들은 저마다 프랑스어를 사용하면서 자신들이 교양 있는 계층으로 돋보이기를 원했다.

러시아는 유럽의 동쪽에 치우친 지리적인 상황 탓에 프랑스 문화를 다소 늦게 받아들였다. 러시아는 서구 문화를 받아들여 근대화에 앞장서던 표트르 대제 이후로 본격적으로 프랑스와의 교류에 열을 올렸고, 러시아 귀족들도 자국어인 러시아어 대신 프랑스어를 더 많이 사용할 정도로 프랑스어 배우기에 열심이었다. 주인공인 표트르 안드레이치도 그런 시대 상황에 따라 가정교사를 두고 프랑스어를 배운 것이다.

러시아 백성은 이런 귀족들의 성향을 대단히 못마땅하게 보았다.

"도련님께서 유흥을 하시기에 아직 일러요. 그런데 누굴 닮으셨기에 그럴까? 부친이나 조부님은 약주를 좋아하시지 않으셨고, 마님께서도 크바스(맥주와 비슷한 음료수) 말고는 술은 안 드셨는데? 모든 것이 그 저주할 무슈의 탓이야. 그 녀석은 틈만 나면 하녀 방에 달려가서 '마담, 즈 브 쁘리 워드큐('아주머니, 술 좀 주시오'라는 프랑스어)'라는 소릴 하고 있었으니까. 그걸 배워가지고 이제는 도련님까지 '즈 브 쁘리'를 하게 되었으니 참 기가 막혀서! 하긴 그 개만도 못한 녀석이 그따위 못된 건 참 잘 가르쳤거든. 도대체 그런 이교도를 가정교사로 불러들일 필요가 어디 있었느냔 말이오."

본문에서 언급된 무슈는 프랑스인 가정교사 보프레를 가리킨다. 그리고 그를 가리켜 '개만도 못한 이교도 녀석'이라고 욕하는 자는 표트르를 어릴 적부터 기르고 돌보았던 늙은 하인 사벨리이치다.

사벨리이치가 프랑스어 수업을 못마땅하게 본 시각에도 나름대로 이유가 있다. 프랑스와 지리적으로 멀리 떨어져 있고 문화적으로 유사한 점도 없는 러시아에서, 일부러 프랑스어를 하면서 프랑스인인 것처럼 행세하는 것이 무슨 도움이 될까? 러시아어가 프랑스어와 비슷한 것도 아니고, 러시아에 살면서 프랑스어가 필요한 경우도 적을 텐데 말이다.

더구나 종교적으로 가톨릭이자 라틴 문화권에 속한 프랑스와는 달리, 러시아는 러시아정교회이자 동방 문화권에 속해 있었다. 특히나 13세기 들어서 가톨릭을 앞세운 서방 십자군이 러시아의 정신적 지주인 비잔티움 제국을 침략하여 수도 콘스탄티노플을 점령하고, 독일 십자군이 러시아 북방의 대도시 노보고르드로 쳐들어온 적이 있었다. 이런 역사적 사실 탓에 러시아인들은 서방 문화권에 적대적인 감정을 품고 있었다.

변방으로 파견된 표트르와 푸가초프의 난

표트르 안드레이치는 어른이 되자 군인이었던 아버지처럼 군인의 길을 걷게 됐다. 게다가 "고생을 해야 진짜 군인이 된다."고 믿는 완강한 아버지의 노력으로 안락한 대도시 상트페테르부르크로 가지 않고, 멀리 동남쪽 국경 변경의 벨로고르스크 요새로 보내졌다.

표트르가 파견된 벨로고르스크 요새는 러시아와 중앙아시아의 경계선에 있는 지역으로, 18세기 무렵에야 러시아의 영향권에 든 곳이다. 이곳에서는 바슈키르나 키르키스 같이 사나운 유목민족이 자주 러시아의 변경 지대를 침범하면서 노략질을 일삼았다. 표르트는 이렇게 위험한 곳으로 보내진 것이다.

표트르가 벨로고르스크 요새로 부임한 지 얼마 지나지 않은 1773년에 푸가초프의 난이 일어났다. 푸가초프는 원래 코사크라 불리는 군사 집단의 일원이었다. 코사크는 15세기 무렵 영주들이 물리는 무거운 세금을 피해 변방으로 달아난 러시아 농민들과 몽골·터키계 유목 민족의 혼혈로 만들어진 집단이었다. 이들은 러시아 변경 지역에서 부유한 영주들의 재물을 빼앗아서 동료에게 나누어주며 일종의 의적 같은 역할을 했던 자들이다.

그런데 예카테리나 여제 시절 러시아 정부가 코사크에 과중한 세금을 물리는 방식으로 탄압했다. 푸가초프는 이에 분노하여 군대에서 탈영했고, 러시아 황실에 불만을 품은 자들을 규합하여 반란을 일으켰다. 다음은 『대위의 딸』에 묘사된 코사크 집단, 즉 푸가초프를 따르는 무리의 모습이다.

좌중에서는 모두들 서로 친구지간으로 대하고 있었는데 두목이라 해서 특별하게 취급하는 눈치는 조금도 보이지 않았다. 제각기 자기의 공훈을 자랑하고 의견을 제출했으며, 푸가초프의 말에도 사양치 않고 자유롭게 반박했다.

18세기 이후, 코사크는 러시아 정부에 복속됐지만, 병역의 의무를 제외하면 상당한 자유를 누렸다. 우두머리에게도 스스럼없이 농담을 하고, 누구나 자유롭게 자신의 의견을 말하면서 권리를 주장할 수 있었다. 이처럼 코사크들은 자유를 가장 중요하게 여긴 사람들이었다. 현대 민주주의의 모습이 러시아 대평원의 코사크에 있었던 것이다. 러시아 제국을 무너뜨린 공산주의 혁명가들은 코사크의 이런 문화를 중시하여, 그들의 원리를 본받으려 하기도 했다.

코사크가 주동이 되어 일어난 푸가초프의 반란군은 순식간에 표트르가 주둔해 있는 벨로고르스크 요새를 함락했다. 요새 안에서 근무하던 다른 코사크 병사들과 유목민 군인들이 반란군과 내통하여 제대로 싸우지도 않고 요새 문을 열어버린 것이었다.

반란군의 포로가 된 표트르는 푸가초프 앞으로 끌려가 사형 선고를 받았으나, 늙은 하인 사벨리이치가 푸가초프에게 탄원한 덕분에 간신히 목숨을 건졌다. 그런데 푸가초프의 얼굴을 본 표트르는 깜짝 놀랐다.

"그건 그렇고 도련님, 그 두목을 알아보셨습니까?"
"아니, 난 모르겠던데. 그놈이 대체 누군데?"
"원 그걸 못 알아보시다니! 그래 도련님은 그때 주막집에서 털옷을 뱃은 그 주정뱅이를 잊으셨단 말입니까? 토끼 가죽 덧저고리는 아주 신품이나 다름없었는데 그걸 그 악한이 억지로 껴입어서 꿰맨 실이 툭툭 끊어져 나가지 않았습니까?"

표트르가 요새로 부임하기 전, 황무지의 주막집에서 만나 토끼 가죽옷을 선물했던 부랑자가 바로 푸가초프였다. 푸가초프가 표트르에게 베푼 특사의 원인이 바로 표트르가 그에게 빼앗다시피 한 토끼 가죽 저고리 때문이었던 것이다. 표트르는 우연과 기적이 겹쳐 살아난 셈이다.

가장 고귀한 가치는 용기

표트르에게 닥친 위기는 끝나지 않았다. 그의 약혼자인 처녀 마리야 이바노브나가 반란군 장교 쉬바브린에게 납치당해 강제로 결혼할 상황에 놓이고 말았다. 오렌부르크 요새로 탈출했다가 이 소식을 들은 표트르는 고심 끝에 다시 푸가초프의 진영으로 들어와 그에게 탄원하기로 했다.

푸가초프는 흔쾌히 쉬바브린에게서 마리야를 되찾아 주겠다고 약속했고, 표트르는 그의 호의에 감사를 표했다. 푸가초프와 함께 있는 동안 표트르는 그가 반란을 일으켜보았자 정부군에는 이길 수 없을 테니, 항복하고 예카테리나 여제의 자비를 바라는 것이 낫지 않느냐고 물어보았다. 하지만 푸가초프는 이렇게 대답하며 그의 제안을 거절했다.

"당신은 모스크바에까지 진격할 작정입니까?"
"사실 나는 마음대로 활개칠 수 없는 형편이네. 부하 놈들은 제각기 아는 체하고 잔소리가 많지. 모두 도둑놈 같은 자들이야. 그래서 나는 줄곧 놈들의 기미를 살펴보고 있지 않을 수 없다네. 한번 정세가 불리해지기만 하면 그들은 자기들 모가지 대신에 내 목을 잘라 바칠 놈들이니까."

"바로 그겁니다. 그렇게 되기 전에 빨리 단념하고 여왕 폐하의 자비심에 호소하는 편이 좋지 않겠습니까?"

"안될 말이야. 이제 후회해도 때는 늦었어. 일단 시작한 일이니 끝까지 밀고 나가는 수밖에 없지. 하지만 누가 아나? 어쩌면 성공할지도 모르거든! 내가 자네에게 옛날이야기를 하나 해주지. 이건 내가 어릴 때 칼무크 노파한테 들은 이야기야. 하루는 독수리가 까마귀한테 '너는 300년이나 사는데 왜 나는 30년밖에 살지 못하느냐?'고 물었어. 까마귀는 '나는 썩은 고기를 먹고 당신은 생피를 먹으니까 그렇다.'고 대답했지. 독수리는 까마귀와 함께 하늘을 날다가 죽은 말 시체를 발견하자, 자기도 까마귀처럼 오래 살고 싶어서 쪼아 먹기 시작했어. 까마귀는 맛있게 먹고 있는데, 독수리는 한두 번 먹고 나서 까마귀에게 말했지. '나는 안 되겠다, 300년 동안 썩은 고기만 먹느니 차라리 단 하루라도 생피를 배불리 먹는 것이 낫겠다. 나중에 어떻게 되든지 말이지.'라고 말일세."

예카테리나 여제의 치세 기간에 러시아 전역에서 무려 60번이나 농민들의 반란이 일어났다. 그러나 정부군의 진압에 어느 것 하나도 성공하지 못했다. 푸가초프의 반란도 그중 하나였다. 푸가초프 자신도 무리의 경솔함과 내분을 우려하여 패배를 어느 정도 예상했을 것이다. 그럼에도 푸가초프는 반란을 접으려 하지 않았다. 이미 반란을 일으킨 상황에 항복한다고 해도 받아들여질 것 같지 않았던 예감 탓이다. 설령 항복이 받아들여진다고 해도 그에게 주어진 길은 감옥에 가거나, 변방으로 유배 가는 죄수의 삶밖에 남아있지 않았다. 사실 반란을 일으키지 않았어도 푸가초프에게는 하급 코사크 병사로 평생을 전쟁터에 끌려다니며 정부의 폭정을 견디는 삶밖에 없었을 것이다. 어차피 고통스럽게 살 운명이라면, 푸가초프는 잠깐이라도 좋으니 억압의 사슬을 끊고 자유롭게 살다가 죽는 것이 더 좋다고 생각했다.

이탈리아 속담에도 "100년을 거지처럼 사느니, 하루를 살더라도 왕처럼 살겠다."는 말이 있다. 어차피 모든 사람은 죽는다. 모든 삶이 죽음으로 끝나는데, 그럴 바에야 자신이 원하는 대로 자유롭고 용감하게 살다 죽는 것이 아쉬움이 남지 않으리라.

『대위의 딸』에서 용감하게 행동했던 사람은 남자들만이 아니었다. 표트르의 약혼자인 마리야 이바노브나는 표트르가 푸가초프와 내통했다는 억울한 누명을 쓰고 감옥에 갇히자, 자신이 직접 예카테리나 여제를 만나 그의 무죄를 호소하리라 결심했다. 여제가 머무르고 있다는 짜르스꼬예 쎌로를 방문한 마리야는 여관에 머무르던 어느 귀부인을 만나 자신의 처지를 호소한다.

"당신은 그리뇨프의 일을 탄원하는 건가요? 여왕께서도 그 사람만은 용서하지 않을 겁니다. 그 사람이 역적 편에 붙은 것은 원래가 양심이 없는 악질적인 인간이었으니까요."

부인은 쌀쌀하게 말했다.

"아닙니다. 그건 잘못 아신 거예요! 그분이 지금 그렇게 된 건 모두 저 한 사람 때문이에요. 만일 그분이 재판을 받을 때 자기의 결백을 밝히지 않았다면, 그건 오직 저를 사건에 끌어들이지 않으려는 생각 때문일 거예요."

마리야는 부인에게 모든 사실을 열심히 설명했다. 부인은 귀를 기울이고 그녀의 얘기를 듣고 나서 웃음을 띠며 말했다.

"아, 알겠어요. 여기서 우리가 만난 얘기는 아무한테도 말하지 말아요. 당신의 진정서에 대한 회답은 곧 받게 될 겁니다."

이렇게 말하고 나서 부인은 공원길로 걸어갔고, 마리야는 기대를 가슴에 품은 채로 집으로 돌아왔다.

그 후, 마리야는 예카테리나 여제와의 면담을 허락받고 궁궐로 들어갔다. 그녀는 여왕의 침실로 들어갔는데, 여왕의 얼굴을 본 마리야는 그녀가 바로 공원에서 만난 귀부인이라는 사실을 알게 되었다.

"나는 약속대로 그대의 소원을 풀어 줄 수 있게 된 것을 기쁘게 생각합니다. 여기 이 편지는 앞으로 시아버님이 되실 분에게 직접 전해주세요."

마리야는 떨리는 손으로 편지를 받고는 흐느껴 울며 여왕의 발밑에 엎드렸다. 여왕은 그녀를 일으켜 세워 키스를 내린 다음, 그녀를 위로했다.

하마터면 반란자 푸가초프와 한패라는 의심을 받고 감옥에 갇혀 목숨을 위협받던 표트르는 이렇게 누명을 벗고 석방되었다.

용기는 모든 미덕 중의 으뜸이라

소설 『대위의 딸』이 우리에게 주는 가르침은 무엇일까? 그것은 모든 미덕과 가치 중에 용기가 가장 훌륭하다는 것이다. 아무리 지혜롭고 선량한 사람이라도 용기가 없으면, 그가 가진 미덕은 아무런 쓸모도 없으며 그는 한낱 비겁한 겁쟁이가 될 뿐이다. 폭정과 부패 같은 악에 맞설 때 제일 중요한 것은 용기이다. 우리 역사에서도 막대한 부와 지혜를 가진 자들이 자신이 가진 재능을 악한 자를 위해 사용하고 악당들과 결탁한 탓에 수많은 사람이 고통을 당하지 않았던가? 개인이건 사회건, 위기가 닥칠 때 무엇보다 절실한 것은 용기이다. 용기를 가진 사람이 없다면 아무것도 변하지 않으니 말이다.

부패한 황실에 맞서 봉기를 일으켰던 푸가초프, 황제 앞에 나서서 진실을 알렸던 마리야, 잔인한 반란군 진영에 두 번이나 들어와 직접 푸가초프와 만나 약혼자를 지키려 했던 표트르 모두 용감한 사람들이었다. 그리고 자신에게 감히 직언하는 괘씸하기까지 한 아가씨의 말을 끝까지 듣고, 자신의 실수와 잘못을 겸허히 인정하면서 표트르를 석방했던 여왕 예카테리나도 용감한 사람이라고 할 수 있다.

12

안네의 일기

"대체 왜 우리가 이런 고통을 받아야 하는 거지?

대체 왜 유대인을 증오하는 걸까?"

『안네의 일기』는 독일에서 태어나 나치의 박해를 피해 네덜란드로 달아난 유대인 소녀 안네 프랑크의 이야기이다. 안네 프랑크와 그녀의 가족들이 다른 유대인 가족들과 함께 건물 은신처에 숨어 있으면서, 1944년까지 2년 동안 경험했던 일을 기록한 일기장을 책으로 펴낸 것이 『안네의 일기』이다. 『안네의 일기』는 일기장인 동시에 수필로도 분류할 수 있다. 작가인 안네가 일기장에서 자신의 분신인 '키티'라는 가공인물을 설정하고, 키티를 향해 자기 생각을 전달하는 내용으로 일기를 쓰고 있기 때문이다.

청소년 **문·사·철** 읽기 혁명

안네의 가족들은 그들과 같은 처지로 피신해 온 다른 유대인 가족들과 함께 살아야 했다. 그리 넓지 않은 은신처에서 다른 사람들과 같이 살려니, 처음에는 갈등과 대립도 있었다. 하지만 점차 그들은 서로가 같은 입장이라는 사실을 이해하고, 그럭저럭 공존하며 함께 지냈다.

전쟁이 벌어지던 중이라 안네와 다른 유대인 가족들은 생활에 필요한 물자도 제대로 구할 수 없었다. 한 번은 생일이 되었는데 축하곡을 연주할 피아노가 없자, 종이에 피아노 건반을 그려 손가락으로 연주하는 웃지도 울지도 못할 일도 있었다.

언제 나치에게 붙잡혀 죽을지 모르는 위험한 상황 속에서도, 안네는 머지않아 전쟁이 끝나고 평화가 찾아와 자신과 가족들이 안심하고 행복하게 살 수 있을 거라는 희망을 버리지 않았다. 불행히도 안네는 전쟁의 막바지 무렵에 나치에 체포되어 강제 수용소로 끌려갔는데, 전쟁이 끝나기 불과 두 달 전에 사망하고 만다.

안네와 다른 가족 중에서 유일하게 살아남은 안네의 아버지 오토 프랑크는 전쟁이 끝나자 애써 보관했던 딸의 일기장을 책으로 펴냈다. 전쟁의 비참함 속에서도 행복을 꿈꾸었던 순수한 소녀의 일기장은 전 세계에서 큰 호평을 받으며, 평화의 소중함을 일깨워 주었다.

1000년이 넘게 이어져 온 유럽의 반(反)유대주의

유대인 대학살은 세계 역사에서도 가장 끔찍한 비극이다. 그리고 학살을 저지른 히틀러와 나치 독일은 인류 역사에서 가장 극악무도한 집단의 대명사이다. 그런데 놀랍게도 이런 유대인 대학살과 이를 초래한 반유대주의는 히틀러와 나치가 출현하기 2000년 전부터 유럽에서 계속 벌어졌던 일이다.

서기 1세기 무렵 유대 왕국이 로마 제국에 멸망하자 유대인들은 유럽 각지로 뿔뿔이 흩어졌다. 마침 기독교가 등장하면서 그들의 삶은 더욱 어려워졌다. 기독교 성직자들이 성경을 근거로 들면서 '유대인들이 나라를 잃고 고향에서 쫓겨난 건 그들이 신의 아들인 예수 그리스도를 모함해 죽인 죄 때문'이라고 설교했기 때문이다. 기독교 신앙이 국교나 다름없었던 중세 유럽에는 이런 종교적인 이유 탓에 유대인들이 매일같이 박해와 학살을 당했다.

특히 폴란드 등 동유럽에서는 유대인들이 지역 주민과 함께 살지 않고, '게토'라는 특별 구역 안에 몰려 살았다. 게토에 사는 유대인들은 종종 그들 중 누군가가 도둑질이나 살인을 했다는 억울한 누명을 쓰고 이웃에게 살해당하기도 했다.

기독교를 믿지 않는다는 이유로 학대받았던 유대인들은 다른 유럽인들과는 달리 정상적인 직업에는 종사할 수 없었다. 유대인들은 먹고살기 위해서 기독교 교회에서 금지한 고리대금업에 뛰어들었는데, 이 때문에 돈밖에 모르는 돈벌레라고 더욱 손가락질을 받았다. 셰익스피어의 희곡인 『베니스의 상인』에서 욕먹던 악덕 상인이 바로 유대인 샤일록이다.

이 밖에도 유대인들이 억울하게 손가락질받던 죄목은 매우 다양했다. 게토 안에 숨어서 소매치기나 강도를 한다든가, 기독교인 여성을 납치해 성폭행하고 외국에 노예로 팔아넘긴다든가, 악마를 숭배하고 어린이를 죽여 피를 마시는 제사를 지낸다든가, 몽골이나 터키 등 유럽을 침략한 이민족의 앞잡이가 되어서 그들과 내통한다든가, 고리대금업으로 번 돈을 가지고 나라의 경제를 몰래 지배하면서 유럽과 세계를 노예로 만들 음모를 꾸민다든가 하는 식이었다.

물론 이는 모두 유대인들을 미워하던 유럽인들이 만들어낸 터무니없는 오해에 불과했다. 오히려 유대인들은 자신들에게 쏟아지는 유럽인들의 비난을 조금이라도 막기 위해서 각자가 살고 있던 나라에 최대한 봉사하고 충성했다. 안네의 아버지도 1차 세계 대전 때 독일 육군에서 근무했던 독일군 출신이었다.

"저는 1차 대전 때 독일 육군 하사관으로 근무했습니다."
안네의 아버지가 그렇게 말하자, 게슈타포는 콧방귀를 뀌었다.
"흥, 독일군으로 일했다고?"
하지만 그런 경력이 도움되었는지 게슈타포는 안네 가족에게 짐을 싸는 시간을 5분에서 1시간으로 늘려 주었다.

위의 지문은 『안네의 일기』 뒤편에 실려 있는 내용이다. 어느 네덜란드인이 안네 가족이 숨어있던 은신처를 독일 비밀경찰인 게슈타포

안네

에 밀고했고, 안네 가족은 결국 강제 수용소로 끌려가게 됐다. 위 장면은 끌려가기 전 게슈타포들이 안네 가족들의 인적 사항을 조사할 때 안네 아버지가 자신이 한때 독일군에서 일했다고 말하는 장면이다.

히틀러는 유대인 학살을 처음 기획했을 때 "독일군에 근무하면서 독일을 위해 봉사한 유대인들은 학살에서 제외해 주자."라고 말한 적이 있다. 그러나 곧 그런 방침을 취소해야 했다. 조사해 보니, 독일군으로 복무했던 유대인들이 무척이나 많아서 그들을 모두 제외했다가는 대부분의 유대인이 제외되기 때문이었다.

1차 세계 대전이 시작되었을 때 안네의 아버지처럼 독일에 살고 있던 유대인들이 독일군에 징집되어 싸웠다. 그들은 자신들이 흘린 피의 보답을 전혀 받지 못했다. 오히려 독일이 연합군에 패배하자, 독일에서는 유대인들이 첩자 짓을 해서 패전했다는 헛소문이 나도는 등 반유대주의가 더욱 심각해졌다.

안네 가족은 독일군으로 일한 기록이 인정되어서 강제 수용소로 끌려갈 때까지 짐을 싸는 시간이 1시간으로 연장되었다. 그나마 이것이 히틀러와 나치가 곧 죽을 유대인에게 베푼 최소한의 온정이었던 셈이다.

유럽이야말로 '야만의 땅'이었다

오늘날 사람들은 영국, 프랑스, 네덜란드, 스위스, 독일, 이탈리아, 스페인 같은 유럽 국가의 이름을 들으면 대부분 긍정적인 이미지를 떠올린다. 영국 하면 점잖은 신사의 나라, 프랑스 하면 예술과 문화의 나라, 네덜란드 하면 풍차와 튤립의 나라, 스위스 하면 알프스의 나라, 독일 하면 부지런하고 강직한 나라, 이탈리아 하면 패션과 디자이너의 나라, 스페인 하면 정열의 나라인 것처럼 말이다.

그러나 지나간 역사를 알면, 유럽은 절대 꿈과 낭만이 가득한 낙원이 아니다. 오히려 그 반대였다. 세계사에 가장 큰 비극으로 남은 유대인 대학살을 비롯하여 히틀러와 나치즘, 인종차별, 무솔리니와 파시즘, 도시 빈민, 대량 실업과 실업자, 열악한 아동 노동, 환경오염, 공산주의, 대공황, 경제 파탄, 국가 부도, 금융 위기 같은 부정적인 요소들이 모두 유럽에서 시작되었다.

유대인들이 한꺼번에 10여 명씩 구속되고 있어. 게슈타포는 유대인들을 가축 운반용 트럭으로 네덜란드의 유대인 수용소로 보낸다고 해.

그곳에는 먹을 것은 물론 마실 물조차 없고 화장실도 1,000명당 하나뿐이야. 남녀가 뒤섞여서 잠을 자야 하고, 여자와 어린애들은 머리를 깎아 도망가지 못하도록 한다고 해. 영국의 라디오 방송에서는 이곳에서 유대인을 독가스로 살해한다는 보도가 있었어. 그게 가장 빨리, 그리고 손쉽게 죽이는 방법이라고 보나 봐.

게다가 더 심한 것은 누군가 독일군의 행동에 저항하는 뜻으로 공장을 파괴하면 그들은 죄 없는 유대인을 인질로 잡아서 처형을 기다리게 한다는 점이야. 범인이 잡히지 않으면 독일군은 인질들 가운데서 아무나 다섯 명을 뽑아서 벽 앞에 세워 놓고 총살하는 거야.

히틀러가 빼앗았지만, 내가 독일 국적을 가졌다는 걸 생각하면 참을 수가 없어. 이제 유대인과 독일인은 원수가 되었어.

저녁 무렵에 우리는 가끔 죄 없는 사람들이 울부짖는 아이들과 함께 독일군에게 줄줄이 끌려가는 모습을 훔쳐보곤 해. 우리는 편안하게 살면서 동족들에게 도움의 손을 뻗칠 수 없다는 것이 괴로울 뿐이야. 내가 따뜻한 침대에 누워 있는 이 추운 밤에도 내 친구들은 매를 맞고 떠밀리며 어디론가 끌려가고 있을 거야. 아무런 죄도 없이 그저 유대인이라는 이유 때문에 말이야.

안네 가족은 사무실로 위장한 은신처에 숨어 있었지만, 그들의 동족들이 게슈타포에 체포되어 강제 수용소로 끌려가는 것을 그저 가만히 보고만 있어야 했다. 참으로 가슴 아픈 일이다.

히틀러와 유대인 학살을 거론할 때, 사람들은 흔히 히틀러가 제정신이 아닌 미치광이였다고 비난한다. 그런데 600만 명이나 되는 유대인을 히틀러 혼자서 죽일 수는 없었다. 당연히 히틀러의 유대인 학살에 찬성하고 그를 도운 수많은 독일군과 독일인들, 아울러 무수한 유럽인들의 도움이 있었다.

유대인 600만 명이라고 하니, 무척이나 많은 숫자라 잘 믿지 않는 사람들도 많다. 그래서 어떤 사람들은 이렇게 말하기도 한다.

"유대인 학살? 그거 다 유대인들이 지어낸 거짓말이야. 아우슈비츠

청소년 문·사·철 읽기 혁명

같은 강제 수용소는 굉장히 좁고 협소했는데, 거기서 어떻게 600만 명이나 되는 유대인들을 모두 가둬놓고 죽일 수 있었겠어?"

이렇게 말하는 사람들이 있다면, 그건 모르는 소리다. 유대인 대부분이 강제 수용소로 끌려가서 죽은 것이 아니라, 독일군에게 직접 처형당했다. 2차 세계 대전 당시 독일군이 침공해 점령하는 지역에는 맨 먼저 독일군과 나치 친위대가 투입되었다. 그 지역에 거주하는 유대인들을 모조리 체포해 공터에 세워놓고 총살해 버린 다음, 시체들을 매장하거나 불태우는 방식으로 집단 처형이 일어났다.

독일군을 두둔하는 사람들은 "유대인 학살에 독일군은 전혀 관여하지 않았고, 오직 히틀러로부터 직접 명령을 받는 나치 친위대만 유대인 학살을 저질렀다."고 주장하기도 한다. 그러나 이러한 주장은 전쟁 이후에 살아남은 독일군 장군들이 자신들의 잘못을 회피하기 위해서 지어낸 거짓말로 밝혀졌다. 애초에 히틀러의 가장 강력한 지지 세력이 바로 독일 군부였으며, 만슈타인·구데리안·롬멜 같은 독일군 장군들도 히틀러가 외친 유대인 학살에 적극 찬성하던 사람들이었다.

히틀러가 반유대주의를 외치며 독일인들의 열광적인 지지를 얻어 2차 세계 대전을 일으키자, 독일군이 점령하는 지역마다 반유대주의에 동조하는 유럽인들이 유대인 학살에 동참했다.

특히나 동유럽 국가인 폴란드, 리투아니아, 우크라이나, 헝가리, 루마니아, 크로아티아, 세르비아 같은 곳에서는 반유대주의에 공감하는 현지 주민이 직접 유대인 사냥을 목적으로 하는 민병대를 조직하기도 했다. 그들은 유대인을 색출해 독일군에 넘겨주거나, 직접 무기를 들고 유대인들을 죽였다. 이런 현지 민병대의 만행이 얼마나 참혹했던지, 유대인 말살을 부르짖던 독일군도 현지 민병대가 저지른 무자비한 유대인 학살 현장을 보고 놀라 충격을 받을 정도였다.

『안네의 일기』를 쓴 안네와 그녀의 가족들도 독일인이 아닌, 반유대주의 사상을 품고 있던 네덜란드인에게 밀고를 당해 체포되었다.

유대인들은 이런 식으로 죽어갔다. 악명 높은 유대인 강제 수용소는 오히려 2차 세계 대전 후반기에 들어서야 이용되었다. 전쟁이 막바지로 접어들자 서쪽에서는 미군과 영국군이, 동쪽에서는 복수심에 불타는 무시무시한 소련군이 쳐들어오면서 독일의 상황이 다급해졌다. 독일은 더는 전쟁 초반처럼 유대인 색출과 처형에 군 병력을 동원하기가 어려워졌다. 그래서 군대 대신 비밀경찰인 게슈타포가 나서서 어딘가에 숨어서 사는 유대인들을 색출해 강제 수용소로 보내고, 독가스로 처형했던 것이다.

유럽을 암흑 대륙이라고 말한 어느 학자의 말대로, 20세기에 들어 가장 끔찍한 인종 학살과 박해는 바로 유럽에서 일어났다. 이렇게 보면 유럽의 역사는 학살과 살육의 역사라고 해도 과언이 아니다.

약육강식과 적자생존? 히틀러가 잘못 알았다

도대체 히틀러는 왜 유대인 학살을 지시했던 것일까? 무엇 때문에 무려 600만 명이나 되는 유대인들을 지구 상에서 완전히 없애려고 했을까?

『안네의 일기』와 그 밖에 다른 히틀러 관련 서적들, 특히 그가 직접 남긴 『나의 투쟁』 같은 책을 통해 드러난 히틀러의 심리는 약육강식과 적자생존이라는 투철한 사명감에 불타고 있었다.

히틀러의 신념을 이해하려면, 당시 유럽의 역사와 사회에 대해서 알아야 한다. 19세기 들어 유럽 열강은 산업혁명에 성공한 후, 아시아나 아프리카 등지를 침략하면서 현지인들을 살육하고 식민지로 삼는 정복 전쟁에 열광했다. 그들은 그런 자신들의 행동을 생물학자 다윈이 말한 진화론을 빌려 정당화했다.

"이성적이고 지혜로우며 우수한 종족인 백인은 그보다 못한 미개하고 감정적이며 열등한 종족인 흑인이나 동양인을 마음대로 지배할 수 있다. 이것은 강한 종인 육식동물이 약한 종인 초식동물을 마음대로 잡아먹는 자연 세계의 법칙 약육강식과 적자생존과도 일치한다. 그러니 백인의 식민지 정복은 정당한 일이다."

다윈이 주창한 약육강식과 적자생존의 법칙은 유럽 열강이 저지른 침략과 학살에 대한 면죄부였다. 히틀러 역시 약육강식과 적자생존이라는 20세기 초 서구인들의 신념에 파묻혀 있었다. 히틀러는 그의 저서인 『나의 투쟁』에서 미개하고 나약하며 무능력한 인종은 소멸하는 것이 당연하며, 그것이 자연의 순리라고 주장했다. 그런 히틀러의 눈에 나라도 없이 세계 각지에 흩어져서 숱한 박해를 받으며 살아가는 나약한 유대인들은 말살해야 마땅한 열등 종자로 보였으리라.

　히틀러는 인간이라면 마땅히 가져야 할 동정심이나 애정 같은 감정을 철저하게 무시했다. 자신이 다스리던 국민인 독일인조차 마찬가지였다. 불치병이나 난치병에 걸린 환자들은 모두 병원에서 독극물을 주사해 죽여 버리라는 지시를 내릴 정도였다. 고칠 수 없거나, 고치는 데 많은 돈이 들어가는 환자들은 국가 경제에 부담이 되는 존재이니 살 가치가 없다고 판단했던 것이다.

　라디오에서는 독일군 지도자와 부상병이 인터뷰하는 방송이 나왔어. 부상 정도를 묻는 말에 '동상으로 발을 절단했고, 왼쪽 팔은 관절이 부러졌다.'고 말하는데, 마치 그런 부상을 당한 것을 자랑스러워하는 듯한 투였어. 그런 것을 명예라고 생각하다니, 정말 소름 끼치는 일이야. 그중에는 히틀러와 악수를 할 수 있다는 것에 감격해서 말도 제대로 못 하는 사람도 있었어.

　위에서 언급한 히틀러의 신념에 따라 독일인들은 2차 세계 대전 내내 자신들이 당한 고통을 어디에 호소하지도 못했다. 오히려 그것을 자랑스럽게 여기며 고통을 힘겹게 참아야 했다. 만약 자신들이 입은 피해에 대해서 말하려고 하면 '나약하고 못난 겁쟁이이자 독일 국민의 자격이 없는 자'로 간주하여 직장에서 쫓겨나거나, 심하면 감옥에 투옥되는 처벌을 받을 정도였다.

　히틀러는 '이 세상에는 우수한 강자들만 존재해야 하며, 약자들은 살아있을 자격조차 없다.'고 생각했다. 그런 자신의 신념을 독일 국민에게 강요했으며, 신념에 따라 자신이 경멸하고 증오하던 약자 유대인들을 아무런 죄의식이나 거리낌 없이 학살했다.

그런데 히틀러는 중대한 사실을 잘못 알고 있었다. 약육강식과 적자생존이라는 개념 자체를 애초에 잘못 알고 있었던 것이었다. 다윈의 시대와는 달리, 현대의 동물과 생물학자들은 약육강식이라는 주장이 자연계의 법칙을 잘 몰랐던 데에서 발생한 착오라고 지적한다. 겉으로 보기에 매우 힘세고 멋있어 보이는, 그래서 백수의 왕으로 군림할 것 같은 사자나 호랑이 같은 대형 맹수들이 실제로 사냥에 성공할 확률은 고작 10퍼센트에 그친다고 한다. 그래서 사자나 호랑이들은 자기보다 약한 동물을 마음껏 잡아먹는 것이 아니라, 대부분의 상황에서 굶주리고 산다.

또 적자생존이라는 말도 제대로 이해해야 한다. 적자생존은 강한 자가 살아남는다는 것이 아니라, 환경에 잘 적응하는 자가 살아남는다는 뜻이다. 예를 들어 보자. 코끼리나 곰이나 사자나 호랑이 같은 대형 동물들은 겉으로 보기에 매우 강한 것처럼 보인다. 반면 토끼나 들쥐나 참새 같은 동물들은 허약해 보인다. 하지만 생태계에 큰 기근이나 가뭄이 닥치면 제일 먼저 굶어 죽는 동물은 코끼리, 곰, 사자, 호랑이 같은 대형 동물들이다. 이들은 덩치가 큰 만큼 많은 먹이를 먹어야 하는데, 기근이 닥쳐 많은 양의 먹이를 구할 수 없게 되면 그만큼 빨리 굶어 죽는 것이다. 반면 덩치가 작은 토끼나 들쥐나 참새는 그만큼 먹이를 적게 먹어도 되니 기근에도 오래 견딘다.

1990년대 초, 미국 과학자들이 다음과 같은 연구 결과를 내놓은 적이 있다. 지구에 핵전쟁이 벌어지면 인간은 모두 죽지만, 들쥐와 바퀴벌레는 끝끝내 살아남는다는 것이다. 그렇다면 인간이 강한 걸까, 들쥐와 바퀴벌레가 더 강한 걸까? 생명력이 강하다고 해서 들쥐와 바퀴벌레가 인간보다 더 우월한 생물일까? 인간이 들쥐나 바퀴벌레보다 못한 존재일까?

자신들이 세계에서 가장 우수하고 강한 민족이라고 믿었던 나치는 세계 정복을 꿈꾸며 전쟁을 일으켰고, 그 와중에 600만이나 되는 유대인들을 학살했다. 그러나 영원할 것만 같았던 나치는 불과 10년도 못 되어 멸망해 버렸다. 반면 그들의 손에 죽임을 당하고 지구에서 사라질 것 같았던 유대인들은 끝까지 살아남아서 자신들의 나라인 이스라엘을 세우고, 아직 생존해 있다. 그렇다면 나치와 유대인 중에서 누가 진정한 강자일까?

최후까지 희망을 품다

나는 이 세계가 점점 황폐해지는 것을 직접 바라보고 있어. 점점 다가오는 천둥소리를, 우리를 멸망시킬지도 모르는 소리를 듣고 있지. 하지만 하늘을 우러러보며 여전히 소망하곤 해. 언젠가는 모든 것이 제자리로 돌아가고 잔인한 행위들이 사라져 평화로운 세상이 오기를. 그렇게 될 때까지 우리는 희망을 잃지 말아야 해.

위의 지문은 1944년 7월 15일, 안네가 쓴 일기 일부분이다. 당시 유럽을 둘러싼 전쟁 상황은 급속히 바뀌고 있었다. 미국과 영국 연합군이 노르망디와 시칠리아*에 상륙해 독일군을 몰아내고 있었으며, 동쪽에서는 소련군이 폴란드를 거쳐 독일로 몰려오고 있었다. 안네의 눈에 비추어보아도 나치 독일은 이제 패망의 기로에 서 있었다. 안네의 식구들은 은신처에서 라디오를 통해 영국

노르망디 프랑스 서북부에 있는 지방

시칠리아 이탈리아반도 서남쪽 끝에 있는 섬. 지중해에 있는 섬 가운데 가장 크다.

방송을 들으며 이제 전쟁의 공포에서 벗어나 평화롭고 자유로운 시절로 돌아갈 수 있으리라고 확신했다.

불행한 일은 전쟁이 막바지로 접어들던 1944년 8월 4일, 어느 네덜란드인의 밀고를 받고 들이닥친 게슈타포에 의해 안네와 가족들이 체포되어 모두 유대인 강제 수용소로 끌려가 처형당했다는 것이다. 더욱이 안네는 미국과 영국 연합군이 수용소를 공격해 유대인들을 해방하기 불과 두 달 전에 죽었으니, 참으로 안타까울 뿐이다.

13

•

톰 아저씨의 오두막집

•

"몸은 팔렸지만 영혼은 아닙니다. 영혼은 누구의 것도 아닙니다."

『톰 아저씨의 오두막집』은 1852년 미국의 여성 작가 헤리엇 비처 스토가 발표한 장편 소설이다. 헤리엇 비처 스토는 당시 미국 사회에서 잔인한 백인 농장주의 학대와 착취에 시달리며 인간 이하의 대우를 받는 흑인들을 동정해 이 소설을 썼다.

그 무렵 미국 사회에서는 흑인 노예 문제를 놓고, 북부와 남부가 팽팽히 갈라서서 대립을 벌이고 있었다. 주로 공장이 들어선 북부 지역의 주들은 흑인을 비참한 노예로 부리는 제도를 없애야 한다고 주장했다. 반면 흑인 노

청소년 **문·사·철** 읽기 혁명

예를 부리는 대농장이 많던 남부 지역의 주들은 노예 제도가 고대 그리스와 로마, 그리고 성경에서도 말한 유구한 전통이므로 계속 지켜가야 한다고 반박했다.

이런 상황에서 흑인 노예의 비참한 삶을 고발한 『톰 아저씨의 오두막집』이 나오자, 미국 사회는 격렬한 논란에 휩싸였다. 노예 제도 폐지를 주장하는 인권 운동가들은 『톰 아저씨의 오두막집』이 용감하게 진실을 드러낸 위대한 책이라고 열렬히 찬양했다. 반대로 노예 제도 수호를 주장하는 보수적인 사람들은 『톰 아저씨의 오두막집』이 고귀한 백인 농장주들을 비열한 악당으로 왜곡했다면서, 작가인 헤리엇 비처 스토를 거짓말쟁이 사기꾼이라고 비난했다.

결국 『톰 아저씨의 오두막집』으로 불타오른 북부와 남부의 감정 대립은 1861년 남북전쟁*으로 확대되고 말았다. 전쟁은 노예제 폐지를 주장한 북부가 승리했으며, 『톰 아저씨의 오두막집』은 인간의 자유를 노래한 훌륭한 책으로 칭송받았다. 소설책 한 권이 한 국가의 역사를 바꾼 셈이다.

남북전쟁 1861년~1865년에 미국에서 노예 제도의 폐지를 주장하는 북부와 존속을 주장하는 남부 사이에 일어난 내전

피부색이 검다고 왜 놀림감이 되어야 할까?

1988년 한국에서는 서울 올림픽이 열렸다. 전 세계의 많은 운동선수들이 올림픽 경기에 출전하기 위해 한국으로 모였다. 그중에서 눈에 띄는 부류는 단연 흑인들이었다. 1987년 노태우 정부 출범 이전까지 한국 국민은 외국 여행조차 자유롭게 할 수 없었고, 주한 미군으로 파견되어 온 흑인들 이외에는 흑인을 좀처럼 보지 못했다. 한국인들에게 생소했던 흑인은 한국 사회에서 연일 화젯거리였다.

그런데 흑인 선수들을 바라보는 한국 사회의 시각은 참으로 잔인했다. 신문, 잡지, 텔레비전 같은 언론 매체는 온통 흑인의 검은 피부에만 초점을 맞추어 보도했다. 흑인의 피부가 검으니 밤에 길을 걸으면 어둠과 분간을 못 한다느니, 콧수염이나 턱수염을 길러도 피부와 구분할 수 없다느니, 밤에 도둑질하면 들키지 않아서 유리하다느니 하는 식으로 온통 그들의 검은 피부를 희화화하고 놀리는 데에만 정신이 없었다. 심지어 어린이용 학습 만화에서도 흑인들의 검은 피부를 조롱하는 내용이 나왔다.

일부 사람들은 과학적인 이론을 들먹이면서 흑인들은 원래 지능이 낮고, 더운 곳에 살아서 수영을 못하고, 정치나 군사 같은 분야에는 소질이 없다고 말하기도 했다. 흑인이 미개하다는 편견을 가지고 그걸 정당화하는 방식으로 말이다.

흑인들이 중국이나 일본처럼 우리나라를 침략해서 살인이나 약탈을 자행한 것도 아닌데, 대체 왜 다들 흑인을 놀리지 못해서 안달이었을까? 기껏 그 이유가 흑인들의 피부가 검기 때문이었을까?

사실 피부색이 검다고 흑인을 업신여기고 멸시했던 것은 미국의 백인들도 다를 바 없었다. 흑인 노예를 다룬 소설 『톰 아저씨의 오두막집』에서도 이와 비슷한 대목이 자주 나온다.

"엘리저, 조심해서 가거라. 너는 피부색이 흰 편이어서 다들 백인인 줄 알게다."
"당신은 피부색은 검지만 자유롭게 다닐 수 있는 통행증을 가지고 있잖아요?"

흑인들이 노예로 부려지던 시절, 미국에서는 피부색이 더 검은 순수한 흑인일수록 가장 심한 천대와 멸시를 당했다. 반대로 백인 노예주와 흑인 여성 노예 사이에서 태어난 혼혈 흑인들은 비교적 피부색이 갈색이나 하얀색에 가까워서 그나마 순수 흑인들보다는 나은 대접을 받았다. 오늘날 중남미에서도 백인과 혼혈인 흑인 혼혈아들은 사회의 중산층에 가깝지만, 순수 흑인들은 비교적 심한 멸시를 받는다. 피부색으로 사람의 존엄이 정해지다니, 얼마나 끔찍한 사회일까?

짐승보다 못한 취급을 받았던 미국의 흑인들

아프리카가 고향인 흑인들이 어쩌다가 머나먼 미국까지 노예로 끌려가게 되었을까? 흑인 노예들의 삶은 16세기 초 유럽 백인들이 아메리카 대륙을 침략하여 식민지로 삼으면서 시작되었다.

신대륙에 정착한 유럽인들은 처음에는 토착민인 인디오들을 납치해 사탕수수를 재배하는 대농장이나 금과 은을 캐는 광산에서 노예로 부렸다. 그런데 이 방법은 문제가 많았다. 인디오들은 워낙 깨끗한 환경 속에서 살아오던 터라, 각종 병균투성이인 백인들이 곁에 가까이 오기만 해도 바이러스에 감염되어 쓰러져 죽기 일쑤였다. 게다가 인디오들이 갇혀서 일하는 곳은 그들의 고향과 아주 가까운 거리였다. 평생을 죄수처럼 갇혀서 살다가 죽고 싶지 않았던 인디오들은 기회를 보아서 자주 달아났다. 심지어 무기를 들고 집단으로 봉기해 백인들과 맞서 싸우기까지 했다.

물론 백인 농장주들도 도망친 인디오들을 다시 잡아오기 위해 나섰지만, 신대륙의 지리를 잘 아는 인디오들은 그들의 눈을 쉽게 피해 도망쳐 숨어들었다.

게다가 백인들이 옮긴 전염병 탓에 토착민 인디오들의 수도 갈수록 줄어들었다. 병에 대한 면역력이 없던 인디오들에게 가장 무서운

청소년 **문·사·철** 읽기 혁명

것은 총이나 기병대가 아니라, 백인들이 가진 세균이었다.

노예로 부릴 인디오들이 점점 적어지자 당황한 쪽은 백인들이었다. 그들 자체의 노동력만으로는 넓은 대농장과 광산에서 일할 수요를 충당할 수 없었다. 그렇다고 막대한 이익을 보장해주는 농장과 광산 사업을 중단할 수도 없는 노릇이었다.

고심 끝에 백인들은 다른 방법을 찾았다. 인디오 대신 부려 먹을 새로운 노예들을 데려오는 것이었다. 물론 인디오들보다 건강하고 도망갈 염려도 없으며 일도 열심히 할 자들이어야 했다. 바로 아프리카에 살던 흑인들이었다.

16세기 중엽부터 19세기 초까지 약 300년 동안 백인 노예 상인들이 아프리카의 해안 지대를 누비며 흑인들을 잡아들였다. 백인들은 무려 4,000만 명이나 되는 흑인들을 노예선에 짐짝처럼 실어서 아메리카 대륙으로 끌고 갔다.

당시 얼마나 많은 흑인이 노예로 잡혀갔는지 보여주는 증거가 하나 있다. 지금도 나이지리아의 항구 도시 라고스의 남쪽에 보면 '노예 해안'이라는 이름이 붙은 지역이 있다. 그런 명칭이 붙을 정도로 흑인들이 노예로 팔려 머나먼 아메리카 대륙으로 끌려간 것이다.

일단 노예선에 탄 흑인들은 사람이 아니었다. 그들은 그저 화물에 지나지 않았다. 쇠사슬에 묶인 채로 어두컴컴한 배 안의 선실에 처박혀서 쭈그려 앉아, 먹고 자고 심지어 대소변을 보는 일도 전부 그 상태로 해야 했다. 게다가 배 안에 들끓는 쥐와 벼룩도 병을 옮기며 흑인들을 괴롭혔다. 건강한 사람이 아니면 세균에 감염되어 죽기에 딱

좋았다.

노예선에 몸을 실은 흑인들이 얼마나 끔찍한 고통을 겪었는지, 고향인 아프리카에서 신대륙까지 가는 동안 전체 노예 중 약 3분의 1이 병으로 죽거나 혀를 깨물어 자살했다.

가끔 선원들은 노예들을 배 밑바닥에서 갑판 위로 올라오게 해 시원한 바닷바람을 쐬게 해주었다. 계속 노예들을 배 안에 두었다가는 모두 병에 걸리거나 스트레스로 죽어버릴 것 같아서 조금이나마 베푸는 아량이었다.

바로 그때를 기다리는 사람들이 있었다. 계속되는 압박을 견디다 못한 몇몇 흑인은 선원들이 쇠사슬을 잠깐 느슨하게 풀어주는 틈을 타서 있는 힘을 다해 사슬을 빠져나와 바다로 뛰어들었다. 평생 고통받으며 사느니, 차라리 죽음을 택하겠다는 피맺힌 선택이었다.

바다에 빠진 흑인들의 대부분은 그대로 익사했지만, 어쩌다가 일부는 선원들에게 구조되어 다시 노예선으로 끌려오기도 했다. 물론 선원들이 인도적인 차원에서 흑인 노예를 구한 것은 아니었다. 그들에게 노예는 어디까지나 상품이었고, 상품이 죽어 없어지면 그만큼 손해이니까 구했을 뿐이다.

전염병과 세균의 위험, 선원들의 비인간적인 대우를 간신히 극복하고 신대륙에 도착한 흑인들은 더욱 큰 고통을 겪게 되었다. 그들은 노예 경매 시장에 넘겨져 백인들에게 노예로 팔렸다. 노예가 된 흑인들이 주로 가는 곳은 선배 노예인 인디오들이 일했던 대농장과 광산이었다. 그들은 최소한의 숙식만 받고, 먹는 시간과 잠자리에 들 때를 제외하면 쉬지도 못하고 계속 중노동을 강요받았다.

그중에서 미국 남부로 끌려 온 흑인들은 목화 농장에서 목화를 따는 일을 맡았다. 그들은 식사도 땅콩으로 해결했다. 인색한 농장주들은 흑인들에게 지급하는 식비도 아까워 흔하게 구할 수 있는 땅콩을 먹으라고 강요했던 것이다.

확실히 흑인 노예들은 인디오보다 더 열심히 일했다. 그도 그럴 것이 그들의 고향인 아프리카는 미국에서 천리만리 떨어진 곳이라 도저히 도망갈 엄두조차 낼 수 없었기 때문이다. 그러니 죽으라 일만 할 수밖에 없었다.

농장에서 오랫동안 지내 백인 주인의 신임을 얻은 흑인들은 땅콩보다 좀 더 나은 음식을 먹기도 했다. 그나마도 아주 좋다고 말하기는 어려웠다. 바로 백인 주인과 그 식구들이 남긴 음식 찌꺼기를 먹었던 것이다. 흑인 노예들이 많이 살았던 미국 남부 지방에는 이런 가사의 서글픈 민요가 전해져 온다.

"우리(흑인)들은 그들(백인)이 뱉어낸 수박씨나 먹어야 한다네.
그들은 이렇게 말하지.
검둥이들에게는 적당한 것이라고."

힘든 노동 이외에도 흑인들을 괴롭고 슬프게 만든 일이 또 있었다. 바로 가족 사이의 생이별이 일상적으로 자행되었다는 사실이다. 흑인들은 농장에 살면서 자기들끼리 결혼하고 아이를 낳았다. 그러면 백인들은 흑인 가족들의 어린아이나 아버지를 아무렇지도 않게 다른 백인에게 노예로 팔아넘겼다.

"낮에 엘리저가 울면서, 당신이 그 사람에게 톰을 팔든지 자기의 아이를 팔든지 하겠다고 말씀하시는 것을 들었다면서 바보 같은 소리를 하더군요. 그래서 내가 당신은 절대 노예를 팔 분이 아니라고 말했어요."

"사실은 나도 그렇게까지 할 생각은 없었소. 그런데 사업이 잘 안 되어 많은 빚을 지게 되었소. 다른 방도를 찾으려 했으나 도저히 큰돈을 마련할 수 없었소. 그래서 그 아이와 톰을 팔기로 했소."

"그렇게 정직하고 충실하게 일을 잘하는 톰을 파신다고요? 그리고 자기 아이를 판다면 엘리저는 살지 못할 거예요!"

"다른 사람들은 노예를 사고파는 일을 당연하게 여기는데, 나라고 못할 게 뭐요? 엘리저가 보기 불편하다면, 당신은 내일 엘리저를 데리고 외출해 있으시오."

톰 앞에 있는 경매단 위에 아직 열 살도 채 안 되어 보이는 여자아이가 딸린 흑인 여자가 세워졌다. 잠시 후에 값이 결정되자, 남자가 경매단 위로 올라가 여자아이의 손을 잡고 억지로 끌고 가려고 했다.

"엄마!"

울부짖는 아이를 또 다른 남자에게 끌려가는 어머니가 꼭 부둥켜안았다.

"부탁입니다. 저와 함께 가게 해 주십시오."

"너는 이쪽으로 와, 꼬마를 놔!"

남자는 어머니를 잡아끌고 가면서 호통쳤다.

"부탁입니다!"

눈물을 흘리면서 더 힘껏 아이를 끌어안는 어머니의 모습은 차마 눈뜨고 볼 수 없을 정도였다. 어머니의 등에서 채찍 소리가 났다. 결국 두 사람은 따로따로 찢어지듯이 끌려갔다.

백인은 흑인을 자신과 동등한 인격을 가진 인간으로 보지 않았다. 그들에게 흑인은 말하는 도구였다. 간혹 흑인을 동정하고 자비롭게 대해주는 백인 주인도 있었지만, 그들도 흑인을 개나 고양이 같은 애완동물처럼 여겨서 그랬던 것뿐이었다. 애완동물을 키우는 사람들은 자신이 기르는 개나 고양이를 사랑한다고 생각하지만, 그들이 낳은 새끼를 아무렇지도 않게 다른 사람에게 주거나 팔지 않던가?

부당한 것에 굴복하지 말고 싸워라

미국으로 끌려 와 노예 생활을 하던 흑인들은 처음에는 고향에서 머나먼 타국에 와 있다는 고립감과 절망감으로 자포자기하는 모습을 보였다. 그러나 세월이 흘러 흑인들이 미국에서 아이를 낳고 정착하게 되자, 점차 백인들의 밑에서 노예로 지내면서 온갖 핍박을 당하는 일을 마냥 참지 않았다. 많은 수의 흑인들이 농장에서 도망쳐 캐나다로 숨었다. 혹은 백인들의 학대에 울분을 참지 못하고 봉기하여 백인들과 싸우는 일도 늘어났다.

때마침 프랑스 대혁명과 나폴레옹 전쟁을 치르던 영국 등 유럽에서 흑인 노예를 다루는 법안이 폐지되고 있었다. 그중 영국은 흑인 노예 제도의 폐지를 강하게 주장하면서, 이를 근거로 다른 나라의 노예 무역까지 금지할 정도였다.

그러자 미국에서도 영국과 프랑스의 영향을 받은 북부 지역에서 흑인 노예 해방을 주장하는 여론이 높아졌다. 특히 자유와 평등을 외친 프랑스 대혁명에 공감했던 미국의 자유주의자들은 학대받는 흑인들의 처지를 진심으로 동정했다. 그들은 흑인들을 잔혹한 남부의 백인 농장주에게서 탈주시켜 캐나다로 도망가게 하는, 이른바 '자유의 열차' 운동을 벌이기도 했다.

그럼에도 보수적인 기풍이 강했던 남부의 백인 농장주들은 여전히 흑인 노예 제도를 고수했다. 오히려 흑인들이 대규모 봉기나 반란을 일으킬까 봐 흑인들을 더욱 강하게 옥죄는 데 열을 올렸다. 남부의 농장에서 일하는 흑인들은 공식적으로 글도 배울 수 없었고, 학교에 가지도 못했다. 흑인들이 지식을 가지면 고분고분 복종하지 않고, 반항하게 될 것을 두려워한 백인들의 치사한 꼼수였다. 심지어 흑인들이 성경을 읽고 기도하거나 찬송가를 부르는 일도 금지했다.

레글리는 찬송가책을 보고 나서 톰을 날카롭게 노려보았다.

"너는 하느님을 믿느냐?"

"네."

"우리 집에서는 너희들이 성경을 읽거나 찬송가를 부르는 일을 허용하지 않는다. 노예에게는 신이 없다. 너희들의 신은 바로 나다. 내가 하는 말을 듣기만 하면 되는 거야, 알겠느냐?"

2000년에 세계적으로 큰 인기를 끈 미국 디즈니 만화영화인 '이집트 왕자'는 구약성경의 출애굽*을 다룬 내용이다. 주인공 모세를 만난 이집트의 파라오는 "히브리 백성을 해방하라는 신의 명령을 받고 왔다."는 모세의 말에 "히브리인에게도 신이 있느냐?"라고 물었다. 당시 히브리인들은 이집트에서 노예로 부림을 당하고 있었는데, 이집트인들은 히브리인 같은 미개하고 무지한 민족에게는 신이나 종교를 가질 자격도 없다고 여겼던 것이다.

> **출애굽** 이집트에서 노예로 살던 이스라엘 민족이 모세의 인도로 해방되어 나온 일을 기독교에서 일컫는 말

그런데 기독교를 믿었던 미국 백인들이 이집트인들과 똑같이 생각했던 것이다. 시간과 공간을 초월해 압제자(권력이나 폭력으로 남을 강제로 누르는 사람)들은 모두 똑같아지는 법이다.

하지만 소설 『톰 아저씨의 오두막집』에서는 흑인들이 백인들에게

팔려 와 학대와 수모를 당하는 모습만 보여주지 않는다. 소설의 주인공인 흑인 톰은 자신을 부당하게 학대하는 백인 주인에게 비굴하게 복종하지 않고, 용기를 내어 맞선다.

레글리는 다가가 루시를 밀쳤다.

"너, 왜 꾸물거리는 거야? 톰! 게으름뱅이를 봐주지 마라. 채찍으로 이 여자를 때려라."

"용서해 주십시오. 저는 사람을 때린 적이 없습니다. 도저히 못 합니다."

레글리는 가죽 채찍으로 있는 힘껏 톰의 얼굴을 쳤다.

"내 말을 듣지 않겠다는 것이냐?"

"네, 못 합니다. 일이라면 아무리 괴로워도 하겠지만, 이것만은 도저히 할 수 없습니다."

톰은 피가 흐르는 얼굴을 닦았다.

자기 생각을 조금도 굽히지 않고 말하는 톰의 태도에 레글리는 발끈해서, 마구 채찍을 휘둘렀다.

"이 녀석, 이런 게으름뱅이 여자도 때리지 못한다는 것이냐?"

"네, 그런 잔혹한 짓은 할 수 없습니다. 죽인다 해도 할 수 없습니다."

"뭐라고? 나는 너의 주인이다! 1,200달러나 주고 너를 사왔다. 너의 몸도 영혼도 나의 것이다."

"아닙니다. 몸은 당신의 것인지 모르나, 영혼은 아닙니다. 내 영혼은 아무에게도 팔리지 않았습니다. 주인님이라고 해도 나의 영혼에 상처를 입힐 수는 없습니다."

청소년 **문·사·철** 읽기 혁명

톰은 비록 노예였지만, 영리한 기질을 가졌다. 그는 정식 교육은 받지 못했으나, 혼자서 글을 깨우칠 만큼 영리했다. 더욱이 그는 열정적으로 찬송가를 부르고 성경을 읽을 만큼 신앙심도 깊었다.

물론 노예를 억압하고 착취하던 백인들도 열성적인 기독교 신자였다. 그러나 백인들은 기독교 교리를 자기들 멋대로 해석했다. 19세기 당시 미국에서는 흑인은 노아의 둘째 아들이자 죄를 지은 함의 후손이고 백인은 셋째 아들이자 노아의 계승자인 야벳의 후손이니, 흑인이 백인의 종이 되는 것이 당연하다고 가르쳤다. 또한 백인들은 창세기에 나온 "세상에 널리 퍼져 동물들을 지배하고 번성하라!"는 신의 말을 세계 각지를 마음대로 정복하고 지배해도 된다는 뜻으로 받아들여 식민지 정복을 정당화했다.

반면 톰은 성경에서 힘이 아닌 사랑을 찾았다. 그는 모든 인간은 신의 창조물이니, 서로 평등하며 누가 우월하고 미개한지 구분할 수

없다고 보았다. 또한 인간의 영혼은 신에게서 물려받은 것이며, 모든 인간은 아담과 이브의 자손이니 서로 평등하고 다른 사람을 노예로 삼거나 학대하거나 죽여서도 안 된다고 생각했다.

같은 종교에서 백인은 파괴와 지배를 발견했으나, 흑인은 사랑과 자비를 찾았다. 뱀이 마신 물은 독이 되지만, 소가 마신 물은 우유가 된다는 말이 떠오른다. 과연 이때의 백인과 흑인 중 누가 예수가 외친 사랑을 더 추구했던 것일까?

톰의 목소리는 아직도 필요하다

흑인 노예 제도는 1865년 남북전쟁에서 북부가 승리하면서 폐지되었다. 드디어 톰을 비롯한 수많은 흑인 노예들이 그토록 갈구해왔던 노예 해방이 이루어졌다.

물론 노예 제도가 없어졌다고 모든 흑인이 행복하게 살았던 것은 절대 아니다. 여전히 많은 백인들이 흑인들을 자신들보다 미개하고 저질적인 집단으로 보았다. 그래서 흑인들은 백인들과 평등한 권리를 보장받지 못했다.

더욱이 노예에서 풀려난 흑인들은 절대다수가 매우 가난했고, 살 집과 땅을 구하지 못했다. 갈 곳 없이 방황하던 흑인들은 북부의 공장들로 가 저임금을 받고 일하는 노동자가 될 수밖에 없었다. 물론 공장 노동자 생활도 흑인 노예 생활만큼이나 고통스러웠다.

이런 흑인들의 사정은 1960년 전 세계에 불었던 자유 민권과 반전 운동이 미국 땅에도 번지면서 크게 나아졌다. 흑인들은 정부와 경찰 등 공권력과 처절한 투쟁을 벌인 끝에 '모든 미국 시민은 피부색으로 차별받지 않는다.'라는 수정 헌법 조항을 받아내기에 이른다. 그리고 2008년, 버락 오바마가 미국 역사상 처음으로 흑인 출신으로 대통령에 당선되었을 때 흑인들은 조상의 한을 보상받은 듯이 열광했다.

그럼에도 여전히 미국에서 흑인들은 백인들과 비교하면 교육 수준과 경제적 여건이 매우 불리하다. 같은 범죄를 저질러도 흑인들이 백인들보다 두 배나 많이 감옥에 들어갈 확률이 높다. 죽음에 내몰리면서도 자유를 외쳤던 톰의 목소리는 아직도 미국 사회에 필요한 것일까.

14

•

걸리버 여행기

•

"이곳에서는 내 돈을 뺏으려 드는 사기꾼이나 내 몸을 망치는
엉터리 의사, 저질 변호사나 도둑이나 중상모략자나 불량배나
고소자도 없었다. 나는 이 나라에서 정말로 행복했다."

『걸리버 여행기』는 아일랜드 혈통을 가진 영국 작가 조나단 스위프트가
1726년에 출간한 장편 소설이다.

흔히 어린이용 동화책으로 알려졌으나, 사실 『걸리버 여행기』는 당시 영국과
유럽의 수많은 사회 문제와 비리를 날카롭게 폭로하고 야유한 일종의 정치
풍자 소설이었다. 그래서 『걸리버 여행기』는 영국의 정치인과 학자들에게 불
순한 정치적 의도가 담겨 있다면서 비난을 받았고, 심지어 책을 찍어낸 기술
자들이 감옥에 갇히기도 했다.

청소년 **문·사·철** 읽기 혁명

조나단 스위프트는 소설에서 영국과 유럽 사회의 우스꽝스러운 모습들을 가차 없이 들추어내고 공격하고 있다. 첫 번째 단락인 소인국 편에서는 계란 껍질을 어떻게 벗기느냐의 문제를 두고 난쟁이들이 서로 전쟁을 벌였다. 이러한 난쟁이들의 어리석음과 옹졸함을 통해 영국 사회에 만연하던 허례허식과 각종 종교 분쟁을 비꼬았던 것이다. 두 번째 단락인 거인국 편에서는 허영심과 사치에 들뜬 거인들을 통해 영국 귀족 사회를 조롱했으며, 세 번째 단락인 라퓨타 편에서는 현실과 전혀 동떨어진 허무맹랑한 연구만 일삼는 사이비 과학자들을 바보 멍청이라고 놀렸다. 급기야 마지막 단락인 휘이넘 편에서는 걸리버의 입을 통해서 영국과 유럽 국가들이 벌이는 전쟁의 끔찍한 참상을 고발했고, 아울러 인간이라는 종 자체를 극심하게 야유하고 비판했다.

휘이넘 편에서 조나단 스위프트는 걸리버의 말을 통해서 "나에게 돈을 뜯어내는 변호사나 엉터리 약을 주고 내 몸을 망치는 돌팔이 의사, 또는 나를 해치려고 하는 강도와 도둑도 없는 이 말들의 나라가 내게는 가장 좋은 곳이다."라고 털어놓았다. 어쩌면 이는 음모와 비방, 전쟁과 살육이 끝도 없이 계속되던 영국의 상황에 혐오감을 느낀 조나단이 소설 속에서나마 사랑과 지혜로 다스려지는 낙원을 그리워했던 것일지도 모른다.

소설 속에 나타나는 신랄한 정치 풍자

학교에서 국사 교육을 받다 보면 국사책에서 고구려, 백제, 신라에서 고려와 조선 왕조까지 모든 나라가 당파 싸움 때문에 혼란스러워 외세에 망했다는 내용을 접할 것이다. 그래서 국사책을 열심히 읽는 사람들은 "우리나라는 왜 이렇게 당파 싸움이 심하고 사람들이 서로 단결하지 못할까?"하고 안타까운 생각을 품기도 한다.

사실 당파 싸움이 한국에만 있던 것은 아니다. 조나단 스위프트는 『걸리버 여행기』를 통해 영국 내에서 벌어지는 정당 간의 의견 대립에 대해 다음과 같이 비판했다.

> "서로 다른 정당 의원들의 두뇌를 반씩 잘라서 한쪽을 다른 사람의 두뇌에 갖다 붙이면, 다른 의견들끼리 서로 잘 이해할 수 있어 무익한 대립이 끝날 것이다."

얼핏 보면 무슨 공상과학 영화에 나오는 끔찍하고 섬뜩한 이야기 같다. 조나단 스위프트가 저런 말을 소설에 써 놓았을 정도로 영국에서 벌어졌던 당파 싸움은 매우 심했다.

한 예로 1642년에서 1647년까지 영국은 찰스 1세를 섬기는 국왕파와 이에 반대하는 의회파가 벌인 내전에 휩싸였다. 무거운 세금을 강요하고 국왕의 절대권을 주장하는 찰스 1세에 맞서, 부유한 상공업자들의 이익을 지키려는 의회파가 전쟁을 선포한 것이다. 5년 동안 영국 전체를 뒤흔들었던 이 전쟁에서 결국 의회파가 승리하여 국왕

찰스 1세가 처형당했다.

 그런데 왕을 죽이고 권력을 잡은 의회파 안에서도 내분이 일어났
다. 당시 영국 국회에서 서로 다른 의견을 내세우며 치고받는 논쟁이
얼마나 심했던지, 아예 의회 건물 바닥에 붉게 그은 '검선(Sword Line)'
이라는 선이 그어질 정도였다. 흥분한 의원들끼리 칼을 뽑고 상대를
찔러 죽이는 일을 막기 위해서 '칼도 넘을 수 없는 선'을 그어 놓고 절
대 의원들이 선 밖으로 나오지 못하게 막은 것이다.

 당파 싸움은 이것으로 끝나지 않았다. 1688년 영국 의회는 영국
국교회를 멀리하고 가톨릭에 관대했던 국왕 제임스 2세에 반대했다.
그들은 결국 제임스 2세를 추방하고, 제임스 2세의 딸인 메리 2세의

남편이자 네덜란드 총독인 윌리엄 3세를 왕으로 추대하는 명예혁명을 일으켰다.

또한 17세기 말, 영국 의회에는 토리당과 휘그당이라는 두 상반된 정당이 들어섰다. 토리당은 부유한 상인과 지주 계층을 대변하는 보수 정당이었고, 휘그당은 노예 해방에 찬성하고 이상주의적이며 인도적인 지식인이 중심이 된 진보 정당이었다. 토리당과 휘그당은 거의 3세기 동안 모든 면에서 서로 대립하면서 끊임없이 갈라서고 충돌했다.

이처럼 조나단 스위프트가 『걸리버 여행기』에서 "서로 논쟁하는 의원들의 두뇌를 잘라서 붙여놓자."고 할 정도로 영국 내의 파벌 다툼은 매우 극심했다.

비인간적이고 몰지각한 유럽 기독교도들

어린이용 동화책으로 짧게 편집된 판본이 아닌, 원본의 『걸리버 여행기』는 단순히 소인국 이야기 하나로만 끝나지 않는다. 소인국 이후에 거인국과 하늘의 섬인 라퓨타, 그리고 말의 나라인 휘이넘이 나온다. 또한 이야기 중간마다 흥미로운 일화도 많이 들어가 있다. 그중 하나가 해적에 관련된 이야기다.

하늘의 섬인 라퓨타를 방문하기 전, 걸리버는 배를 타고 여행하다가 해적선을 만나 봉변을 당했다. 그런데 뜻하지 않게도 걸리버는 해적들에게 이상한 점을 발견했다.

"네덜란드인들은 나를 보자, 죽이려 덤벼들었다. 그러나 그 무리에 있던 일본인이 그들을 말리며, 나에게 식량과 물을 넉넉히 주고 떠나게 했다. 나는 네덜란드인에게 같은 기독교도보다 이교도가 더 정중하게 행동하는 것은 유감이라고 말했다. 그러자 네덜란드인은 더욱 분노하여 나를 죽이려 날뛰었다. 하지만 일본인의 제지로 그들의 행동은 중단되었다."

이 대목을 읽으면서 '일본인이 어떻게 네덜란드인 해적의 무리 속에 끼어 있었을까? 두 나라 사이의 거리는 너무 먼데……'하고 의문을 품을 사람도 있으리라.

그러나 조나단 스위프트의 설정이 잘못된 것은 아니었다. 걸리버 여행기가 나오기 무려 200년 전부터 일본은 네덜란드와 교역을 하고 있었다. 도쿠가와 막부*가 들어서고 쇄국 정책을 할 당시에도 나가사키의 데지마에 네덜란드를 상대로 한 공관을 열어두고 계속 외교 관계를 맺어 오고 있었다. 그리고 태국 같은 동남아시아에서 용병으로 활동하던 일본인들도 상당히 많았다.

도쿠가와 막부 1603년 일본의 도쿠가와 이에야스가 옛 도쿄 '에도(江戶)'에 수립한 무가(武家) 정권

그렇다면 조나단 스위프트는 왜 같은 해적임에도 네덜란드인은 악역으로 설정하고, 일본인은 선량한 인물로 등장시켰을까?

여기에는 영국과 네덜란드 사이의 오랜 악연이 작용했다. 역사적으로 영국과 네덜란드는 17세기 들어서 국제 해상권의 지배를 둘러싸고 '영란전쟁'이라 불리는 대규모 전쟁을 세 번이나 치렀다. 그래서 영국인과 네덜란드인은 서로 미워했다.

반면 일본은 영국과 멀리 떨어져 있는데다 무역이나 이권을 둘러싸고 싸운 일이 없으니, 상대적으로 네덜란드보다 감정이 좋을 수밖에 없었다. 이 때문에 똑같은 해적이라도 네덜란드인은 악당이지만, 일본인은 선한 인물로 등장한 것이다.

하지만 엄밀히 따지자면, 악질 해적은 네덜란드인만 있던 것이 아니었다. 질이 나쁜 해적으로 치자면 영국인들이 더 많았다. 아니, 영국이 대영제국이라 불리며 세계 곳곳에 수많은 식민지를 개척하게 된 계기 자체가 해적에서 시작됐다. 16세기, 스페인 보물선을 끊임없이 약탈하던 해적 선장 드레이크가 엘리자베스 여왕에게 기사 작위를 받은 일만 보아도 그렇다.

물론 해적질은 영국이나 네덜란드만이 아닌, 스페인·포르투갈·프랑스 등 대부분의 서유럽 열강이 모두 참여한 일이었다. 굳이 따지자면 '똥 묻은 개가 겨 묻은 개 나무란다.'는 하는 우리네 속담이 딱 어울리는 일이다.

말을 할 수 있는 말들이 사는 휘이넘의 나라에 도착하다

저자의 신랄한 사회 풍자가 가장 빛을 발하는 곳은 네 번째 단락인 휘이넘의 나라 부분에서이다.

여느 때처럼 배를 타고 모험에 나섰던 걸리버는 낯선 땅에 도착하게 되었다. 그곳은 놀랍게도 말을 할 줄 아는 말인 '휘이넘'이 지배하는 곳이었다. 그곳에서는 인간처럼 생겼지만, 말을 할 줄 모르고 지

능이 극히 낮은 '야후'라는 생물이 휘이넘에게
부림을 당하며 살고 있었다.

휘이넘의 나라에서 살게 된 걸리버는 자신
이 머무는 집의 주인인 말에게 관찰을 당했
다. 그런데 휘이넘은 걸리버를
비롯한 인간이란 생물에 별
로 호의적이지 않은 판단을
내렸다.

"주인은 내가 다른 야후들보다
훨씬 깨끗하고 잘생겼다고 했
다. 그러나 생활에 있어서는 훨
씬 불편하다고 말했다. 나의 발톱은 앞발이든 뒷발이든 모두 쓸모가 없고,
땅을 밟기에는 너무 부드럽다는 것이다. 걷는 모양도 불안해 뒷다리 가운데
하나라도 미끄러지면 당장에 넘어질 것이다. 눈이 정면에 붙어 있어서 고개
를 돌리지 않고는 옆쪽을 볼 수 없다고 비판했다. 앞발, 즉 손을 입에 가져가
지 않고서는 음식도 먹을 수 없다. 발도 너무나 부드러워 다른 동물들처럼
딱딱한 돌을 견딜 수 없다고 했다. 그리고 옷을 입지 않으면 더위나 추위에
도 견딜 수 없으니 너무나 나약하다고도 했다."

이것이 말의 시선으로 본 인간의 모습이다. 사실 따지고 보면 다 맞
는 말이라 부정할 수도 없다.

인간이 만물의 영장이라고 자랑하지만, 인간의 육체는 다른 동물들에 비하면 너무나 약하다. 인간은 주변 온도가 당장 1도만 올라가거나 내려가도 심한 더위와 추위를 느끼며 괴로워한다. 카멜레온이나 뱀 같은 파충류가 수십 도의 온도 차이를 견디는 것에 비하면 매우 나약하다.

어디 그뿐인가? 손톱과 발톱도 약해서 맨발로 걸었다가는 금세 돌이나 나무에 긁히고 찔려 피가 나기 일쑤다. 이 때문에 인간은 신발을 신지 않고 길을 걷다가는 10분도 안 되어 발이 상처투성이가 된다. 두 발로 걷는 것도 서로 다리가 엉켜서 넘어지기 쉽다. 날개가 없으니 새처럼 하늘을 날지도 못한다. 이빨과 발톱이 날카롭지 않으니 사자나 호랑이처럼 먹이를 능숙하게 사냥할 수도 없다. 치타나 토끼처럼 빨리 뛸 수도 없으며, 물고기처럼 물속을 오랫동안 헤엄칠 수도 없다. 웬만한 사람은 1분 이상 물속에 들어가 있으면 곧바로 익사하고 만다. 상어처럼 빠진 이가 계속 자라지도 못하고, 거북이처럼 오래 살지도 못한다. 인간과 비슷한 동물인 원숭이나 침팬지는 출산할 때 고통을 느끼지 못하지만, 인간 여성은 모두 극심한 고통을 느낀다.

이처럼 지능을 제외하고 육체적인 기능으로만 보면, 인간은 모든 동물 중 가장 약하고 보잘것없는 위치에 있다. 그래서 조나단 스위프트는 이 책을 읽는 독자들에게 "인간의 본질이 얼마나 볼품없는지 깨달아라! 오만하게 굴지 마라!"라고 교훈을 전했는지도 모른다.

유럽의 법률과 제도, 문명은 모두 죄악을 담고 있다

걸리버 여행기에서 비추어지는 신랄한 풍자는 단지 인간이라는 생물 자체의 속성에만 그치지 않았다. 영국과 유럽을 비롯한 인간 사회의 모습이 안고 있는 온갖 병폐와 모순들이 걸리버의 입을 통해서 적나라하게 드러났다.

주인은 사람이 죽거나 배가 파괴될 위험을 겪으면서도 어떻게 다른 나라의 사람들과 함께 여행을 할 수 있는지 물어보았다. 그 말에 나는 선원들은 가난과 범죄 때문에 고향에서 도망칠 수밖에 없는 절망적인 운명을 지녔다고 말했다. 그중 몇몇은 재판 소송으로 파산했으며, 모든 재산을 술과 매음과 도박으로 탕진했다고 했다. 그중 많은 자는 살인과 강도와 거짓말과 문서 위조와 지폐 위조와 강간과 반역 같은 범죄를 저지르다 달아난 자들이며, 감옥에 들어가거나 사형당할 것을 두려워해서 고국으로 돌아가지 않고 다른 나라로 도망친 것이라고 말해 주었다.

걸리버의 말에서 묘사된 영국 선원들의 실태는 가히 충격적이다. 실제로 걸리버 여행기가 출판된 18세기 당시, 영국 선원들은 지문에 나온 것처럼 대부분 범죄나 가난 때문에 어쩔 수 없이 배에 탄 사람들이었다.

세계사 교과서에는 '인클로저 운동'이라는 단어가 나온다. 인클로저 운동은 근대 초기의 유럽, 특히 영국에서 영주나 대지주가 목양업이나 대규모 농업을 하기 위해 미개간지나 공동 방목장과 같은 공유지를 사유지로 만든 일을 말한다. 교과서에는 인클로저 운동이 그저 근대적인 토지 제도와 경제 발전에 이바지했다고만 간단히 평가하지만 실상은 매우 달랐다. 실제로는 넓은 땅을 가진 영주가 소작농들이 가진 작은 땅을 빼앗아 거기에 양을 키우고 목축업으로 돈을 벌려는 사회 현상을 말하는 용어였다. 그래서 인클로저 운동이 벌어질 무렵, 영국에서는 "양이 사람을 잡아먹는다."라는 유행어가 생겨날 정도였다. 이렇게 인클로저 운동으로 땅을 빼앗기고 거지가 된 영국의 농민들이 먹고살기 위해서 바다 건너 먼 나라로 가는 배에 올랐다.

어디 그뿐이랴? 18세기 무렵, 영국은 본격적인 식민지 정복에 나섰다. 그런데 영국은 본디 작은 섬나라라서 전쟁이나 항해에 나설 인력이 부족했다. 영국 의회는 고민 끝에 감옥에 갇힌 죄수나 가난한 가정에서 자란 고아들을 이용했다. "너희가 해군에 자원하거나 선원이 된다면 죄를 사면해 주겠다."라는 조건을 내걸고 그들을 해군이나 무역 선원으로 모집하는 방편을 쓰기도 했다.

이런 방식이 잘 안 통하면 더 심한 일도 벌였다. 해군이 어느 항구에 잠시 들르면, 그 항구 주변 마을을 수색해서 젊은 남자들을 강제로 체포하여 배로 끌고 갔다. 이처럼 선량한 사람을 강제로 해군 함대에서 일하는 선원이나 병사로 삼게 하는 일을 '프레스 갱'이라고 불렀다.

그럼 일단 배에 탄 사람들은 쾌적한 생활을 했을까? 그렇지도 않았다. 19세기까지 서양의 선상 생활은 한마디로 지옥이었다. 선원들은 독한 럼주를 물 대신 마셨다. 물을 오래 배에 싣고 있으면 상하기 때문이었다. 술을 물처럼 마시다 보니 자연히 많은 선원이 알코올 중독 상태에 빠졌고, 이 때문에 서로 다툼과 폭력이 매우 잦았다. 문제를 일으킨 선원들은 심한 채찍질을 당했는데, 어찌나 고통이 심했는지 맞다가 죽는 일도 종종 있었다.

또한 선원들은 '씨비스킷'이라 불리는 과자를 일상 식량으로 먹었다. 이 씨비스킷은 순수한 밀가루로만 만들어서 돌보다 더 딱딱했다. 이것을 억지로 씹었다가는 치아가 부러질 위험도 컸다. 그리고 씨비스킷에는 바구미 같은 벌레가 득실거렸다. 그럼에도 선원들은 배고픔 때문에 어쩔 수 없이 씨비스킷을 먹어야 했다. 이처럼 대영제국의 위풍당당한 해군과 수병들이 알고 보면 이렇게 비참한 내력을 가진 범죄자나 극빈층으로 구성되었다.

걸리버의 풍자는 계속 이어진다. 이번에는 유럽 국가들이 왜 전쟁을 벌이는지, 유럽의 귀족들은 어떤 자들인지가 적나라하게 풍자된다.

그는 나에게 나라들끼리 전쟁을 하는 이유가 무엇인지 물었다. 그래서 나는 이렇게 말했다. 자신이 다스리는 땅에 만족하지 못하는 왕들의 야심이 원인이다. 그들의 사악한 실정에 반대하는 국민의 분노를 억누르거나 혹은 관심을 다른 곳으로 돌리기 위해서이다.

또, 다른 나라 사이에 의견이 달라서 전쟁이 벌어지기도 한다. 고기가 빵이냐 빵이 고기냐 하는 논쟁, 딸기 주스가 피냐 술이냐 하는 논쟁 등이다.

만약 어떤 왕이 가난한 사람들이 있는 나라에 군대를 보내면, 국왕은 그들을 개화시킨다는 명분으로 그 나라 사람들의 절반을 죽이거나 노예로 만들

수 있다.

혈연이 가까울수록 싸우고 싶은 욕망이 커진다. 군인은 가장 명예로운 직책인데, 그를 절대 공격한 적이 없는 그와 같은 종족을 가능한 한 많이 죽이도록 고용되었기 때문이다.

걸리버의 입을 통해서 나오는 유럽 국가들이 전쟁을 벌이는 이유는 참으로 우스꽝스럽다. 하지만 냉정하게 들여다보면 모두 진실을 담고 있다.

첫 문단에 나온 것처럼 전쟁의 가장 큰 원인은 좀 더 넓은 땅을 차지하기 위한 왕들의 야심 때문이다. 역사적으로도 정복자로 이름난 군주들은 하나같이 넓은 영토를 지배하려 애썼던 자들이 아닌가? 유럽도 마찬가지였다. 영국, 프랑스, 스페인, 네덜란드, 독일, 폴란드, 오스트리아, 스웨덴 등 웬만한 나라들은 전부 상대방의 영토를 빼앗고 자신이 지배하는 땅을 넓히기 위해서 전쟁을 벌였다.

두 번째 단락에서 걸리버는 유럽에서 치열하게 벌어졌던 종교 전쟁을 풍자했다. 여기서 걸리버가 말한 "고기가 빵이냐 빵이 고기냐 하는 논쟁, 딸기 주스가 피냐 술이냐 하는 논쟁"은 천주교와 개신교 사이의 교리 다툼과 대립을 비꼬는 것이다. 실제로 천주교에서는 미사 때 쓰이는 포도주가 예수의 피라고 주장했는데 개신교에서는 포도주는 그저 술일 뿐이라고 반박하면서 서로 원수처럼 대립했다.

세 번째 단락은 스페인의 신대륙 정복 전쟁을 비아냥거리고 있다. 지금의 멕시코와 페루인 아스테카와 잉카 왕국을 침략하면서 스페인

국왕은 "신대륙 원주민들은 우상을 숭배하고 인간을 제물로 바치는 야만적인 자들이다. 그러니 우리가 가서 그들을 기독교인으로 만들고 개화시켜야 한다."는 명분을 외쳤다. 그 결과, 아스텍과 잉카 주민은 스페인 군대에 학살당하거나 그들이 퍼뜨린 질병에 걸려 죽고 말았다. 문명개화를 외치며 외국을 정복한 군대가 정복당한 나라 사람들의 절반 이상을 죽인 것이다.

　네 번째 단락은 그런 유럽 국가들이 벌이는 전쟁의 모순을 들추어냈다. 서로 격렬하게 전쟁을 벌이고 있으나, 따지고 보면 유럽 국가들은 모두 친척 사이이다. 유럽 나라의 왕실은 서로 다른 나라끼리 혼인

하는 관계가 일반적이었기 때문이다. 서로 한가족인데, 혈연이 가까운 가족끼리 왜 전쟁을 하느냐고 묻고 있는 것이다.

걸리버가 말하는 인간 사회의 모습은 참으로 가증스럽기 짝이 없다. 이를 두고 어떤 사람들은 조나단 스위프트가 너무 부정적인 시각으로 인간 사회를 본다고 말할지도 모른다. 그러나 걸리버 여행기에서 풍자하는 내용이 거짓이거나 틀리지는 않는다. 단지 우리가 문명의 어두운 구석에 눈을 돌리지 않았거나, 아니면 너무 익숙해져서 그런 것들이 끔찍하다는 사실에 무디어진 것뿐이다.

조나단 스위프트는 작품을 마무리 지으면서, 걸리버의 입을 통해 영국 사회가 좀 더 공정하고 관대해질 수 있으리라는 기대를 품기도 했다. 그도 자신의 여정을 끝내면서, 그렇게 미워했던 인류와 화해를 시도했던 것일까?

인간과 문명의 본질을 조롱한 책

『걸리버 여행기』는 지금으로부터 300년 전에 나온 책이다. 따라서 독자들은 이 책에서 말한 인간 사회의 온갖 부조리가 시대에 뒤떨어진 것이며, 더는 유효하지 않다고 여길지도 모른다.

걸리버 여행기에서 말한 내용이 과연 다 지나간 케케묵은 것들일까? 작품 속에서 변호사 같은 법률가를 가리켜 이렇게 말한다.

나는 법에 대해서 말해 주었다. 변호사를 포함한 법률가들은 돈 때문에 어릴 때부터 하얀 것을 검다고, 검은 것을 하얗다고 증명하기 위해 만들어진 전문 용어를 사용하는 기술을 배우는 사람들이라고 말이다.

이 내용은 현대 사회에 적용해도 거짓이 아니다. 지금도 일부 변호사들은 돈을 벌기 위해서 악한 일을 저지른 피고인을 무죄라고 우기고 있으니까 말이다. 실제로 국내의 어느 유명 로펌이 대기업에서 돈을 받고, 그들이 저지른 비리를 적극 감싸주는 일을 맡아 여론의 큰 반발을 사기도 했다.

한번쯤은 『걸리버 여행기』를 읽으면서 이 사회의 부조리에 대해서, 그리고 더 나은 세상을 위한 길이 무엇인지에 대해서 진지하게 생각해 보자.

15

•

15소년 표류기

•

"15명의 소년은 어려움이 있을 때마다 체어맨 섬에서 배웠던 용기와 협동,

우정의 정신으로 이겨 내고 훌륭하게 성장했다."

『15소년 표류기』는 1868년 프랑스의 작가 쥘 베른이 출간한 소설이다. 이 작품은 출간과 동시에 큰 인기를 얻었다. 내용에 당시의 시대적 상황을 잘 반영했기 때문이었다. 19세기 무렵은 프랑스가 한창 영국 등 다른 서구 열강처럼 국외로 진출하여 식민지를 개척하는 정복에 나설 때였다. 쥘 베른은 미지의 세계에 진출하여 인간의 지혜와 힘과 의지로 자연을 정복하는 인간의 영광을 노래했다.

쥘 베른은 외딴 무인도라는 미지의 세계에 고립된 15명의 소년을 통해 독재자를 용납하지 않고 모두가 서로 돕고 상의하며 결정하는 이상 세계를 꿈꾸었다. 소년들은 서로 질투하고 다투고 때로는 미워하기도 하지만, 결국에는 자신들의 잘못을 뉘우치고 협력해서 공동체 생활을 굳건히 다졌다. 결국 이소설은 외부에서 온 조난 선원들의 도움을 받아 소년들이 2년 만에 무사히 고향으로 돌아간다는 감동적인 결말로 끝맺었다.

『15소년 표류기』에서 주인공 소년들은 구성원들 사이의 갈등에도 자신이 맡은 책임을 다하는 믿음직한 모습을 보였다.

브리앙은 어렵게 입을 열었다.

"역시 내가 대통령이 되지 말았어야 했어. 드니팬 패들은 아무리 잘해 주어도 더욱더 노골적으로 반항하고 있어."

고든이 말했다.

"그건 그렇지 않아. 드니팬의 생각도 중요하지만, 너를 보고 따르는 많은 아이들을 실망시켜서는 안 돼. 드니팬이 떠나는 일이 생기더라도 네 임기가 끝날 때까지는 네가 대통령직을 수행해야 해. 한 번 정한 규칙을 그렇게 쉽게 어기면 아무런 규칙도 세울 수 없어."

쥘 베른은 이처럼 모두가 자유롭게 생각하고 발언하며, 각자 맡은 바 책임을 다하는 사회야말로 진정한 민주 사회이자 서구의 이상이라고 생각했다. 그런 의미에서 『15소년 표류기』는 서구 민주주의의 가치관을 가장 잘 살린 걸작이라고 할 수 있다.

나이는 어리지만, 행동은 어른스러운 소년들

『15소년 표류기』는 19세기 프랑스의 대문호 쥘 베른의 작품이다. 쥘 베른은 『해저 2만리』, 『지구 속 여행』, 『달나라 탐험』, 『80일간의 세계 일주』 등 우리에게도 이름이 익숙한 소설들을 집필한 작가이다. 그는 주로 미지의 세계에서 인간이 벌이는 모험을 주제로 다루었다. 『15소년 표류기』 역시 그런 주제를 가지고 접근한 작품이다.

그런데 『15소년 표류기』가 쥘 베른의 다른 작품들과 구분되는 점이 하나 있다. 주인공인 15명의 소년이 처한 상황이다. 그들은 스스로 원해서 모험을 떠난 것이 아니었다. 배를 타고 가다가 풍랑을 만나 배가 외딴 섬으로 밀려가는 바람에 어쩔 수 없이 모험하게 된 것이다. 불의의 사고로 낯선 섬에 표류하게 된 15명의 소년은 어떻게 위기에 대응했을까?

『15소년 표류기』는 말 그대로 아직 어른이 되지 못한 소년들의 이야기다. 소년들 15명 중에서 가장 나이가 많은 미국인 소년 고든도 고작 14살에 불과했다. 지금으로 치면 중학교 2학년 정도인데, 현대 사회에서 중학교 2학년 아이가 배를 타고 가다가 파도에 떠밀려 어느 외딴 섬에 표류했다면, 과연 부모와 어른들의 도움 없이 무사히 살아갈 수 있을까?

놀랍게도 『15소년 표류기』에서 15명의 소년은 서로 협동과 노력으로 살아남는 데 성공했다.

"우리가 로빈슨 크루소처럼 무인도에 떨어진 것은 아닐까? 하긴 로빈슨은

혼자였고, 우리는 여럿이지만 말이야."

"이곳이 무인도건 아니건 지금 당장은 배에서 내려 오늘 묵을 곳을 찾아봐
야 해. 고든, 저 벼랑 아래 숲을 살펴보자."

"그래, 걱정은 접어두고 바람을 피할 수 있는 동굴이라도 찾아보자. 당분간
지낼 만한 식량과 탄약이 있으니까 중요한 것은 잠잘 곳을 찾는 거야."

소년들은 임시 거처를 마련한 다음, 바닷가에서 조개를 줍고 물고기를 낚는
한편, 산비둘기를 사냥해서 식량을 장만했다.

『15소년 표류기』의 소년들은 웬만한 어른들보다 훨씬 어른스럽다. 일단 섬에 도착하자 제일 먼저 이 섬이 무인도인지, 아니면 사람이 사는지부터 확인했다. 그들은 각자 그룹을 짜고, 섬의 내부를 탐험하며 지리적인 정보를 얻었다. 그리고 섬에서 지내는 데 가장 중요한 요건인 은신처를 찾는 일과 식량을 구하는 일도 매우 능숙하게 해냈다. 10대 초반의 소년들이라고는 도저히 믿어지지 않을 정도로 말이다.

소년들의 갈등, 어른들의 갈등이 반영되다

사람이 있는 곳에는 반드시 갈등이 있기 마련이다. 그리고 무리를 지으면 반드시 그 안에 파벌이 생긴다. 『15소년 표류기』의 소년들도 예외가 아니었다.

『15소년 표류기』에서 브리앙과 자크 형제는 프랑스인이었고, 가장 연장자인 고든은 미국인이었다. 나머지 12명은 전부 영국인이었다. 그중에서도 영국인 소년 드니팬은 부유한 대지주의 아들이었다. 그는 머리가 좋고 공부를 잘하지만, 남에게 지기 싫어하고 거만했으며 매사에 으스댔다. 더구나 드니팬은 브리앙과 사사건건 충돌했다. 『15소년 표류기』의 원문에서는 브리앙이 소년들에게 인기가 많은 것에 드니팬이 질투심을 느꼈기 때문이라고 설정되어 있다.

아이들을 이끌 지도자를 뽑는 선거에서 브리앙이 최초의 대통령이 되자, 드니팬과 브리앙의 갈등이 마침내 폭발하고 말았다. 급기야 드니팬은 자신을 따르는 네 명의 영국인 소년들을 이끌고 다른 곳으로 가겠다고 선언했다.

드니팬이 말했다.

"우리 넷이서 다른 곳에서 자유롭게 살겠다는 거야. 우리는 브리앙의 지휘를 받는 것이 싫어."

브리앙이 침착하지만 낮은 목소리로 말했다.

"나에게 불만이 있다면 말해 줘. 그렇다면 내가 고치도록 노력할게."

드니팬이 말했다.

"그걸 일일이 말해 줘야 하니? 한마디로 넌 우리를 지휘할 자격이 없어. 우린 모두 영국인인데, 너는 프랑스인이야. 전에 고든은 미국인이었고, 너는 프랑스인이고."

드니팬이 브리앙을 미워한 데에는 다른 이유가 있는 듯하다. 바로 소년들의 국적 때문이 아니었을까?

본문에 언급된 대로 브리앙과 자크 형제, 그리고 고든을 제외하면 나머지 소년들은 모두 영국인이었다. 서로 앙숙인 사이를 가리켜 흔히 개와 고양이에 비유하는데, 영국과 프랑스도 딱 그랬다. 과거 백년전쟁*과 나폴레옹 시대에도 영국과 프랑스는 치열하게 싸웠다. 게다가 『15소년 표류기』가 출간된 1868년 무렵에는 영국과 프랑스가 서로 식민지를 누가 더 많이 차지하느냐를 놓고 세계 곳곳에서 마

백년전쟁 1337년부터 1453년까지 백여 년 동안 영국과 프랑스가 여러 차례 일으킨 전쟁. 프랑스의 왕위 계승 문제와 양모(羊毛) 공업 지대인 플랑드르에서의 주도권 싸움이 원인이 되어 영국군이 프랑스에 침입하면서 일어났다. 결국 잔 다르크 등의 활약으로 프랑스의 승리로 끝났다.

찰과 충돌을 빚을 정도로 사이가 나빴다.

영국은 국외 식민지 쟁탈전에서 유리한 입장을 보이며 프랑스보다 더 넓은 영토를 지배했다. 그들은 '해가 지지 않는 대영제국'을 자처하면서, 자신들이 신의 선택을 받은 우수한 민족이라고 착각하며 오만함에 찌들어 있었다.

영국에서 상류 사회 계층에 속했던 드니팬은 자연스레 자기보다 못한 나라인 프랑스에서 온 브리앙을 내심 깔보며 지도자로 인정하지 않은 것은 아니었을까? 물론 나중에는 드니팬이 브리앙에게 자신의 옹졸함과 어리석음을 사과하기는 하지만 말이다.

덧붙여 15소년들의 최초 대통령은 미국인 고든이었는데, 이 또한

드니팬의 심사에 거슬렸을 것이다. 미국은 원래 영국의 식민지였다가, 무장 투쟁을 벌여 영국에서 독립한 나라였기 때문이다. 이 때문에 19세기 중반 영국의 국력이 매우 강해지자, 몇몇 영국의 상류 인사들은 "우리의 식민지였던 미국을 다시 정복하자!"라는 극히 위험한 음모를 꾸미기도 했다.

이런 영국인들의 감정은 오늘날도 마찬가지이다. 영국에서 인기 있는 텔레비전 프로그램들은 하나같이 미

국 사회를 부정적으로 깎아내리고 비아냥거리는 내용이 많다. 영국인은 매우 교양있고 오랜 역사적 전통을 지닌 품격있는 국민인데 반해, 미국인은 무척이나 거칠고 난폭하며 지식과 교양과 예의도 없는 저질 국민이라는 식으로 묘사하는 것이다.

또한 소년들 사이의 갈등에서 한 가지 중요한 사실이 더 발견된다. 15소년들 중 유일하게 흑인 소년인 모코를 전혀 비중 있게 다루지 않는다는 점이다.

> 고든이 모코를 향해 질문했다.
> "모코, 식량은 얼마나 남았니?"
> "과자, 햄, 소시지, 생선, 통조림 두 달 정도의 식량은 되겠어요.
> 다른 아이들은 자신들이 애써 사냥한 바다표범에서 역겨운 기름 냄새가 진동하자 모두 코를 감싸 쥐고 외면했지만, 모코는 묵묵히 바다표범 기름을 떼어서 끓였다.
> 드니팬이 말했다.
> "다음엔 흑인인 모코가 대통령이 되겠지?"

『15소년 표류기』의 소년들은 모두 고급 학교에서 교육받는 상류 사회의 일원이다. 그에 반해 모코는 아무런 교육도 받지 못한 채 배에서 일하는 수습선원인데다, 유일하게 백인이 아닌 흑인이었다.

이 때문에 모코의 비중은 매우 적고, 제대로 배역이 주어지지 않는다. 기껏해야 모코는 아무 말 없이 식사 준비나 잡일을 하는 시종 정

도로 등장할 뿐이다. 19세기 중엽에 들어서 흑인들은 노예에서 해방되었지만, 흑인들을 미천하고 무식한 종족이라고 깔보던 백인들의 고약한 인종 차별적 심보는 여전했던 것이다.

2차 세계 대전 당시에도 흑인들은 백인들과 같은 부대에서 근무할 수 없었고 자기들끼리만 따로 부대를 이루었다. 연합군이 나치를 몰아내고 프랑스의 수도 파리에 입성했을 때도 흑인 부대는 출입이 허락되지 않아 밖에서 기다려야 했다. 1960년대 초까지도 미국에서 흑인들은 흑인 전용 술집과 학교, 화장실을 따로 사용하면서 백인들과 별도의 공간에서 살아야 했다. 그뿐만 아니라 흑인은 영화에서도 하인이나 시종 역할로만 출현할 수밖에 없었다. 이처럼 백인들의 인종 차별은 불과 50년 전까지도 매우 공고했다.

감동적인 모험 소설인 『15소년 표류기』에서조차 인종 차별적 사고와 제국주의 가치관의 잔재를 발견한 것은 무척 씁쓸한 일이다.

민주주의의 이상을 실현한 소설

그렇다고 『15소년 표류기』가 주는 교훈이 퇴색하는 것은 아니다.

『15소년 표류기』는 우리에게 현대 민주주의의 이상이 무엇인지 가장 잘 보여주는 작품이다.

『15소년 표류기』에서 소년들은 자신들이 표류한 곳이 사람이 살지 않는 무인도라는 사실을 알게 되자, 집단의 지도자를 정해 섬에서의 생활을 더 효과적으로 수행할 수 있도록 했다. 그리고 지도자의 명칭을 왕이나 황제가 아닌, 대통령으로 결정했다. 이는 저자 쥘 베른이 자신의 나라인 프랑스에서 왕정이 아닌 공화정이 시행되고 있었음을 염두에 두고 설정한 장치이다.

> "우리에겐 지도자가 필요해. 생활을 지도하며 중요한 의사를 결정하거나 지휘하고, 우리 사이에 마찰이 생길 때마다 판정해 줄 사람! 우리, 대통령을 뽑자."
>
> "그럼 임기를 정해야 해. 1년이라든가 반년이라든지 말이야."
>
> "1년이 좋겠어. 그 대신 재선을 허용하기로 하자. 대통령이 능력 있다고 모두에게 인정받는다면 다시 대통령이 되는 것도 좋다고 생각해."

『15소년 표류기』에서 대통령의 임기는 1년이고, 재선이 허용되었다. 그렇다고 대통령이 되는 데 특별한 자격이 있거나, 무슨 어려운 일을 해내야 하는 것은 아니었다. 대통령은 아이들의 생활을 잘 챙겨주고, 공동체의 규칙을 정해주면 되었다.

현실의 대통령에 비해 『15소년 표류기』의 대통령이 맡은 임무는 매우 쉽다. 어떤 사람들은 이런 일이 아이들 장난처럼 유치하다고 여길지 모른다. 그러나 정치란 원래 어려운 것이 아니다. 인도의 독립운동가 간디가 말했듯이 정치의 본질은 "가난한 사람들의 눈에서 눈물을 닦아 주는 것"이다. 공동체의 일원 중에서 누군가 힘들고 어려운 상황에 맞닥뜨렸을 때 대중으로부터 받은 권력으로 그 사람을 돕는 일이 정치인들이 할 일이다.

서로 존중하며 협력하라

참된 민주주의는 무엇일까? 단순히 선거로 정치인을 뽑는 일이 민주주의의 전부는 아닐 것이다. 그 정도는 북한에서도 하는 일이다. 그렇다고 북한을 민주주의 국가라고 부르는 사람은 없다.

민주주의가 제대로 돌아가려면 사회를 이루고 있는 구성원들 사이에 이해와 소통과 협력이 필요하다. 『15소년 표류기』에서 15명 소년이 무인도에 표류한 상황에서 서로 원활한 대화와 협력을 통해서 생명을 부지하고, 끝내 섬에서 빠져나가 사회로 돌아간 것처럼 말이다.

민주주의가 위기라는 말이 빈번해지고 있다. 서로의 존중이 아닌, 일방적이고 강압적인 명령이 지배하는 사회 분위기 탓이다. 현재 우리 사회는 그 어느 때보다 인간에 대한 존중이 필요하다. 돈이나 권력을 보고 굽실거리는 비굴함이 아니라, 진짜 인간 자체를 귀하게 여기는 진정한 존중 말이다.

민주주의는 서로의 존중을 바탕으로 존속된다. 서로 존중하지 않는 사회에서는 민주주의가 성립할 수 없다. 모두가 평등한 위치에서 상대방을 존중하고, 자유롭게 생각하고 발언하며, 서로 의견을 모아 가장 합리적인 방향으로 결정하는 일이야말로 현대 민주주의의 핵심이다. 그리고 이것이 바로 쥘 베른이 『15소년 표류기』에서 말하고자 했던 주제이다.

16

•

일리아드와 오디세이

•

"내가 죽으면 훗날 이 이야기를 듣는 사람들에게 존경이라도 받게 되리라.

그것만이 소원이다."

『일리아드』와 『오디세이』는 기원전 8~9세기 무렵, 전설적인 맹인 시인 호메로스가 편찬한 고대 그리스의 서사시이다. 이 장편 서사시의 내용은 신들의 다툼에서 시작한다. 인간 영웅 펠레우스와 바다의 여신 테티스의 결혼식에 초대받지 못해 화가 난 불화의 여신 에리스가 결혼식장에 나타났다. 에리스가 '가장 아름다운 여신에게 바침'이라는 글씨가 쓰인 황금 사과를 던지자, 그 사과를 본 세 여신 헤라와 아테네와 아프로디테가 최고신 제우스에게 달려가 자신이 가장 아름다운 여신이라는 판결을 내려 달라고 졸랐다.

청소년 **문·사·철** 읽기 혁명

제우스는 자신이 결론을 내리기 어려운 문제라고 생각해 이데 산에서 양치기 노릇을 하던 트로이 왕자 파리스를 찾아가 판결을 내려 달라고 말했다. 파리스는 가장 아름다운 여신이 아프로디테라고 말했고, 아프로디테는 그 보답으로 파리스에게 세계 최고의 미녀이자 제우스의 딸인 헬레네를 아내로 주겠다고 제안했다. 아프로디테는 파리스가 스파르타의 왕비 헬레네를 납치하여 트로이로 데려오도록 돕는다.

자신의 아내 헬레네가 납치당하자, 스파르타의 왕 메넬라오스가 형 아가멤논과 함께 모든 그리스의 영웅들을 거느리고 트로이로 원정을 떠났다. 그들이 헬레네를 되찾아 오기 위해 10년 동안 전쟁을 벌이는 것이 『일리아드』의 기둥 줄거리이다.

『오디세이』는 트로이 원정에 참가했던 그리스 아티카의 왕 오디세우스가 포세이돈의 노여움을 사 10년 동안 외국을 방황하다가 힘들게 고향에 돌아간다는 내용을 담고 있다.

오디세우스가 집을 비운 사이, 귀족들이 오디세우스의 아내인 페넬로페를 차지하기 위해 오디세우스의 집으로 몰려와 행패를 부리고 있었다. 돌아온 오디세우스는 아테네 여신의 도움으로 그들을 모두 죽이고, 페넬로페와 다시 만나 행복한 만년을 보내면서 이야기가 끝난다.

『일리아드』와 『오디세이』는 서양의 삼국지라고 할 만큼 많은 인물이 등장한다. 게다가 그 내용이 인간의 감정을 자극하고 움직이는 격정적인 것이어서, 고대 그리스와 로마 시대부터 수많은 연극과 철학의 소재로 다루어졌다.

또한 고대 지중해의 각 지역 지리에 관련된 내용도 자주 언급되어, 서양사를 연구하는 데도 많은 도움을 주는 훌륭한 자료이다.

동양에 삼국지가 있다면 서양에는 일리아드와 오디세이가 있다

『일리아드』와 『오디세이』의 줄거리를 간단히 요약하면 다음과 같다. 트로이의 왕자 파리스가 스파르타의 왕비 헬레네를 유혹해 납치하자, 스파르타의 왕 메넬라오스와 그의 형 아가멤논이 그리스의 영웅들로 이루어진 대군을 이끌고 트로이를 공격했다. 그들은 10년에 걸친 전쟁 끝에 트로이를 함락하고, 고향으로 돌아간다는 내용이다.

이는 기둥 줄거리만 간단하게 표현한 것이고, 실상 깊숙이 파고 들어가면 그야말로 무수한 이야기가 가지를 치고 있다. 이 이야기들 속에서 『일리아드』와 『오디세이』의 전반을 관통하는 명제가 하나 있는데, 그것은 "운명은 인간이나 신조차도 거스를 수 없다."는 것이다.

"저기 성을 돌며 쫓기고 있는 자는 헥토르가 아니냐? 그는 트로이 성에서 많은 소를 내게 바친 적도 있는데 참 안됐구나. 신들이여, 의견을 말하라. 그의 목숨을 건져줘야겠는가? 아니면 용감하지만 아킬레우스의 손에 죽도록 그냥 놔둬야 하는가?"

"인간은 어차피 한 번은 죽어야 하는 몸, 게다가 오래전부터 벌써 운명이 정해진 한 인간을 죽지 않게 하겠다는 겁니까? 우리는 찬성할 수 없습니다."

위의 지문은 『일리아드』에서 트로이의 영웅 헥토르가 그리스의 용장 아킬레우스에게 쫓기는 장면을 본 제우스와 아테네의 대화 장면이다.

제우스는 그리스 신화에서 모든 신을 지배하는 최고의 신이다. 그런 제우스조차도 자신이 아끼는 영웅을 살려내지 못하는 것이다. 헥토르가 아킬레우스에게 죽도록 운명이 정해졌기 때문이다. 이처럼 그리스 신화에서는 신이라도 죽어야 할 운명을 가진 인간을 구할 수 없다. 이 말은 곧 신도 운명을 어길 수 없다는 뜻이다.

신조차 이러니, 하물며 인간은 어떨까? 『일리아드』와 『오디세이』에서 모든 인간은 저마다 태어날 때부터 부여받은 운명의 지배를 받으며 살아간다. 그리고 누구도 운명을 이기지 못한다.

어찌 보면 굉장히 불평등하고 비극적이다. 인간이 아무리 노력하고 발버둥쳐도, 원래 운명이 나쁘게 정해져 있다면 평생 가난한 신세를 면하지 못했다. 반대로 배운 게 없고 재산도 없이 빈둥거려도, 운명이 좋게 정해져 있다면 갑자기 출세해서 부귀영화를 누릴 수도 있었다.

그렇다고 고대 그리스인들이 부정적인 생각을 하며 인생을 살았을까? 그렇지는 않았다. 비록 사람의 운명이 미리 정해져 있고 누구도 그 운명을 거스를 수는 없으나, 자신의 운명을 알 수 없기에 자신에게 주어진 시간 안에서 전력을 기울이며 인생을 열심히 살려고 노력했다.

『일리아드』와 『오디세이』의 영웅들도 바로 그런 생각을 했다. 자신들이 전쟁터나 모험에서 죽을지라도, 그것이 자신에게 주어진 운명이라고 여겼다. 그들은 용감하게 운명과 맞서 싸우며 자신의 명성이 후대까지 남아 사람들에게 칭송받기를 바라면서 살아갔으리라.

너무나 잔인했던 그리스인들

『일리아드』와 『오디세이』에서 주인공인 그리스 영웅들은 어떤 사람들일까? 뜻밖에도 『일리아드』와 『오디세이』에 묘사된 그리스 영웅들의 모습은 피와 폭력으로 얼룩진, 끔찍한 살인마였다.

"우리는 에티온의 도시 테베에 원정하여 마침내 그곳을 함락시켰으며, 거기에 있던 모든 것을 휩쓸어 가지고 돌아왔다. 병사들은 모든 전리품을 분배했으며, 아가멤논은 아름다운 처녀 크리세이스를 얻었다."

"아가멤논이여, 무엇이 부족해서 이러는 겁니까? 그대의 막사에는 싸워서 빼앗은 청동기가 가득 찼고, 도시를 점령할 때마다 누구보다 먼저 아름다운 여인만 골라 가졌으면서 아직도 황금에 탐이 납니까? 우리가 사로잡은 자식을 찾으려고 트로이인 부모들이 가지고 온 보석에 욕심이 납니까? 아니면 젊은 처녀를 또 독차지하고픈 생각이 납니까?"

"누구도 트로이인들의 아내를 잠동무로 삼아서 헬레네에 대한 원수를 갚기 전에는 달아날 생각을 해서는 안 된다."

"트로이에서 떠난 이후, 우리 배는 순풍에 이끌려 처음으로 이스마로스에 닿았다. 우리는 이 도시를 점령하여 남자들을 모두 죽여 없애고, 여자들은 다른 많은 전리품들과 함께 배에다가 실었다."

　그리스 영웅들의 정체는 '해적'이었다. 배를 타고 바다를 건너와서, 남의 나라에 상륙해 온갖 살인과 약탈을 저지르며 자신들의 잇속을 채우는 자들을 해적이 아니면 무엇이라고 부르겠는가?

　『일리아드』와 『오디세이』에서 드러나듯이, 역사적으로 고대 그리스인들은 전쟁에서 승리하면 적의 남자들은 모두 죽이고 여자들은 노예로 삼아 납치하거나 팔아버리는 것이 관례였다.

　심지어 그리스 영웅들의 만행은 원정의 목적인 헬레네의 구출이 끝나고 나서도 멈추지 않았다. 다른 나라인 이스마로스에 상륙해서도 살육과 약탈과 부녀자 납치를 자행했다. 그것도 가장 지혜롭다는 영웅 오디세우스가 말이다.

　전쟁터에서도 그리스인들은 그다지 신사답게 싸우지 않았다. 아군이나 적군의 장수가 전장에서 전사하면, 그리스인들이 제일 먼저 하는 일은 죽은 자가 입고 있던 갑옷을 재빨리 벗겨 내 차지하는 일이었다.

테우크로스가 트로이를 도우러 왔던 임브리오스를 죽였다. 그가 테우크로스의 창을 맞고 쓰러지자, 테우크로스가 그의 갑옷을 벗기려고 다가갔다. 그때, 헥토르가 달려와 창을 던졌다. 테우크로스는 재빨리 피했으나, 싸우려고 달려오던 암피마코스의 가슴에 맞아 절명했다. 헥토르가 암피마코스의 투구를 벗기려고 할 참에, 끼어든 아이아스와 맞붙었다.
이도메네우스가 던진 창에 오이노마오스가 배를 맞고 쓰러졌다. 이도메네우스는 그의 시체에서 창은 뽑았으나, 갑옷을 벗기지는 못했다.
데이포보스가 아스칼라포스의 투구를 벗기고 있을 때, 메리오네스가 달려들어 창을 던졌다. 창은 데이포보스의 팔을 뚫었고 투구가 땅에 떨어졌다.

이처럼 그리스인들은 죽은 동료의 시신을 옮겨 장례식을 지내는 일보다, 전사한 자의 시체에서 갑옷과 투구를 벗겨 내어 차지하는 일을 더 먼저 했다. 현대의 군대와는 달리, 고대 세계에서는 모든 장비나 무기를 전쟁에 참가하는 병사 본인이 직접 마련해야 했다. 그래서 부유한 귀족이나 영주들은 청동으로 만들어 온몸을 가리는 귀중한 보호구를 착용했고, 반대로 가난한 일반 병사들은 변변한 투구나 갑옷도 없이 매우 빈약한 차림으로 참전했다. 그래서 신분 높은 지휘관이 죽기라도 하면, 바로 갑옷을 빼앗으려고 혈안이 되었다. 특히나 잘 만들어진 청동 갑옷은 황소 8마리의 가치가 있을 만큼 매우 귀중한 물건이었다.

서구 문명의 선조라고 칭송받는 그리스인들이 사실은 전쟁터에서 살육과 약탈을 일삼던 야수였던 셈이다.

이성적인 그리스인? 피로 낭자한 복수의 연속

이원복 교수는 『먼나라 이웃나라』이탈리아 편에서 이런 말을 했다.

"수메르나 바빌론 같은 동방인들은 자연 현상을 이해하지 못하고 무조건 숭배하려 했다. 그러나 그리스인들은 자연 현상을 과학적으로 분석하여 이해하려 했다. 바로 이런 관점의 차이에서 두 민족이 비교된다. 동방인들은 감정적이었던 반면, 그리스인들은 이성적이고 논리적인 집단이었던 것이다. 그래서 그리스와 그들의 문화를 계승한 로마가 지중해 세계를 제패했다."

이원복 교수의 말대로라면 동방인들은 감정적이고 무지한 족속인 반면, 그리스인들은 이성적이고 논리적인 훌륭한 민족이 된다. 과연 이 말이 사실일까?

『일리아드』와 『오디세이』에서 그리스 영웅들은 절대 합리, 이성, 논리로 움직이지 않았다. 그들은 분노와 증오 같은 격정적인 감정에 휩싸여 행동했다.

트로이군의 첩자로 그리스군의 진영을 밤중에 염탐하러 왔던 돌론은 오디

세우스와 디오메데스에게 사로잡히자, 눈물을 흘리며 애원했다.

"목숨만은 살려주시오. 몸값을 바치겠나이다. 우리 집에는 청동도 황금도 무쇠도 있습니다. 내가 포로가 된 줄 알게 되면 아버지는 얼마든지 몸값을 치를 것입니다."

오디세우스가 말했다.

"죽을 걱정은 안 해도 좋으니 마음 놓고 바른대로 말하라. 너는 무슨 목적으로 왔는가?"

돌론은 부들부들 떨며 대답했다.

"헥토르가 밤중에 그리스군 진영에 잠입하여 파수병들이 빈틈없이 감시하고 있는지, 아니면 모두 지쳐서 후퇴할 의논을 하고 있는지 알아오라고 했습니다. 그런데 저는 어떻게 하시렵니까?"

디오메데스가 말했다.

"달아날 생각은 아예 하지 마라. 여러 가지로 좋은 정보를 알려주었으나, 너를 놓아 보내면 훗날 다시 정탐을 하거나 우리와 싸우려 들 것이다. 내 손으로 너를 죽여 후환을 없앨 것이다."

돌론이 손을 올리고 턱을 잡으며 동정을 구하려 했으나 디오메데스는 용서 없이 목을 내리쳐 힘줄을 끊었다. 그의 목이 땅에 굴러떨어지자, 그의 가죽 투구를 벗기고 활과 창을 뺏었다.

적의 첩자가 많은 몸값을 주고 석방을 요구하고 자신이 아는 정보까지 제공했지만, 그리스인은 용서 없이 그를 죽여 버리고 말았다. 전쟁터에서 적의 첩자를 죽여 아군 진영의 정보가 새어나가는 것을 막겠다는 목적도 있겠지만, 너무 잔인하지 않은가?

이 정도는 약과다. 『일리아드』의 주인공이자 그리스 최고의 영웅인 아킬레우스가 친구인 파트로클로스가 전사한 후 얼마나 분노에 미쳐 날뛰었는지 보라.

젊은 리카온은 한 손으로 아킬레우스의 무릎을 잡고 한 손으로는 창을 잡지 못하게 매달려 이렇게 애원했다.

"아킬레우스여, 나를 가엽게 여기어 살려주소서! 당신에게 진심으로 경의를 바칩니다. 끝까지 제 말씀을 듣고 저를 죽이지 마십시오."

이렇게 애원했으나 아킬레우스의 대답은 무자비했다.

"바보 같은 녀석, 무슨 어리석은 말이냐? 나에게 네 몸값 이야기는 할 것도 없다. 파트로클로스가 죽임을 당하기 전까지는 내 마음도 트로이군을 불쌍하게 여겨 사로잡은 병사를 국외로 팔아버리는 것으로 만족했다. 그러나 이제 내 손에 걸린 자는 한 놈도 죽음을 면치 못하리라. 자, 오라. 너도 죽어야 한다."

이렇게 말하자 리카온은 그 자리에서 무릎의 힘이 빠져 창을 떨어뜨리고 두 팔을 벌린 채 고개를 수그렸다. 아킬레우스는 칼을 빼 목 옆 쇄골을 내리치니 그냥 쓰러지며 검은 피가 땅을 적셨다.

아킬레우스는 자신에게 매달리며 제발 살려달라고 애걸하는 사람까지 죽여 버렸다. 아킬레우스가 그리스 인물 중에서도 가장 난폭하고 사나운 성격의 소유자로 알려졌지만, 너무나 잔혹하다.

그렇다면 아킬레우스와 상반되게 이성적이고 합리적이라고 알려진 오디세우스는 어떨까? 『오디세이』의 마지막을 장식하는 오디세우스의 복수 장면을 보라.

> 그러나 오디세우스는 다시 한 번 그들을 노려보며 말했다.
> "이 더러운 놈들! 이 세상에서 너희가 가지고 있는 것을 전부, 아니 장차 너희가 소유하게 될 모든 것까지 나에게 바친다고 해도 내가 너희에게 충분히 죄의 대가를 치를 때까지 내 손이 용서하지 않으리라. 너희는 대항하려 하거나, 아니면 목숨을 건지려 도망치려 하겠지. 그러나 한 놈도 도망칠 수는 없을 테니 그리 알라!"

오디세우스는 자신이 트로이 출정을 나간 사이 아내 페넬로페에게 추근대며, 그의 집에 무단으로 들어가 소와 돼지와 염소 같은 가축들을 잡아먹으며 재산을 축냈던 귀족들을 용서하지 않았다. 그들이 잘못을 사과하며 보상하겠다고 제안했는데도, 이를 거부하고 무자비한 복수극으로 응수한 것이다. 결국 자신의 말대로 귀족들 전원을 모조리 죽여버렸다.

서구 선진국의 정신적 조상이라고 할 수 있는 그리스인들이 남긴 『일리아드』와 『오디세이』를 보라. 책장을 넘길 때마다 분노와 증오와 저주가 잔혹한 살육과 함께 줄줄이 넘쳐흐른다. 이를 보고 있으면 사회 통념인 "이성적인 서구인과 감정적인 동방인"이라는 이분법적 주장이 얼마나 잘못되었는가를 알 수 있다.

인과응보, 칼로 흥한 자는 칼로 망한다

10년에 걸친 기나긴 트로이 전쟁은 결국 오디세우스의 계략에 따라, 목마로 위장한 그리스군의 덫이 성공하면서 끝났다. 그러나 전쟁이 끝났다고 그리스군에 닥친 불운과 재앙마저 사라지지는 않았다.

바다의 신이자 예언자인 프로테우스가 메넬라오스에게 대답했다.

"지금 나는 말해줄 수도 있지만 안 듣는 편이 더 좋을 것이오. 듣고 나면 반드시 눈물을 흘릴 것이오. 당신이 궁금해하는 그리스 병사들 중에서 죽은 사람들이 매우 많은데, 아이아스는 바다에서 길을 잃고 헤매다가 끝내 익사하고 말았소. 그것은 아이아스가 신전 안에서 트로이의 공주인 카산드라를 겁탈하는 죄를 저질러 포세이돈의 노여움을 샀기 때문이오.

또, 당신의 형인 아가멤논은 자신의 아내가 애인과 짜고 트로이에서 돌아온 바로 그날 살해당하고 말았소.

그리고 오디세우스는 트로이 전쟁 이후 모든 부하들을 잃고 자신만 간신히 살아서 10년이 지나도록 고향에도 가지 못하고 먼 외딴 섬에서 요정에게 포로로 잡혀 있다오. 이것이 당신의 전우들인 그리스인들이 겪은 운명이오."

프로테우스의 말대로 대부분의 그리스 영웅들은 끝이 좋지 못했다. 용감한 장수 아이아스는 바다에 빠져 죽었고, 그리스 원정군의 총사령관인 아가멤논은 자기 아내의 흉계에 걸려 죽임을 당했다. 그리고 그리스 제일의 영웅이었던 아킬레우스는 그들보다 더 먼저, 트로이가 함락되기도 전에 파리스의 화살에 맞아 죽었다.

그나마 메넬라오스는 아내 헬레네를 되찾고 고향에 무사히 돌아올 수 있었지만, 신들에게 무사한 귀국을 보장받기 위해서 머나먼 타국인 이집트·키프로스·페니키아 등지를 8년 동안이나 헤매야 했다.

　　다른 영웅들과는 달리 오디세우스는 살아있었지만, 트로이가 함락된 지 10년이나 지나서 모든 부하를 잃고 혼자서 요정의 함정에 걸려 외딴 섬에 갇혀 사는 신세가 되었다.

　　그 후 오디세우스는 고향으로 돌아와 가족과 재회하고 다시 예전의 평화로운 삶으로 돌아갈 수 있었지만, 처음 트로이로 떠났을 때에서 무려 20년이나 지나서였다. 위험한 전쟁터에서 가족의 품으로 돌아가는 데 자그마치 20년이라는 세월이 걸린 것이다. 애초에 전쟁에 참가하지 않았더라면, 험난한 외국을 돌아다니면서 몇 번이나 목숨을 잃을 위험도 겪지 않았으리라.

모험의 끝은 무엇을 남겼는가?

2004년 개봉된 할리우드 영화 '트로이'는 『일리아드』를 주제로 다룬 작품이다. 이 영화에서 브래드 피트가 연기한 아킬레우스는 "천 년 뒤에는 다 먼지로 변해도 우리의 이름은 남을 것이다."라는 대사를 남겼다. 아직 기독교가 보급되기 전, 서양인들은 이런 인생관을 지녔다. 자신들이 살아서 남긴 업적으로 후세의 다른 사람들에게 이름이 기억된다면, 사람들의 마음속에서 영원히 살아갈 수 있으리라고 말이다. 요즘 인기 있는 만화 '원피스'에서 "사람이 진정 죽는 것은 다른 사람들의 기억에서 잊힐 때다."라는 대사도 그런 생각을 담고 있다.

하지만 다른 시각에서 보면, 과연 트로이 전쟁을 노래한 『일리아드』와 『오디세이』의 영웅들을 칭송만 할 수 있을까? 아가멤논, 아킬레우스, 오디세우스 등 그리스 영웅들은 바다 건너 트로이를 10년 동안이나 공격한 끝에 간신히 승리할 수 있었다. 그러나 승리의 끝은 실로 허무하고도 비참했다.

외국을 침략해 살육을 저지르고 많은 재물을 챙겼으나, 끝내는 모두 잃어버리고 온갖 고생을 한 끝에 겨우 몸만 살아서 돌아온다는 『오디세이』의 끝. 그것은 결국 칼로 흥한 자는 칼로 망하고, 자신이 빼앗은 것을 모두 손에서 놓기 전까지는 진정한 평화를 얻을 수 없다는 교훈을 우리에게 주고 있다. 많은 영웅과 모험가들이 보물을 찾지만, 가장 소중한 보물은 자신의 생명이 아닐까?

어쩌면 『일리아드』와 『오디세이』의 영웅들은 그런 간단한 진리를 모르고, 헛된 욕망에 사로잡혀 집을 떠나 고초를 겪다가 쓸쓸히 죽어가는 벌을 받은 것인지도 모르겠다.

17

•

그리스 로마 신화

•

"순간적인 쾌락을 따르면 더러운 창자만 남을 뿐이나, 참된 업적을 쌓는다면
그 이름은 후세에 영원히 남으리라."

『그리스 로마 신화』는 서양에서 가장 오래되고 영향력 있는 고전이다. 기원
전 13세기 무렵에 벌어졌던 트로이 전쟁을 기록한 『일리아드』와 『오디세이』
에 담긴 그리스 신들의 이야기에다, 기원전 9세기 그리스의 음유 시인 헤시
오도스가 남긴 『신통기』와 『일과 나날들』에 서술된 그리스 신에 관련된 내용
을 전부 합쳐서 『그리스 신화』라고 부른다.

여기에 그리스인들과 싸운 트로이의 장군 아이네이아스가 로마의 시조가 되

었다는 전설까지 합치면, 그것을 비로소 『그리스 로마 신화』라고 부르는 것
이다. 하지만 그리스와 로마 신화 중에서 거의 모든 내용을 그리스 신화가
차지하고 있으며, 로마인들은 자기들이 믿는 신조차 거의 다 그리스 신화에
서 빌려 와서 이름만 약간 바꿔서 불렀다. 따라서 로마 신화는 깊이 다루지
않고, 그리스 신화만 본다고 해도 잘못된 말은 아니다.

그리스 신화는 기독교나 이슬람교와는 달리 정교하게 짜인 창조론이나 종
말론, 혹은 인간의 사후 세계나 구원에 대한 자세한 언급이 없다. 세계가 언
젠가 멸망한다는 종말론적 종교와 매우 다른 점이다. 그리스 신화는 지극히
현세 중심적이다. 또한 불멸의 신조차도 인간의 도움이 없이는 사악한 괴물
을 무찌를 수 없다는 인간 중심적인 사고도 담고 있다.

그리스 신화는 4세기 초 기독교가 등장하면서 잠시 사라졌다가, 중세 유럽
의 어둠을 깬 르네상스 시대에 다시 찬란한 모습으로 재조명되었다. 물론
고대처럼 종교가 아닌 문화의 성격으로 돌아왔다. 수많은 예술가가 그리스
신화에 나오는 재미있는 내용을 그림·소설·연극의 소재로 삼은 것이다. 기
독교의 총본산인 로마 교황청에도 그리스 신화를 주제로 한 명화와 조각
들이 전시될 만큼, 그리스 신화는 서구인들에게 빼놓을 수 없는 인기작으
로 남았다.

부모를 몰아낸 자녀

흔히 신화라고 하면 사람들은 판타지 영화, 만화, 소설처럼 아이들이 읽기 좋은 재미있고 감동적인 이야기라고 생각한다. 그래서 그리스 신화를 다룬 책은 주로 어린이나 청소년용 도서로 편집되어 출간되곤 한다.

하지만 그리스 신화의 진짜 내용은 어린이용이라고 생각하기에는 그리 순수하지 않다. 그리스 신화의 초반부에는 신들이 자기들끼리, 그것도 부모와 자녀 간에 서로 싸웠다는 내용이 등장한다. 최초로 세계를 지배한 최고신 우라노스가 자기 아들인 크로노스에게 권력을 빼앗기고 쫓겨났다. 크로노스가 최고신이 되었지만, 그는 자신의 형제들인 헤카톤케이레스*들을 지하에 가둔 대가로 어머니 가이아에게 저주를 받는다.

> **헤카톤케이레스** 그리스 신화에 나오는 팔이 100개 달린 거인 3형제. 땅의 여신 가이아와 하늘의 신 우라노스 사이에서 태어난 브리아레오스(아이가이온)·코토스·기게스(기에스) 3형제를 가리킨다.

"너 역시 네가 그랬던 것처럼 아들에게 권력을 빼앗기고 쫓겨날 것이다."

크로노스는 어머니의 저주를 듣고 자신도 아버지처럼 될까 봐 겁이 났다. 결국 그는 아내 레아가 자신의 아이들을 낳는 족족 모두 산 채로 집어 삼켜버렸다. 그래서 막내아들인 제우스가 태어나자 레아는 그를 보호하기 위해서 동굴 속에 숨겨놓고, 대신 포대기에 싼 돌을 제우스라고 속여서 크로노스에게 삼키게 했다.

어머니의 기지로 살아난 제우스는 크로노스에게 구토제를 먹여 그

가 삼킨 형제들을 구해냈다. 제우스는 형제
들과 서로 힘을 합쳐 크로노스를 비롯해 숙
부와 숙모뻘 되는 오랜 신 티탄족을 지
옥인 타르타로스로 쫓아냈다. 마침내
제우스는 세계를 지배하는 최고신이 되
기에 이른다.

제우스

　아무리 잘못을 했다고 해도 아들이
아버지를 속이고 싸워서 쫓아내는,
어쩌면 패륜적이고 비도덕적인 내용
을 담은 신화가 과연 괜찮은 걸까?
효도를 최우선 가치로 여기는 동양
문화권에서 자란 사람들은 고개를
갸우뚱할 것이다. 부모가 잘 못해도 자녀는 부모
를 비방하거나 벌할 수 없으며, 부모가 설령 그릇된 일을 시킨다고 해
도 울면서 따르는 것이 자녀의 도리라고 유교의 창시자 공자가 말하
지 않았던가?

　그리스 신화를 만든 서구인들의 생각은 달랐다. 아무리 부모라고
해도 잘못된 일을 저지르면 자녀는 그에 따를 필요가 없으며, 부모라
고 해서 자녀의 인격을 함부로 짓밟거나 훼손할 권리는 없다고 생각
했다. 그만큼 서구인들은 집단보다 개인의 권리와 인격을 중요하게
여겼다.

인간의 도움을 필요로 하는 신

그리스 신화에 나오는 신들은 사람과 거의 흡사했다. 사람처럼 남자와 여자로 나뉘어 있고, 서로 사랑하고 결혼하고 아이를 낳으며, 미워하고 싸우고 복수하고 도둑질을 하기도 했다. 다른 점이 있다면, 신은 늙지도 죽지도 않는 불로불사의 몸이라는 것이다. 신은 사람처럼 먹고살기 위해 하루하루를 힘들게 일할 필요가 없었다.

그렇다고 그리스 신들이 전지전능한 존재는 아니었다. 제우스처럼 아무리 강한 신이라도 해도, 그들은 모두 저마다 운명의 속박에 묶여 있었다. 그리스 신화에서는 신들에게 싸움을 걸고, 심지어 그들을 몰아낼 정도로 강력한 거인과 괴물들이 잔뜩 나온다.

그리스 신화의 초반부에 제우스를 비롯한 올림포스 산에 사는 신들이 큰 위기를 겪는다. 제우스의 할머니이자 대지의 여신 가이아가 제우스의 횡포에 분노해 만든 거인족 '기간테스'가 그리스 신들과 전쟁을 벌였던 것이다.

그리스 신화에서 기간테스는 체구가 어마어마하게 커서 아무리 깊은 바다에 들어가도 허리까지밖에 물에 잠기지 않고, 한 번 걸을 때마다 천둥처럼 발걸음 소리가 울려 퍼지고, 산을 뽑아서 하늘 높이 던져버릴 정도로 힘이 엄청나게 강한 것으로 묘사되었다. 이렇게 무서운 적 기간테스가 신들이 사는 올림포스 산으로 쳐들어오자, 다급해진 제우스가 기간테스에 맞설 묘안을 찾았다. 그런데 그 답은 뜻밖이었다.

청소년 **문·사·철** 읽기 혁명

"기간테스를 무찌르려면 신들의 힘만으로는 안 됩니다. 반드시 인간의 도움이 필요합니다. 그는 영웅 헤라클레스입니다."

예언을 들은 제우스는 얼른 인간 세계에 사신을 보내 헤라클레스를 데려왔다. 결국 신들과 기간테스의 격렬한 전쟁이 벌어졌는데, 예언대로 헤라클레스가 신들의 편에 서자 기간테스가 모두 패배하고 쫓겨났다.

여기서 그리스 신화의 인간 중심적 사고가 나온다. 비록 신들이 인간보다 훨씬 지혜롭고 강하지만, 그래도 인간의 도움이 없다면 거인들과의 전쟁에서 이길 수 없었다. 그만큼 신들에겐 인간이 필요했던 것이다.

신조차 거역할 수 없는 운명

그리스 신화에서 또 시선을 잡아끄는 점은 바로 '운명'이다. 그리스의 신들은 인간보다 더 강한 힘을 지녔고 불로불사의 몸이었지만, 자신의 운명을 거스를 수는 없었다.

"정해진 운명은 신조차 거스를 수 없다."

운명을 어길 수 없는 것은 인간도 마찬가지이다. 그렇다면 궁극적인 의미에서 신과 인간이 다르지 않다는 뜻이 된다. 신과 인간이 엄

격하게 구분된 성경의 관점에서 보면 도저히 받아들일 수 없는 이야기이다. 그리스 신화에는 인간의 몸으로 태어나도 열심히 업적을 쌓으면 죽어서 신이 되는 헤라클레스 같은 영웅도 있었다.

하물며 신조차 그런데, 인간들은 오죽하겠는가? 그리스 신화의 영웅들은 "자신의 운명은 자신이 만든다!"라고 자신만만하게 외치는 오늘날의 영웅과는 전혀 다르다. 인간은 모두 태어날 때부터 자신에게 주어진 운명에 복종하면서 살았다. 물론 개중에는 운명을 거스르기 위해 온갖 노력을 하는 사람도 있었다. 하지만 그들도 끝에 가서는 운명에 쓰인 대로 최후를 맞았다. 운명은 그리스 신화를 관통하는 절대 불변의 법칙이었다.

어떻게 보면 그리스 신화의 영웅들은 무척 음울하고 비극적이다. 그리스 신화에서 비롯된 대부분의 고전 서사시가 비극으로 끝나는 것을 보면, 신화를 만든 그리스인들은 인생이 비극의 연속이라고 생각하고 그것에 매우 집착했던 것 같다.

그렇다고 그리스 신화가 우울한 슬픔과 눈물의 이야기로만 채워지지는 않았다. 오히려 반대로 신 나고 즐거운 모험담이 훨씬 많다. 생전에 힘들게 살았어도, 죽어서 신들에게 큰 보상을 받는 영웅도 등장한다.

결국 그리스 신화는 "인생은 비극이지만, 그래도 자신의 생명이 끝

나는 순간까지 온 힘을 다하면 기쁨으로 바뀌게 된
다."는 다소 비관적이면서 동시에 희망적인 교훈을
우리에게 전하고 있다.

어떻게 하면 영웅이 될까?

그리스 신화에서 신과 인간의 중간 위치에 존
재하고 있는 계층이 영웅이다. 영웅 대부분은 신
과 인간의 피를 물려받은 혼혈이다.

물론 신의 피를 받은 것 하나만으로 쉽게 영웅이 될 수는 없다. 영
웅이 되기 위해서는 혈통보다 업적이 더 중요하다. 그리스 신화의 최
고 영웅 헤라클레스는 제우스와 인간 여인 알크메네의 아들로 태어
났지만, 제우스의 정실부인 헤라의 질투를 사서 평생 고생하면서 살
았다. 헤라클레스는 젊은 시절 자신에게 주어진 두 가지 운명을 선택
할 기회가 있었다. 거기서 헤라클레스를 기다리고 있는 운명은 다음
과 같았다.

"왼쪽 길을 간다면 당신은 평생 호화로운 집에서 살고, 아름다운 여인들을
거느리며, 맛있는 술과 음식을 매일같이 먹으며 지낼 것입니다. 하지만 그러
다가 죽게 되면 당신의 몸에는 더러운 탐욕에 찌든 창자들만 남게 됩니다.
그리고 아무도 당신을 기억하지 않을 것입니다.
오른쪽 길을 간다면 당신은 평생 위험하고 힘든 고생만 하며 살다가 고통스럽게 죽습니다. 그러나 죽은 이후에는 모든 신과 사람들로부터 칭송을 받으며 영원히 기억될 것입니다."

고민하던 헤라클레스는 결국 오른쪽 길을 선택했다. 운명대로 그는 헤라의 저주를 받아 자신의 아내와 아이들을 죽이고, 그 죗값을 치르기 위해 12가지 힘든 일을 해야 했다. 무서운 괴물들을 퇴치하고, 바다 건너 먼 나라에서 희귀한 보물들을 가져오고, 심지어 죽은 자들의 세계인 저승까지 가야 하는 등 인간으로는 차마 할 수 없는 일까지 모두 겪었다.

12개의 고난을 마치고도 헤라클레스의 운명은 순탄하지 못했다. 독이 든 옷을 입어 온몸의 피부가 벗겨지는 고통을 맛보다가, 아직 숨이 끊어지지 않은 상태에서 화장을 당하는 최후를 맞아야 했다.

하지만 죽은 후, 영혼이 올림포스 산으로 향한 헤라클레스는 아버지 제우스와 다른 신들의 동의를 얻어 그가 살아생전에 이룬 업적에 대한 보상으로 신이 되었다. 죽은 후에 불멸의 신이 되어 영원히 기쁨과 행복을 누리게 된 것이다.

실제로 과거 그리스와 로마에서는 헤라클레스가 단순한 영웅이 아니라 신전이 바쳐지고 사람들이 기도를 올리고 제물을 드리는 신으로 숭배받았다. 또한 안토니우스를 비롯한 많은 로마의 귀족들이 스스로 헤라클레스의 후손이라고 주장했다. 헤라클레스라는 이름이 1000년을 넘어 사람들에게 기억된 것이다.

불멸에 관하여

오늘날 제우스와 포세이돈을 비롯한 고대 그리스 신을 믿는 사람은 없다. 그들은 이미 신으로서의 생명을 잃은, 죽어버린 신들이기 때문이다.

그러나 아직도 그리스 신들은 우리의 일상 속에서 살아 숨 쉬고 있다. 4년마다 전 세계가 열광하는 올림픽 경기도 고대 그리스에서 올림포스 신들에게 바치는 경기인 '올림피아'에서 유래한 것이다. 또한 그리스 신들과 영웅들(헤라클레스, 테세우스, 아킬레우스 등)의 이름은 지금도 흔히 쓰이는 친숙한 것들이다. 이 밖에도 서구 각국의 박물관에는 그리스 신화를 소재로 삼은 조각상과 미술 등 온갖 예술 작품들이 넘쳐난다. 아울러 사람들에게 인기 있는 대중 예술 매체인 영화, 게임, 드라마, 만화 등에는 그리스 신화에서 주제를 따온 작품들이 매년 셀 수 없이 쏟아지고 있다. 그리스 신화가 없으면 대중 예술 매체는 소재를 몽땅 잃어버려 망한다는 우스갯소리도 있을 정도이다.

참으로 역설적이지만, 그리스의 신들은 신으로서의 존재 가치를 잃고 난 후에 오히려 예술 작품으로 영원한 생명을 얻은 셈이다.

18

•

장 발장

•

"힘겨운 삶을 살면서도 희망과 용기를 잃지 않은 사람,

그가 여기 잠들었네."

『장 발장』은 프랑스의 작가 빅토르 위고가 1862년에 출간한 소설이다. 원래
제목은 프랑스어로 '비참한 사람들'이라는 뜻인 '레미제라블'인데, 국내에 들
어오면서 제목이 주인공의 이름인 장 발장으로 바뀌었다.

『장 발장』이 나올 당시 프랑스는 나폴레옹의 조카인 나폴레옹 3세가 민주정
치를 뒤엎고 황제가 된 상황이었다. 그는 극심한 독재 정치를 하면서 국민
을 억압했다. 언론의 자유는 꿈도 꿀 수 없었고, 빈부 격차는 나날이 늘어났

다. 돈과 권력을 쥔 소수 부유층만 호의호식했으며, 대다수 서민은 가난에 빠져 굶주리고 있었다.

나폴레옹 3세는 프랑스를 철저한 통제로 운영되는 경찰국가로 만들고 있었다. 특히 프랑스의 법이 지나치게 엄격해졌다. 가난한 사람들이 굶주리다 못해 빵 한 조각만 훔쳐도 징역 5년이나 되는 가혹한 벌을 내릴 정도였다. 가난한 사람들에게 빵이나 돈을 주는 것이 아니라, 벌을 주면서 억압만 한 것이다. 『장 발장』에서 장 발장을 못살게 굴고 그를 철저히 감시하던 자베르 경감은 프랑스 정부의 엄격한 통제를 비유한 사람이었다.

『장 발장』의 마지막에는 시민이 민주주의를 외치며 거리로 나가 부패한 정부와 싸워 승리하고, 자베르 경감은 자신이 한 일에 회의와 죄책감을 느끼고 스스로 목숨을 끊는다. 이런 결말은 프랑스에 권력의 억압이 끝나고 참된 자유와 평화가 오기를 기원한 빅토르 위고의 꿈을 반영한 장치였다.

빵을 훔쳤다고 징역 4년을 선고받는 사회

주인공 장 발장은 소설의 원래 제목 그대로 '비참한 사람'이었다. 그는 가난한 집안에서 태어났다. 어머니가 산후 조리를 잘못해 일찍 죽었고, 농사꾼인 아버지는 나무에서 떨어져 죽었다. 어려서 부모를 잃은 장 발장은 누나의 집에서 살았다. 누나에게는 일곱 명의 아이들이 있었다.

장 발장은 조카들을 먹여 살리기 위해 온갖 궂은일을 마다치 않았지만, 그의 가족은 항상 가난과 배고픔에 시달렸다. 그러던 어느 추운 겨울날, 배고픔에 우는 조카들을 보고 가슴이 아팠던 장 발장은 빵집에서 빵 하나를 훔쳤다가 경찰에 체포되었다. 체포된 그는 징역 5년을

선고받고 감옥에 보내졌다. 장 발장은 자신이 5년 동안이나 감옥에 있으면 그동안 조카들이 굶어 죽을 것 같았다. 조카들이 걱정된 그는 세 번이나 탈옥하려 붙잡혀 결국 19년 동안이나 감옥에 갇혀 지내야 했다.

감옥에서 나온 장 발장은 온종일 굶었던 터라 무척이나 배가 고팠다. 그는 주린 배를 채우려 음식점에 들어갔지만, 자신의 신분 때문에 아무것도 먹지 못하고 하룻밤도 머무르지 못한 채 쫓겨나고 말았다.

청소년 문·사·철 읽기 혁명

심부름 갔던 아이가 숨을 헐떡이며 들어왔다. 그리고 주인에게 종이쪽지를 건네자, 그것을 본 주인은 놀라서 장 발장을 바라보았다.

"나가 주시오. 우리 집에서는 당신을 재워 드릴 수도 없고, 음식을 팔 수도 없습니다."

"아니, 대체 무엇 때문입니까? 돈은 틀림없이 내겠습니다."

"돈 때문에 이러는 게 아닙니다."

식당 주인은 매서운 눈으로 장 발장에게 종이쪽지를 건넸다. 쪽지를 읽던 장 발장의 얼굴이 굳어졌다. 거기에는 장 발장 자신이 19년 동안 감옥에 갇혀 있었다고 적혀 있었다.

장 발장은 배낭을 짊어지고 말없이 음식점을 나왔다. 인적이 드문 어두운 거리를 힘없이 걷던 장 발장은 은행나무 아래에 앉아서, 입술을 떨면서 눈물을 흘렸다.

장 발장은 이미 감옥에서 죗값을 다 치르고 나왔는데도 사회에서 환영받지 못했다. 그는 하룻밤 잠자리와 한 끼 식사를 해결하고자 들렀던 식당에서도 전과자라는 이유로 배척받고 쫓겨났다.

고작 빵을 훔쳤다는 이유만으로 5년이라는 긴 징역형을 선고받고, 감옥에서 나온 후에도 사회의 배척을 받았다는 소설 속 설정이 너무 억울하지 않았을까?

사실 이는 빅토르 위고가 『장 발장』을 썼던 당시 프랑스의 모습이었다. 당시 프랑스는 돈과 권력을 가진 상류층이 저지른 범죄는 처벌하지 않으면서, 가난하고 힘없는 사람들이 배고픔에 못 이겨 빵을 훔치면 5년 동안이나 감옥에 보내는 매우 불공정한 사회였다.

장 발장을 구해 준 미리엘 신부의 온정

전과자라는 이유로 여관에서 쫓겨나 이리저리 헤매던 장 발장은 미리엘 신부가 사는 집을 찾아갔다. 미리엘 신부는 가난하고 어려운 사람들의 친구였다. 그는 성당에서 받는 월급을 모두 가난한 사람들을 위해 쓰고, 자신은 아주 검소한 생활을 했다. 항상 집 문을 열어 두고 누구나 들어와 쉴 수 있도록 했다.

장 발장을 본 미리엘 신부는 그를 집 안으로 들어오게 했다. 추위

와 굶주림에 떨고 있던 장 발장을 난롯가로 안내하고, 양고기와 빵과 스프 등 음식을 차려주었다. 그리고 장 발장을 침대가 있는 방에서 편안히 자게 했다.

그런데 장 발장은 은혜를 베푼 미리엘 신부에게서 은촛대와 은그릇을 훔쳤다. 전과자인 자신은 앞으로 사회에 나가서도 직장을 구하기 어려울 것이라는 생각에 한 짓이었다. 장 발장은 은촛대와 은그릇을 배낭에 넣고 도망가다가 경찰에 잡혀 신부

의 집으로 끌려왔다. 그런데 신부는 자신이 장 발장에게 준 것이지, 그가 훔친 것이 아니라고 말하면서 경찰을 돌려보냈다. 그리고서 신부가 장 발장에게 말했다.

"그만 갈 길을 가십시오. 부디 착하고 바르게 살면서 사랑을 베풀 줄 아는 사람이 되기를 바랍니다. 당신을 위해 기도하겠습니다."
장 발장은 말없이 눈물을 흘렸다.

소설 『장 발장』을 읽은 많은 사람이 가장 감동적인 장면으로 꼽는 대목이다. 모두에게 손가락질받는 전과자 장 발장에게 아무런 대가도 바라지 않고 자신의 집에 머물게 하는 미리엘 신부의 행동은 보통 사람이라면 좀처럼 할 수 없는 일이다.

어디 그뿐인가? 하룻밤 재워주고 음식까지 먹여주었는데, 장 발장은 감사하기는커녕 은촛대와 은그릇을 훔쳐서 도망갔다. 그러나 신부는 장 발장이 경찰에 끌려오자, 그에게 도둑이라고 욕하거나 원망하지 않고 "내가 그에게 선물한 것이고 절대 훔친 것이 아닙니다."라고 말하는 관용까지 보였다.

미리엘 신부는 "누가 너에게 겉옷을 달라고 하면 속옷까지 내주어라."고 했던 예수의 말을 실천한 것이다. 신부의 크나큰 사랑과 자비에 감동한 장 발장은 눈물을 흘렸다. 그리고 자신도 미리엘 신부처럼 다른 사람들을 사랑하고 선행을 베푸는 사람이 되어야겠다고 마음먹고 새롭게 인생을 살아가게 되었다. 한낱 가난뱅이에 좀도둑이었던 장 발장이 미리엘 신부가 베푼 사랑 덕분에 훗날 시장이 되어 자신보다 가난한 사람들을 돕고 사는 힘을 얻은 것이다.

법과 질서는 인간을 위해 존재한다

미리엘 신부가 베푼 사랑에 감동한 장 발장은 지난날의 잘못을 뉘우치고 개과천선했다. 공장 운영으로 많은 돈을 벌어 가난한 사람들을 도왔고, 시장이 되어 시민을 위해 좋은 정치를 했다.

그러던 어느 날 자베르 경감이 다시 나타났다. 그는 과거에 장 발장이 전과자라는 이유만으로 그를 미워하고 모함하여 감옥에 보내려고 했던 못된 경감이었다.

『장 발장』에서 자베르 경감은 철두철미한 경찰로 그려진다. 그는 절대 뇌물을 받거나 부정행위를 저지르지 않았다. 또한 범죄자에게 약간의 동정심이나 자비도 베풀지 않았다. 범죄자로 의심되는 자는 무슨 수를 쓰더라도 그가 범죄자라는 증거를 찾아내어 기어이 감옥으로 보내는 인물로 묘사된다.

자베르 경감이 냉랭하게 말했다.

"나는 네놈이 장 발장이라는 사실을 일찍이 알았지. 내 눈은 기가 막히게 정확하단 말이야! 나를 속이려 들다니, 어림없지!"

팡틴느가 놀라 소리쳤다.

"아니, 시장님께 왜 그러는 거예요?"

자베르가 코웃음을 치며 장 발장의 턱을 손으로 들어 올리며 비아냥거렸다.

"시장? 웃기고 있네. 시장은 무슨 시장이야? 이놈은 시장이 아니고 죄수인 장 발장이란 말이다. 전과자 장 발장!"

그러자 팡틴느는 너무 놀라 쓰러졌다. 의사가 달려들어 손을 써보았지만, 이미 늦었다. 팡틴느는 움직이지 않았다.

"자베르, 당신이 팡틴느를 죽게 했소!"

팡틴느의 죽음에 분노한 장 발장이 소리쳤다.

어떤 사람들은 자베르 경감이 모범적이고 훌륭한 경찰이라고 칭찬할지도 모른다. 공적인 면에서 보면 그 말은 틀리지 않다. 자베르 경감은 범죄자와 결탁하거나, 뇌물을 받는 등의 비리와 부패는 전혀 저지르지 않았으니까 말이다.

그러나 자베르 경감은 단순히 엄격한 공무원이 아니었다. 그는 노예였다. 오로지 법과 규칙만 신봉하며, 그것에 어긋나는 사람들은 모두 악인으로 규정하여 감옥에 넣는 일을 사명으로 생각하고 살던 사람이었다. 아니, 사람이 아니라 컴퓨터나 기계라고 해야 맞을 것이다.

자베르 경감이 신봉했던 엄격한 법 집행은 아무도 구하지 못했다. 오히려 팡틴느라는 가엾은 여인만 죽게 했다. 대신 그가 전과자라고 비웃던 장 발장이 무수한 빈민을 구했다. 자베르가 신봉하는 법이 아닌, 전과자 장 발장이 베푼 사랑이 사람들을 구한 것이다.

사람이 꽉 끼는 옷을 입으면 몸에 피가 제대로 돌지 않아 병들 수 있다. 마찬가지로 융통성 없는 각박한 법 아래서는 사람들이 살기 힘들다. 소설가 이외수는 이런 말을 했다. "어떤 이념도 인간을 구할 수 없다. 이념에 집착하면 할수록 인간은 말살된다. 인간을 구할 수 있는 것은 오직 인간에 대한 사랑뿐이다."

민주주의는 피를 먹고 자란다

소설 『장 발장』의 후반부는 다소 지루하게 느껴질 수도 있다. 단순히 장 발장 개인의 이야기만 다루는 것이 아니라, 당시 프랑스의 암울한 정치적 상황까지 다룰 정도로 범위가 넓어지기 때문이다.

장 발장은 가엾게 죽은 여인 팡틴느의 딸 코제트를 거두어 자신의 양녀로 삼고 정성껏 돌본다. 어느덧 어른이 된 코제트는 부잣집 청년 마리우스와 사랑에 빠진다. 마리우스는 외할아버지와 아버지가 정치 노선의 차이 탓에 싸우고 헤어진 가정에서 자랐다. 마리우스를 키운 외할아버지는 매우 부자였다.

마리우스는 코제트와 결혼하고 싶었지만, 코제트가 자기 집안의 재산을 노리고 마리우스를 유혹하는 것이라고 오해했던 외할아버지 질 노르망이 반대한다. 실망에 빠져 우울해하던 마리우스는 공화당에 가담해, 국민을 억압하고 부패한 정치를 일삼던 정부에 맞서는 시위대에 합류한다.

"그래, 지금은 떠나 버린 여자를 생각하며 절망하고 있을 때가 아니야! 혁명의 대열에 뛰어들어 썩어 빠진 정부와 싸우다 장렬히 죽는 것이 청년이 해야 할 일이 아닌가!"

마리우스는 코제트를 잊으려는 듯 두 눈을 부릅뜬 채 뛰었다. 그리고 얼마 후, 코제트에게 보내는 편지를 썼다.

사랑하는 코제트

나는 내 조국 프랑스를 사랑하오. 난 이 나라를 위해 기꺼이 목숨을 바치기로 결심했소. 당신과 결혼하겠다는 맹세를 지키지 못했지만, 내 영혼은 언제나 당신 곁에 있을 것이오. 용서하오, 내 죽어 당신의 품으로 가리다.

마리우스가 공화당에 가담해 반정부 시위대에 합류했던 시기는 1830년 7월 혁명* 무렵이었다. 당시 프랑스는 국민을 억압하던 샤를 10세의 부패한 왕정이 다시 집권

7월 혁명 1830년 7월 프랑스의 복고 왕조가 무너진 혁명. 유산 시민을 중심으로 한 자유주의적인 정치개혁혁명이다. 왕정복고 후 즉위한 샤를 10세(1824~1830년)의 의회 해산, 선거권 축소, 언론·출판의 통제 등 반동정치를 한 것에서 비롯했다. 1830년 자유주의자 중심의 파리 시민은 시가전 끝에 왕을 추방하고, 루이 필립을 추대해 입헌군주제를 세웠다.

하던 시기였다. 그의 통치 아래서 프랑스는 극소수 상류층을 제외한 대부분 국민이 지독한 가난과 실업에 시달렸다. 더욱이 왕의 잘못된 정치를 비판하는 자들은 모두 감옥에 끌려가거나 사형을 당하는 등 엄격한 처벌을 받았다. 그래서 대부분의 프랑스 국민은 왕정을 극도로 혐오했고, 부패한 정치 체제를 무너뜨릴 기회만 엿보고 있었다.

소설 『장 발장』에서 마리우스가 그랬던 것처럼, 1830년 7월 프랑스 국민은 부패한 정부를 타도하기 위해 일제히 봉기를 일으켰다.

청소년 **문·사·철** 읽기 혁명

시민의 자발적인 노력만이 민주주의를 살린다

시위나 파업이 법을 어기는 나쁜 일이라고 보는 사람들이 많다. 그런 사람들이 한 가지 놓치고 있는 게 있다. 애초에 법은 누가 만들었는가? 사람이 만들었다. 어째서? 사람들의 자유와 권리를 지키기 위해서이다. 그런데 그 법이 사람을 지켜주지 못하고 해를 끼친다면, 계속 지켜야 할까? 구두를 신을 때 발이 구두에 맞지 않으면, 그 구두를 버리고 다른 구두로 바꿔야 한다. 구두에 발을 맞추기 위해 살을 잘라내는 짓을 하는 멍청한 사람은 없다. 마찬가지로 법이 잘못되었다면, 그 법을 올바른 방향으로 바꾸어야 한다.

정부가 국민을 지켜주지 않고 자신들의 이익만 챙기는 부패한 집단이라면, 국민은 그런 정부에게 무조건 복종해야 할까? 프랑스 시민처럼 스스로 자신의 권리를 지키기 위해 노력해야 할 것이다.

이원복 교수는 그의 저서인 『먼나라 이웃나라』에서 민주주의는 하늘에서 내려주는 선물이 아니라, 국민 스스로 정부 권력과 싸워서 얻어내는 것이라고 말했다. 그 말이 정답이다. 민주주의는 국민이 지켜야만 비로소 존재할 수 있다. 만약 국민이 민주주의를 외면한다면, 그 즉시 민주주의는 죽어버리고 만다. 소설 『장 발장』은 평범한 사람들을 고통스럽게 하는 잘못된 사회와 맞서 싸운 진정한 민주주의의 가르침이 담긴 훌륭한 명작이다.

19

•

우주 전쟁

•

"돼지나 토끼도 이성이 있다면, 우리가 그들을 먹는 모습을 보고

놀라 두려워할 것이다."

『우주 전쟁』은 영국의 공상과학소설가 H. G. 웰즈가 1898년 발표한 공상과
학소설이다. 원래 제목은 '세계의 전쟁'인데, 국내에 들어오면서 '우주 전쟁'
으로 번역되었다.

이 소설의 '우주 건너편, 다른 별에 사는 외계인이 지구를 침략한다.'는 설정
이 당시에는 매우 참신한 장치였다. 이 소설은 116년이 지난 지금 보아도 전
혀 지루하지 않다.

『우주 전쟁』을 쓴 H. G. 웰스는 19세기 영국에서 보기 드물게 제국주의와

인종차별주의를 못마땅하게 여기는 사람이었다. 그는 영국인들이 자랑하는 과학 기술과 문명은 인류 역사에서 흔히 나타나는 현상 중 하나에 불과하다고 생각했다. 그러면서 영국인이 마음대로 다른 나라 사람들을 침략해서 지배하거나 노예로 삼는 일은 잔인한 만행이라며 비판했다. 이러한 작가의 신념이 담긴 작품이 바로 『우주 전쟁』이다. 작품 속에 등장하는 화성인이 지구인을 상대로 무자비한 침략을 저지르는 장면이 바로 영국이 같은 시대에 아프리카나 아시아의 나라들을 공격해서 마구 파괴하던 일을 은근히 빗대고 있는 것이다.

아울러 H. G. 웰스는 『우주 전쟁』을 통해 19세기 영국과 서구 사회에서 크게 유행했던 '과학 만능론'에 반대했다. 그 무렵 서구인들은 과학 기술이 발전할수록 인류가 혜택을 보게 되니, 과학 기술은 발전하면 할수록 무조건 좋다고 여겼다. 그러나 H. G. 웰스는 인간다움에 대한 성찰이 없는 단순한 기술의 발달은 곧 인간성을 말살하여 인간을 냉혹하고 무자비한 기계로 바꿀 뿐이라고 반박했다. 실제로 H. G. 웰스의 성찰은 그 후 두 차례에 걸친 세계 대전으로 나타났고, 그제야 사람들은 웰스의 통찰이 정확했다고 감탄했다.

『우주 전쟁』은 '외계인의 침략'이라는 다소 황당하고 비현실적인 설정을 통해서 무엇이 인간다움이며 인간답게 사는 것이 어떤 것인지, 인간의 본질이 무엇인지 묻고 있는 소설이다.

UFO와 외계인을 동경했던 어린 시절

1980년대 우리나라엔 한창 UFO와 외계인 열풍이 불었다. 보물섬, 소년중앙, 소년동아 같은 어린이 만화 잡지나 과학 잡지들이 앞다투어 UFO와 외계인, 세계의 불가사의 같은 신비한 주제를 책에 실었다. 그리고 아이들은 이런 책을 읽으며 호기심을 가졌다.

사실 이런 외계인 열풍이 20세기에 들어와서 처음 생긴 일은 아니었다. 100년 전 19세기 말에 쓰인『우주 전쟁』은 그때부터 벌써 '화성인의 지구 침공'이라는 소재를 다루고 있었다.

『우주 전쟁』에 등장하는 화성인은 사람들이 흔히 생각하는 외계인의 모습과는 전혀 달랐다. 그들은 머나먼 안드로메다나 은하계에 살지 않았고, 텔레파시를 써서 인간과 소통할 수도 없었다. 원반처럼 생긴 UFO를 타고 우주를 넘나들며 지구인에게 새로운 과학 기술이나 도덕성을 가르쳐 주지도 않았다.

『우주 전쟁』의 외계인들은 우리가 사는 지구와 가까운 화성에서 왔다. 그들은 외모부터 지구인과는 매우 달랐다. 다리가 없고, 머리와 여러 개의 촉수만 달린 형태였다. 이해를 돕기 위해 쉽게 설명하자면, 바다에 사는 문어와 비슷하다고 보면 된다. 또한 화성인들은 UFO가 아닌, 대포에서 발사한 포탄 같은 로켓에 몸을 싣고 지구에 왔다. 그들은 텔레파시나 다른 수단으로 지구인과 의사소통하려 하지 않았고, 지구인에게 아무것도 주지 않았다. 영양분을 섭취할 때도 지구인처럼 직접 입에 넣고 씹는 것이 아니라 동물의 피를 뽑아 직접 혈관에 주사했다. 그렇다면 그들은 무슨 목적으로 지구에 왔을까? 다음

본문에 그 해답이 있다.

화성의 환경은 매우 가혹하다. 우리가 사는 지구처럼 생물이 살기에 적합한 따뜻한 기후가 아니다. 붉은 모래로 가득 찬 사막과 날카로운 폭풍이 항상 몰아친다. 게다가 생물의 양육에 반드시 필요한 물조차 극지방에 딱딱하게 얼어붙어 있다. 화성의 생물들은 필시 어두운 지하 속에서 살고 있을 것이다.

이런 화성의 생물들이 만약 우리가 밤하늘을 망원경으로 보듯이 지구를 관찰하고 있다면 어떻게 생각할까? 아마 이렇게 생각하지 않을까? '저렇게 아름다운 생명이 넘치는 별을 저따위 하등 동물들의 것으로 내버려 두기에는 너무 아깝지 않은가? 우리가 가서 제2의 화성으로 만들면 어떨까?'

즉 화성인들의 목표는 저항하는 지구인을 죽이고, 그렇지 않은 지구인은 잡아서 식량으로 먹는 것이었다. 궁극적으로 지구 자체를 화성의 환경으로 바꿔, 지구를 그들이 사는 새로운 삶의 터전으로 삼으려는 술책이었다.

재미있는 점은 위의 본문에서 열거한 조건들은 『우주 전쟁』이 나왔을 당시 영국 사회의 분위기를 풍자한 내용이라는 사실이다.

먼저 영국이란 나라의 정체성부터 화성인이 지구를 침략한 부분과 맞아 들어간다. 오늘날 우리가 영국이라고 부르는 나라는 다른 말로 잉글랜드(England)라고도 한다. 잉글족(Engl)이 사는 땅(land)이라는 뜻이다. 원래 잉글족은 영국이 아니라 지금의 독일 서북부에 살던 민족이었다. 그런데 서기 5~6세기 무렵, 기후 변화로 기온이 낮아지고 흉년과 가뭄이 들어 잉글족이 더는 고향에서 살기 어려워졌다. 그래서 그들은 날씨가 따뜻하고 비옥한 땅을 찾아 바다를 건너 현재의 영국으로 이주한 것이다. 영국의 원주민은 켈트족인데, 약 200년에 걸친 전쟁 끝에 잉글족이 켈트족을 황량한 북부 스코틀랜드와 서부 웨일스로 쫓아냈다. 잉글족은 결국 자신들이 영국을 차지하고, 땅의 이름마저 잉글랜드라고 고쳐 버렸다.

『우주 전쟁』이 출간된 19세기 무렵의 영국은 바다 건너 전 세계의 땅을 침략해 원주민을 무력으로 정복하고, 식민지를 세워 세계를 지배하는 대영제국 시대를 영위하고 있었다. 대영제국은 "해가 지지 않는다."는 말이 나올 정도로 많은 식민지를 가지고 있었다. 영국인들은

침략하고 원주민을 살육해 굴복시키는 일을 부끄러워하기는커녕 매우 자랑스러워했다. 심지어 그들은 영국인이 세계에서 가장 우수한 민족이니, 세계의 풍요로운 자연을 마음대로 지배하면서 온갖 풍요로운 산물과 부를 즐길 권리가 있다고 여겼다. 자신들에게 저항하는 집단은 미개하고 어리석은 야만인들로 여겨 가차 없이 짓밟았다.

『우주 전쟁』에 등장한 화성인을 이러한 시대적 상황과 연관 지어 볼 수 있다. 이 화성인들이 바로 19세기 세계를 침략해 정복하던 영국인의 또 다른 모습을 담고 있는 것이다.

화성인과 지구인, 과연 다른 종족일까?

『우주 전쟁』에 나오는 화성인들은 인간과 친해지거나, 인간에게 교훈을 주지 않았다. 오히려 인간의 피를 뽑아 자신들의 혈관에 주사해 생명을 이어나가는, 마치 흡혈귀 같은 괴물이었다. 게다가 화성인들의 사고 체계는 인간과 무척이나 달랐다. 『우주 전쟁』의 화성인들은 감정을 느끼는 기관이 퇴화하여 인간처럼 음악을 듣거나 춤을 추고 노래를 부르는 일이 없었다. 그들은 오직 생존만을 위해 움직이는 살아 있는 기계였다.

바로 이 부분에서 웰즈가 놀라운 예측을 했다.

나중에 화성인들이 타고 왔던 통을 수색해서 조사한 결과, 이상한 점이 발견되었다. 그들의 우주선에 다리가 두 개 달렸고 두 개의 팔과 하나의 머리를 가진, 마치 인간과 흡사하게 생긴 생물이 실려 있었던 것이다. 과학자들은 치열한 논쟁 끝에 이 생물이 화성에서 살던 생물이었으며, 화성인들의 원래 신체 구조는 이렇게 생겼을 것으로 추측했다. 그러던 것이 기계 문명이 발달하면서 편하게 의자에 앉아 생활하다 보니 직접 돌아다닐 필요가 없어진 다리가 퇴화하고, 두뇌는 비정상적으로 발달하여 확장되었으며, 두뇌의 친구 역할이자 제2의 뇌라고 불리는 손은 여러 개로 늘어나 마치 오징어나 문어와 같은 지금의 형태를 띠게 된 것이다. 어쩌면 우리 지구인도 먼 훗날, 기계 문명이 발달하면 화성인과 같은 모습을 지니게 될지도 모르겠다.

다시 말해 화성인의 과거 모습은 지구인처럼 생겼었는데, 문명 발달 탓에 문어처럼 변했다는 것이다. 실제로 미국의 인류학자들이 여러 자료를 수집해 추측한 결과, 미래의 인류는 스필버그 감독의 영화 'ET'에 나왔던 외계인 ET처럼 될 것이라고 발표한 적도 있다. 푹신한 의자에 오랫동안 앉아 있으니 엉덩이가 커지고, 컴퓨터와 인터넷을 하면서 시간을 보내니 두뇌가 담긴 머리가 부풀어 오르며, 두뇌의 대리인 역할을 하면서 여러 가지 사물을 직접 만지는 손가락이 길어지고, 별로 쓸모가 없는 다리는 퇴화하여 작고 약해진다는 것이 그들의 주장이었다.

이런 설정을 통해 웰즈가 말하고 싶었던 점은 빅토리아 시대 당시 영국을 지배하던 '과학 만능론'이 초래할 끔찍한 미래가 아니었을까? 영국인들이 다른 민족과 나라를 정복과 약탈의 대상으로만 보고, 기계에 지나치게 의존하면서 공장을 돌려 환경을 오염시키고, 노동자를 착취하며 사랑과 동정과 자비 같은 인간적인 미덕을 잃어가던 당시 영국 사회에 보내는 경고였을지도 모른다. 지금처럼 기계에 의존하다 못해 종속되는 삶을 살게 되면, 머지않아 우리도 저 화성인들처럼 징그러운 괴물이 되고 만다는 경고 말이다.

가장 하찮은 것이 강력한 적을 물리치다

무시무시한 무기를 가지고 지구를 침략해, 인류의 저항을 달걀 껍데기처럼 부숴버리던 화성인들이 참으로 어처구니없게 무너지고 말았다. 그들은 뜻밖에도 어느 날 갑자기 전멸해 버렸다. 대체 무엇 때문일까?

까마귀들이 기계 위를 맴돌았다. 나는 무슨 일인가 싶어서 용기를 내어 달려갔다. 거기에는 놀랍게도 붉은 살점들이 기계 밖으로 나와 있었다. 그리고 나는 그것이 무엇인지 금방 알아차렸다. 타고 있던 기계에서 나온 화성인들의 시체였다. 어느새 개들이 몰려와 죽은 화성인들의 시체를 물어뜯으며 잔치를 벌였고, 까마귀들도 질세라 화성인들의 시체를 찾아 쪼아댔다.

"울라라, 울라라!"

아직 숨이 끊어지지 않은 화성인 하나가 기계에서 미처 빠져나오지 못한 채로 고통스러운 신음을 냈다. 나는 영문을 알 수 없어 호기심에 사로잡혔다. 저 화성인들이 어떻게 저런 상태에 빠졌을까?

나중에 알고 보니 그 이유가 참으로 기가 막혔다. 화성에서 살던 화성인들은 지구의 바이러스와 싸워 이길 항체가 없었고, 지구의 미생물들이 옮기는 질병에 속수무책으로 감염되어 죽어나갔던 것이다.

생각해보면 참으로 어이없는 일이다. 당시 세계 최강의 군사력을 가진 영국의 함대와 포병도, 용감한 보병과 기병들도 싸워서 도저히 이길 수 없었던 무시무시한 화성인들이 고작 눈에 보이지도 않는 조

그만 미생물에 무릎을 꿇게 되었다니 말이다.

세계사를 보면 이런 일이 전혀 터무니없지만은 않다는 사실을 알게 된다. 16세기 스페인이 지금의 멕시코와 페루에 있던 아스테카와 잉카 제국을 침략했다. 당시 아스테카와 잉카 제국은 1,000만 명의 인구와 10만 명이 넘는 대군을 보유하고 있었다. 반면 침략한 스페인 군사들은 고작 200명도 되지 않았다.

그런데 놀랍게도 소수의 스페인 군사들이 아스테카와 잉카 제국을 정복하고 신대륙을 스페인의 식민지로 만드는 데 성공했다. 병력이 수천 배나 많은 두 나라가 스페인에 무릎을 꿇은 이유는 바로 세균 때문이었다. 오랫동안 다른 세계와 격리되어 살아오던 아스텍과 잉카 인 들은 낯선 침입자 스페인 군사들이 옮겨 온 전염병과 세균을 이기지 못하고 속수무책으로 죽어갔던 것이다. 어쩌면 웰스도 이러한 역사적인 사실에서 힌트를 얻어서 이렇게 설정했을지도 모른다.

이 우주에 있는 것은 우리뿐일까?

인류 말고도, 이 우주에 고도의 지능을 가진 생물이 집단을 이루어 살고 있을 것이란 예측은 오늘날까지도 전 세계의 화젯거리이다. 세계적으로 선풍적인 인기를 끈 미국의 텔레비전 드라마 '엑스파일' 시리즈도 외계인이 비밀리에 미국 정부와 접촉한다는 음모론을 다루었다. 또한 네티즌 사이에서는 1949년 미국 네바다 사막에 UFO가 추락했는데, 미국인들이 외계인과 UFO를 연구하여 신기술을 획득했다는 소문도 나돌고 있다.

이러한 주장은 모두 근거 없는 낭설이라고 여겨 무시당할지도 모른다. 그러나 중요한 점은 실제로 우주를 개발하는 연구가 계속해서 진행되고 있다는 것이다. 장차 우리가 지구에서 더는 살아갈 수 없을 때 언젠가 우주로 진출해야 하는 날이 올지도 모른다. 천재 물리학자 스티븐 호킹 박사는 이런 말을 한 적이 있다.

"우리 인류가 앞으로 1000년 내에 우주로 진출하지 않는다면, 환경오염과 자원 고갈로 지구에서 멸종될 것입니다."

혹시라도 올지도 모르는 그때를 대비해서 소설 『우주 전쟁』을 한번 읽어 보자. 그러면서 우리가 새로이 마주하게 될 외계인에 대한 마음의 준비를 하는 것은 어떨까?

물론 그들이 『우주 전쟁』처럼 포악한 학살자가 될지, 아니면 영화 'ET'처럼 다정한 친구가 될지는 아무도 모른다. 우리는 그저 그들이 우리의 친구가 되기를 바라는 수밖에 없을 것이다.

20

•

노인과 바다

•

"인간은 패배하기 위해 태어난 것이 아니야."

『노인과 바다』는 미국의 작가 어니스트 헤밍웨이가 1952년에 발표한 소설이다. 이 소설은 마누엘이라는 이름을 가진 쿠바인 어부가 바다에서 모처럼 큰 고기를 낚았다가 상어 떼에 몽땅 뜯겨버리고 허탕을 친 실제 이야기를 각색하여 쓴 것이다.

『노인과 바다』는 자연과 인간의 관계를 다루고 있다. 그런데 이 소설은 인간이 힘과 지혜로 자연을 굴복시키고 전리품을 약탈하여 개선하는 전형적인 서구식 가치관을 따르지 않았다. 오히려 자연과 하나가 되어 평화롭게 공존하고자 하는 저자의 의도가 강하게 나타나 있다. 비록 헤밍웨이 자신은 사냥과 낚시를 즐겼지만, 이 소설에서는 자연을 정복하거나 파괴하지 않고 자연과의 공존을 주장했다.

『노인과 바다』는 출간되자마자 큰 인기를 얻었다. 1954년에는 저자인 헤밍웨이가 노벨문학상을 받으며 미국 현대 문학에서 빼놓을 수 없는 걸작으로 칭송받고 있다.

한 늙은 쿠바 어부의 이야기

『노인과 바다』는 미국인 작가 어니스트 헤밍웨이가 쓴 소설이다. 따라서 사람들은 『노인과 바다』가 미국을 무대로 한 소설이라고 생각하기 쉽다. 하지만 『노인과 바다』는 미국이 아니라 쿠바가 무대이다.

"어째서 미국인 작가가 외국 쿠바를 배경으로 소설을 썼을까?" 하고 궁금하게 여길 사람도 있으리라. 이 의문은 미국과 쿠바의 현대사를 알면 금방 풀린다. 1959년 공산주의를 내세운 쿠바 혁명이 일어나기 전, 쿠바는 미국에 종속된 국가였다. 많은 미국인이 쿠바에 집과 재산을 가지고 살았고, 헤밍웨이도 1946년에 쿠바에 머물렀다. 아마 그때의 경험을 토대로 『노인과 바다』를 쓰지 않았을까?

소설의 주인공은 쿠바 해안가에 사는 늙은 어부 산티아고이다. 그는 아내를 잃고 자녀도 없이 작은 집에서 혼자 사는 외로운 노인이다. 그러나 그는 불행하다고 여기지 않는다. 바다에서 고기를 잡아먹고 사는 자신의 직업에 자부심을 느끼고, 가난한 삶에 절대 절망하거나 낙담하지 않았다.

> "난 어부로 태어났으니 물고기를 잡고, 물고기는 물고기로 태어났으니 잡히는 것뿐이야. 위대한 디마지오의 아버지도, 성 베드로도 어부였어."

산티아고의 삶과 비슷한 멕시코인 어부와 한 미국인 변호사의 일화가 있다.

미국인 변호사가 멕시코인 어부에게 이렇게 말했다.

"당신은 너무 가난하군요. 이래서는 안 됩니다. 사람답게 살고 싶지는 않으십니까?"

그러자 멕시코인 어부가 물었다.

"그게 무슨 소리요? 그럼 내가 어쩌란 거요?"

미국인 변호사는 이렇게 대답했다.

"우선 은행에서 돈을 빌려서 대형 어선을 구입하고 선원들을 많이 고용하십시오. 그런 후에 바다에서 생선을 잡아서 돈을 갚고, 비싼 생선들을 시장에 내다 팔아 생긴 돈으로 우량주에 주식 투자를 하십시오. 그러면 지금보다 더 많은 돈을 벌 수 있습니다."

"그렇게 돈을 벌어서 어떻게 하라는 거요?"

"돈을 많이 벌어야 당신의 가족들과 함께 해변이 보이는 집에서 따뜻한 햇볕을 쬐고, 매일 유유자적하며 여유롭게 살 수 있지 않겠습니까?"

그 말에 멕시코인 어부는 웃으면서 말했다.

"이보시오. 지금 내가 바로 그렇게 살고 있소!"

『노인과 바다』에서 주인공 산티아고는 쿠바인 어부지만, 멕시코인 어부로 바꾸어도 크게 다르지 않다. 현실의 삶에 만족하고 평화롭게 살 수 있다면 그것이야말로 천국이 아닐까?

소설 속에서 산티아고 노인이 말한 '위대한 디마지오'는 당시 미국 야구팀인 뉴욕 양키스에서 활약하던 유명한 야구선수였다. '쿠바 노인이 왜 미국 야구 선수에 열광할까?' 하고 이상하게 생각하는 사람도 있을 것이다. 쿠바인들이 가장 좋아하는 스포츠가 바로 야구다.

쿠바의 국기*가 야구이기도 하다. 오늘날도 쿠바의 야구 선수들은 세계 최고의 실력을 지녔다고 정평이 자자하다. 가난한 쿠바 아이들은 뛰어난 야구 선수가 되어 미국 메이저리그에서 출세하는 것을 꿈꾸기도 한다.

성 베드로는 예수 그리스도의 첫 번째 제자를 말한다. 베드로는 예수를 만나기 전에 갈릴리 호수에서 고기를 잡던 어부였는데, 예수가 그에게 "너를 사람 낚는 어부로 만들어 주겠다."고 말하며 제자로 삼았다. 기독교가 유럽을 지배하게 됐을 때 성 베드로는 어부들을 지켜주는 수호성인이 되었다.

이 외에도 고대 그리스 신화에서 영웅 페르세우스와 그의 어머니 다나에는 어부 딕튀스가 쳐놓은 그물 덕분에 살아났다. 딕튀스는 고대 그리스어로 '생명을 낚는 자'라는 뜻이다. 이런 이야기를 보면 서양인들은 예전부터 어부를 생명과 관련된 직업으로 생각했던 것 같다.

산티아고 노인은 이렇게 "훌륭한 야구 선수의 아버지와 구세주의 첫 번째 제자도 어부였다."면서, 자신도 그들과 같은 신분에 속하는 존귀한 사람이라는 자부심을 품었다.

어부, 물고기, 그리고 바다

산티아고 노인은 고기잡이를 단순히 생계 수단으로만 생각하지 않았다. 또 자신이 잡는 물고기를 그저 돈벌이 정도로만 여기지도 않았다. 그는 물고기와 그들을 품는 바다를 진심으로 사랑했다.

"물고기야, 난 너를 사랑하고 굉장히 존경한단다. 하지만 난 오늘 안으로 널 죽이게 될 거야."

그렇게 되길 바라고 있지, 그는 생각했다.

"축복받은 성녀 마리아여, 이 물고기가 죽게 해주소서. 제아무리 훌륭한 물고기라 하더라도."

기도를 하자 기분이 훨씬 좋아졌다.

그는 바다를 생각할 때 언제나 '라 마르'라며 스페인어로 여성 관사를 붙여서 불렀다. 그것은 스페인 사람들이 바다를 사랑하는 마음을 가졌을 때 쓰는 말이었다.

그러나 젊은 어부 중 어떤 이들은 바다를 '엘 마르'라고 남성 관사를 붙여서 불렀다. 이들은 상어 간이 비싸게 팔렸을 때 번 돈으로 모터보트를 사서 몰고 다니는 족속이었다. 그들은 바다를 자기들의 경쟁 대상자나 한낱 장소, 또는 적수로 여기는 듯한 말투를 썼다.

하지만 늙은이는 항상 바다를 여성으로 생각했다. 바다는 큰 혜택을 베풀 수도 있고 베풀기를 거부할 수도 있는 존재였다. 그녀가 사납거나 나쁜 일을 했을 때는 그럴 수밖에 없었던 것이라고 그는 여겼다.

산티아고는 물고기를 감정이 없는 무생물로 여기지 않았다. 그는 물고기에 자신의 감정을 대입시켜 애정을 품고 사랑했다. 물고기를 잡으면서도 경멸하지 않고, 오히려 존경했다. '물고기를 좋아하고 존

귀하게 보기 때문에 잡는다.'는 일종의 직업윤리를 몸에 터득하며 어업에 종사했다.

비단 어부만이 아니라, 산과 숲에서 동물을 사냥하며 살아가는 사냥꾼도 마찬가지이다. 그들도 호랑이나 곰 같은 동물을 멋지고 훌륭하게 인식하며 사랑한다는 생각을 한다.

산티아고는 자연의 산물인 물고기를 죽이지만, 그들을 미워하지 않고 형제처럼 대했다. 자연을 여성형인 라 마르라고 부르며 어머니처럼 존경했다. 그는 진정 자연을 보호하고 아끼는 사람이었다.

예부터 동물을 상대하며 살아가는 어부와 사냥꾼은 절대 고기나 동물을 마구잡이로 잡지 않았다. 다 큰 고기와 동물은 잡아도 새끼는 놓아주었다. 모조리 잡아버리면 다음에 왔을 때 잡을 것이 없다는 사실을 오랜 체험으로 알고 있었기 때문이었다.

열심히 노력했지만 얻은 것은 없었다

『노인과 바다』는 워낙 널리 알려진 소설이기에 결말도 웬만한 사람은 안다. 소설의 초반부는 노인이 이틀 동안 '티뷰론'이라는 커다란 청새칫과의 물고기를 잡기 위해 온갖 노력을 하는 과정으로 채워져 있다. 그리고 후반부는 티뷰론을 먹으러 온 상어 떼와 노인이 사투를 벌이다 티뷰론이 그만 상어들에게 모두 먹히고, 노인은 티뷰론의 뼈만 배에 싣고 와서 집으로 돌아간다는 내용이다.

얼핏 보면 매우 허무한 내용이다. 그런데 『노인과 바다』를 다루는 많은 책과 연구자들은 하나같이 소설의 결말을 이렇게 해석한다. '노인은 절대 패배한 것이 아니다.' '그는 자신과의 싸움에서 승리했다.' '인간이 자연과의 싸움에서 패배하더라도 결국은 승리한다는 사실을 증명하는 인간 의지의 상징이다.'라는 식으로 말이다. 어째 좀 식상하기도 하다.

> 이놈들에게 지고 말았구나, 그는 생각했다. 난 상어를 몽둥이로 때려죽이기엔 너무 늦었어. 하지만 난 노와 짧은 몽둥이와 키가 있는 동안은 포기하지 않고 해볼 거야.
>
> "넌 지쳐 있어, 늙은이야."
>
> 그는 말했다.
>
> "넌 마음까지 지쳤어."
>
> 그는 이제 드디어 그가 패배한 것을 알았다. 이 패배에는 회복이 있을 수 없었다.

이 지문에 묘사된 산티아고의 입장을 곰곰이 생각해 보라. 그가 얻은 것은 아무것도 없었다. 이틀 동안 꼬박 낮과 밤을 새워 커다란 고기를 낚았지만, 상어 떼에 다 뜯기고 물고기의 뼈만 실은 채 돌아왔다. 애써 고생을 했지만, 사실상 자연과의 사투에서 패배한 것이다. 노인이 대체 무엇을 얻었는가? 그가 어떻게 승리했단 말인가?

『노인과 바다』는 인간과 자연의 사투나, 인간의 승리를 강조한다는 시각에서 보면 안 된다. 헤밍웨이는 절대 그런 관점에서 소설을 쓰지 않았다. 앞에서 본 것처럼 헤밍웨이의 분신이기도 한 산티아고 노인은 자연을 상대로 승리하거나 약탈하여 배를 불리려는 정복자가 아니다. 오히려 그는 바다를 어머니처럼 여기며, 바다가 자신에게 심술을 부려도 그럴 만한 이유가 있다고 생각하고 넓은 마음으로 받아들이는 인물이다. 노인은 애초에 자연을 적으로 간주하지도 않았던 것이다.

그렇다면 『노인과 바다』의 결말을 어떻게 이해해야 할까? 이는 그리스 신화에 나오는 '시시포스의 바위'와 같은 맥락이다. 시시포스는 신들의 비밀을 마구 떠벌린 죄로 저승에 갇혔다. 그리고 매일 무거운 바위를 언덕 위로 굴리며 올라가는 벌을 받았다. 시시포스가 바위를 언덕 꼭대기로 다 옮기면, 바위는 쏜살같이 아래로 떨어졌다. 그러면 시시포스는 다시 바위를 언덕 위로 굴리며 올라가야 했다. 올라가면 바위는 다시 떨어졌고, 시시포스는 이런 작업을 영원히 계속해야 했다.

시시포스가 한 일은 매우 허무하면서도 고통스러웠다. 바위를 애써 올려 봤자 곧바로 떨어지고, 다시 바위를 올리고, 올린 바위는 또 떨어지고……. 이렇게 아무런 의미도 없는 헛된 일을 영원히 해야 하는 일이 얼마나 괴로웠을까?

후세 사람들은 이 시시포스 신화에서 나름의 교훈을 찾아냈다. 특히 근대 프랑스의 철학자 카뮈는 시시포스가 인간의 삶 자체를 나타낸 인물이라고 극찬했다. 매일 반복되고 마침내는 영원히 세상에서 사라져 허무하게 끝나는 '죽음'이라는 운명이 있지만, 그럼에도 삶은 계속된다는 점이 인간의 운명 자체라고 보았던 것이다.

『노인과 바다』에서 산티아고 노인도 시시포스와 같다. 그는 힘들게 고생해 이틀 동안 크고 훌륭한 고기를 낚았다. 하지만 몰려온 상어 떼에 고기를 모두 뜯어 먹히고 빈 뼈만 가져와 결국 아무것도 얻지 못했다. 그럼에도 바닷가 어부로서 노인의 삶은 계속된다. 이것이야말로 영락없이 시시포스의 바위 굴리기와 같지 않은가?

이렇게 보면 『노인과 바다』가 진정으로 주는 교훈은 무한의 굴레가 반복되는 허무한 인생에서도 삶은 계속된다는 메시지일 것이다.

자신의 신념을 스스로 부정한 헤밍웨이

헤밍웨이는 자유를 사랑하는 굳은 신념이 있었다. 1936년 스페인에서 극우 파시스트*들이 쿠데타를 일으키자, 헤밍웨이는 이를 막기 위해 직접 의용군에 참여하여 전 세계 자유주의자들과 함께 독재에 반대하는 전쟁을 치렀다.

파시스트 1차 세계 대전 후에 나타난 극단적인 전체주의적·배외적 정치 이념을 신봉하거나 주장하는 사람

헤밍웨이는 2차 세계 대전의 승패를 좌우한 1944년 노르망디 상륙 작전에 종군 기자로 참여하기도 했다. 총탄과 포탄이 날아다니는 상황에서 전장의 상황을 취재하고 기록했던 것이다.

헤밍웨이의 경력만 보면 그가 무척이나 강인하고 튼튼한 인물이라고 생각하며 존경할 만하다. 노벨문학상을 탄 대표작 『노인과 바다』에서도 "인간은 패배하기 위해 태어난 것이 아니야."라는 가슴을 울리는 대사를 남기지 않았던가?

그런데 그런 말을 쓴 헤밍웨이도 정작 자기 자신의 삶은 매우 비극적으로 끝내고 말았다. 1961년, 자기 집에서 엽총을 들고 자기 머리를 쏘는 자살로 생을 마감한 것이다.

대체 무엇 때문에 그는 자살했을까? 헤밍웨이는 죽기 몇 년 전부터 심한 당뇨병과 고혈압에 시달리며 고통받았다. 그뿐만 아니라 1959년 쿠바 혁명이 일어나자, 살고 있던 쿠바에서 쫓겨나기도 했다. 이 사건으로 헤밍웨이는 극심한 우울증과 침체에 빠져 좀처럼 글을 쓰지 못했다고 한다. 더는 창작하지 못하는 자신을 비관한 헤밍웨이는 스스로 목숨을 끊고 말았다.

결국 헤밍웨이도 자신과의 싸움에서 이기지 못하고 항복해 버린 셈이다.

참고 도서 목록

갈매기의 꿈	리처드 바크 저 / 도솔
갈매기의 꿈	리처드 바크 저 / 류시화 역 / 현문미디어
돈키호테	미겔 데 세르반테스 저 / 김정우 역 / 김소영 그림 / 푸른숲주니어
톰 소여의 모험	마크 트웨인 원작 / 이주연 그림 / 최재숙 역 / 이지훈 해설 / 삼성출판사 /
보물섬	로버트 루이스 스티븐슨 원작 / 윤종태 그림 / 임형요 역 / 이지훈 해설 / 삼성출판사
나의 라임 오렌지나무	J.M. 바스콘셀로스 저 / 박동원 역 / 최수연 그림 / 동녘
올리버 트위스트	찰스 디킨스 저 / 윤혜준 역 / 창비
아낌없이 주는 나무	셸 실버스타인 저 / 시공주니어
크리스마스 캐럴	찰스 디킨스 글 / 퀜틴 블레이크 그림 / 김난령 역 / 시공주니어
어린 왕자	생텍쥐페리 저 / 김민지 그림 / 인디고
대위의 딸	푸시킨 저 / 이동현 역 / 삼성출판사
전쟁과 평화	레프 니콜라예비치 톨스토이 저 / 정연욱 역 / (주)하서
전쟁과 평화	톨스토이 저 / 박형규 역 / 삼성출판사
안네의 일기	안네 프랑크 원작 / 이주현 그림 / 한상남 편 / 지경사
톰 아저씨의 오두막집	해리엇 비처 스토 저 / 이창건 편역 / 효리원
걸리버 여행기	조나단 스위프트 글 / 장지연 역 / 대교출판
15소년 표류기	쥘 베른 원작 / 김순금 그림 / 조한기 역 / 김준우 해설 / 삼성출판사
일리아드와 오디세이	호메로스 저 / 김병익 역 / 삼성출판사
그리스 로마 신화	토마스 불핀치 저 / 최혁순 역 / 범우사
그리스 신화의 세계	유재원 저 / 현대문학북스
장 발장	빅토르 위고 원작 / 강산 그림 / 신윤덕 역 / 이준우 해설 / 삼성출판사